PATRICIA BRANDT

Krabben-Connection

RUHE VOR DEM STURM Das geregelte Leben im gemütlichen Fischerdorf Hohwacht an der Ostsee gerät aus den Fugen, als der Münchner Geschäftsmann Xaver Kohlgruber aus seinem Hotelzimmer verschwindet. Der verschrobene Kommissar und Tierpräparator Oke Oltmanns nimmt sich des Falls an und hat bald keine Zeit mehr, sich um den verstorbenen Dackel der Hohwachter Fischbudenbesitzerin zu kümmern. Bei seinen Ermittlungen stößt er auf die neu gegründete Bürgerinitiative »Rettet die Stranddistel«, die sich ausgerechnet gegen Kohlgrubers Bauprojekt in Stellung bringt: eine neue Hotelanlage mitten im Hohwachter Naturschutzgebiet! Kopfzerbrechen bereitet dem Kommissar auch die hübsche Urlauberin Carmen Bachmann aus Hamburg. Steckt am Ende sie hinter Kohlgrubers Verschwinden? Oke sucht zwischen empörten Naturschützern und zwielichtigen Touristen nach der Lösung und ist bald selbst urlaubsreif.

 *Die Journalistin und Krimiautorin Patricia Brandt stammt gebürtig aus Neustadt am Rübenberge. Nach ihrem Germanistikstudium hat sie bei der Nordsee-Zeitung volontiert und seitdem für verschiedene Medien (darunter Focus, dpa, NDR Fernsehen und Burda) gearbeitet. Seit mehr als 20 Jahren ist die Redakteurin für den Bremer Weser-Kurier tätig. In ihrer Freizeit schreibt sie Bücher: Beim Morden an der Ostsee kann sie wunderbar entspannen. Patricia Brandt lebt mit Mann, zwei Kindern, einem Hund und vielen Bienen einen Steinwurf von Bremen entfernt. Nur Hühner fehlen noch ...*

PATRICIA BRANDT

Krabben-Connection

OSTSEE-KRIMI

GMEINER

Immer informiert

Spannung pur – mit unserem Newsletter informieren wir Sie
regelmäßig über Wissenswertes aus unserer Bücherwelt.

Gefällt mir!

Facebook: @Gmeiner.Verlag
Instagram: @gmeinerverlag
Twitter: @GmeinerVerlag

Besuchen Sie uns im Internet:
www.gmeiner-verlag.de

© 2020 – Gmeiner-Verlag GmbH
Im Ehnried 5, 88605 Meßkirch
Telefon 0 75 75 / 20 95 - 0
info@gmeiner-verlag.de
Alle Rechte vorbehalten
5. Auflage 2023

Herstellung: Mirjam Hecht
Umschlaggestaltung: U.O.R.G. Lutz Eberle, Stuttgart
unter Verwendung eines Fotos von: © boysen / stock.adobe.com
Druck: CPI books GmbH, Leck
Printed in Germany
ISBN 978-3-8392-2725-1

Für Solveig und Corvin

VORWORT

Eryngium maritimum – was für ein schöner Name für ein stacheliges Gewächs. Die Stranddistel ist der eigentliche Star dieses Romans. Die amethystblaue Blüte macht diese Dünenpflanze so attraktiv. Eine Überlebenskünstlerin, denn sie wächst an einem für Pflanzen unwirklichen Ort – dem Strand. Was für uns Menschen im Sommerurlaub toll ist: Sand, Meerwasser, blauer Himmel, Sonne und immer eine frische Brise zum Drachen steigen lassen – das ist für die meisten Pflanzen extrem unsexy. Doch die Stranddistel hat ihre Nische gefunden. Die bläuliche Wachsschicht schützt sie vor Verdunstung und zu starker Sonnenbestrahlung. Die harten Blätter bewahren sie bei Sturm und Wind vor dem Flugsand. Doch heute ist sie sehr selten. Ihr größter Feind ist nicht das Salz des Wassers oder der Wind und Sand, sondern wir – die Menschen. Ihr Lebensraum wird immer mehr zerstört. Uns Menschen zieht es ans Wasser. Wir wollen Urlaub am Meer machen. Doch das hat seinen Preis. Dort, wo früher Dünen waren, entstehen immer mehr Bettenburgen. Die traditionellen kleinen Hotels und Fischerstuben werden verdrängt. Im Buch findet sich das Zitat »Der Fortschritt war nicht aufzuhalten.« Wohl wahr – aber die Hotels gehören nicht mehr den Einheimischen, sondern fremden Investoren, die einzig Rendite, Profit und Gewinnmaximierung vor Augen haben. Argumentiert wird mit der Schaffung von Arbeitsplätzen – doch viele Beschäftigte kommen nicht mehr aus dem kleinen Hafenort, sondern zum Teil aus dem Ausland. Es ist absurd, dass Einheimische gerade auf den norddeutschen Inseln kaum noch selbst bezahlbaren Wohnraum finden. Es braucht Platz, und Platz ist knapp. Und dann muss eben die Natur weichen. Derzeit liegt die tägliche Umwidmung von unbebautem Boden in Deutschland bei circa 66 Hektar am Tag. Das sind 92 Fußballfelder. Doch HALT! Immer mehr Menschen fangen an zu verstehen, dass Natur einen Eigenwert hat. Ob Feldhamster, Schlammpeitzger oder Stranddistel – sie haben eine Daseinsberechtigung. Wir Menschen kennen noch gar nicht alle auf der Erde existierenden Arten, aber wir sind schon dabei, jeden Tag das Artensterben voranzutreiben, Regenwälder abzuholzen, Flüsse zu vertiefen, Mikroplastik bis in das ewige Eis der Pole zu transportieren, unsere Böden auszubeuten und dabei über Leichen zu gehen. Es ist gut, dass es Menschen gibt, die sich täglich für Naturschutz und Umweltschutz engagieren.

Mit diesem packenden und sehr realen Thema beschäftigt sich Patricia Brandt in ihrem Krimi. Mit einer Bürgerinitiative, die diesen Wahnsinn nicht länger mitmachen will. Ein Roman, der all diese Verstrickungen um Natur, Ursprünglichkeit, Gewinnmaximierung und das buchstäbliche Über-Leichen-Gehen in einem fesselnden Erzählstrang zusammenführt. Und allein darum wäre es schade, wenn die Stranddistel ganz verschwinden würde. Uns würde ein Stück Schönheit verloren gehen. Zurecht war sie die Blume des Jahres 1987. Mit der Stranddistel als Hauptdarstellerin ist »Krabben-Connection« für mich das Buch des Sommers 2020.

Dr. Maike Schaefer
Senatorin für Klimaschutz, Umwelt, Mobilität, Stadtentwicklung und Wohnungsbau der Freien Hansestadt Bremen

PROLOG

Götz lag vor ihm auf dem Tisch und rührte sich nicht. Wie auch? Er war ja tot. Vorsichtig drehte er Götz auf dem Tisch um. Er würde mit dem Bauch anfangen. Genüsslich ließ er die Knöchel knacken und griff nach dem Messer, das er für diesen Zweck bereitgelegt hatte.

Der Stuhl knarrte bedenklich, als er sein Gewicht verlagerte, um die Beine auszustrecken. Dies war sein freier Tag, den er ganz gemütlich in seinem alten Trainingsanzug hinten im Schuppen am Möwenweg verbringen würde.

Er hatte das Kofferradio angestellt, das auf einem Stapel Zeitungen stand, den er später noch mal durchsehen wollte. »Hey Jude«, trällerte er mit, als sie einen Song von den Beatles spielten. Er mochte Evergreens. Gut gelaunt setzte er das Messer an Götz' Brustbein an und zog einen geraden, tiefen Schnitt. Blut quoll hervor und ein Stück von Götz' Darm.

Er nahm den metallischen Geruch kaum wahr, sondern achtete vielmehr darauf, die inneren Organe sauber herauszutrennen. Präparation erforderte eine Menge Wissen und Geschick. Man stopfte den Körper nicht einfach nur aus.

»Hey Jude, don't be afraid«, sangen die Beatles. Soweit er sich erinnerte, hatte Paul McCartney den Song für seinen Sohn geschrieben. Oke dachte an seinen eigenen Vater. Dieser hatte ihm bei seinem ersten Mal geholfen. Mit düsterem Blick hatte der Vater darauf bestanden, dass er die Handschuhe wegließ: »Du bist kein Mädchen, Oschi!« Wie lange war das her? Jahrzehnte.

Inse regte sich heute immer fürchterlich auf, wenn mal eine Niere oben in der Biotonne lag. Dammi noch mal to! Warum fiel ihr bei solchen Gelegenheiten nicht ein, dass sein kleiner Nebenjob half, die Reisekasse zu füllen. Träumte sie etwa nicht seit Jahren von einer Kreuzfahrt?

In Berlin, hatte er neulich gehört, besserten 125 Polizisten ihr Gehalt mit einem Nebenjob auf. In den Filmstudios! Schauspielerei. Wat 'n Schiet!

800 Euro verlangte er für Hauskatzen, 1.000 Euro für Hunde. Bei Götz machte er eine Ausnahme. Weil er so klein war. Hundehalterin Wencke Husmann hatte argumentiert, dass der an Altersschwäche gestorbene Rauhaardackel ungefähr die gleiche Größe wie der Kater ihrer Freundin habe. Ihn erinnerte Götz zwar eher an eine Kegelrobbe, aber an eine kleine. Das musste er zugeben. Deshalb konnte er nicht umhin, sich mit Wencke auf 800 Euro zu einigen. Zähe Geschäftsfrau diese Fischbudenbesitzerin.

Er drehte den Schraubverschluss des angestaubten Glasgefäßes vor ihm ab und rieb Götz' Haut mit einer Schicht Salz ein. Nicht jodhaltig. 24 Stunden musste er nun warten. »Hey Jude, begin.« Für heute hatte er sein Tagwerk erledigt. Mit einem schmatzenden Geräusch zog er die blutigen Handschuhe aus.

EIN PAAR WOCHEN ZUVOR ...

CARMEN

»Produkte aus der Region – überraschend günstig«, schnarrte es aus den Lautsprechern. Niemand im Gang schien sich für die Durchsage zu interessieren.

»Gratis.« Sie hätte das Wort fast überhört. Die Kinderstimme neben ihr klang leise. Fast, als spräche sie mit sich selbst.

»Was meinst du?«, fragte sie Cedrik, während sie mit dem Oberkörper halb über dem Einkaufswagen hing, um die Lebensmittel darin umzuschichten. »Carla! Geht's noch? Du kannst die Milchtüte nicht einfach auf die Tomaten schmeißen!«, schimpfte sie. Ihre Belehrungen kamen nicht an. Als sie sich umdrehte, sah sie Carlas fliegende Zöpfe lediglich von hinten. »Wir brauchen Klopapier«, rief das Mädchen fröhlich über die Schulter. Sie rannte bereits um die nächste Ecke.

Sie wollte den Wagen schon weiterschieben, aber Cedrik hielt sie am Arm fest: »Mama, warte mal, hier steht ›gratis‹. Gratis heißt geschenkt, oder?«

Der Fünfjährige stellte sich vors Müsliregal, den Kopf in den Nacken gelegt, der Mund stand offen. Sie sah die große Zahnlücke vorne rechts, wo kürzlich ein Milchzahn saß. Das kalte Neonlicht ließ ihn fast kränklich wirken, dabei strotzte er vor Gesundheit. Der kleine Kerl starrte auf die Reihe bunter Verpackungen. Und auf einer entdeckte sie tatsächlich in dicken roten Buchstaben das Wort »gratis«. Ihr Junge konnte also wirklich schon lesen. Dabei würde es noch eine ganze Weile bis zur Einschulung dauern. Zurzeit besuchte er das Kinderhaus an der

Emil-Andresen-Straße in Eimsbüttel. Eine Woge Mutterglück überkam sie.

Sie schaute sich das Paket genauer an. »Sonderaktion: Hotelübernachtung gratis«, stand darauf. Und in etwas kleinerer Schrift: »Kauf 25 Pakete und übernachte kostenlos in einem von 150 exklusiven Hotels deiner Wahl.«

25 Pakete à 2,79 Euro, ziemlich teuer. Aber einen Urlaub geschenkt zu bekommen, das wäre natürlich toll. Gedankenverloren spürte sie, wie sich ein Mann mürrisch an ihr vorbeidrängte, um an die Haferflocken zu kommen.

Carmen überlegte, wann sie zum letzten Mal Urlaub gemacht hatte. Das musste vor Carlas Geburt gewesen sein. Richtig, da hatte ihre Mutter sie und Martin nach Sylt eingeladen.

Sylt im Spätsommer. Carmen erinnerte sich wehmütig an hübsche Reetdachhäuser, duftende Kartoffelrosen und den Strand. Ach, der Strand. Ihr fielen all die verliebten Küsse ein, die sie sich vor der Kulisse eines tosenden, dunklen wie unergründlichen Meeres gegeben hatten. Sie seufzte.

Wie gern würde sie mal wieder verreisen. Sich nicht morgens in aller Herrgottsfrühe hochquälen müssen. Sie hasste den Blick in den Spiegel, wenn sie ihre rotgeäderten und verquollenen Augen sah. Sie brauchte dringend mehr Schlaf. Ihr Tagesablauf schlauchte sie mehr, als sie zugeben würde. Alles kam ihr mühselig vor: morgens die Berge von Broten und Apfelschnitze für die Kinder zu fabrizieren, die Kinder zur Schule und in den Kindergarten zu begleiten, zur U-Bahn zu hetzen, um nicht zu spät ins Büro zu kommen und dann wieder im Galopp zurück, um die Kinder rechtzeitig abzuholen.

Die Arbeit selbst machte ihr ebenfalls wenig Spaß. Erst hatte sie es chic gefunden, in einer PR-Agentur zu arbeiten. Aber die Texte, die sie über Wandfarben und Heizungslacke schreiben musste, kamen ihr mittlerweile unendlich langweilig vor. Es half nichts. Sie musste hin, damit das Geld reichte. Immer musste sie irgendetwas tun.

Wie gern würde sie am Strand sitzen, sorgenfrei aufs Meer blicken und den Wind im Gesicht spüren. »Aua.« Etwas Hartes hatte sie am Arm getroffen: eine Nudel-packung. Carla hatte sie mit überraschender Wucht in Richtung Einkaufswagen gepfeffert. »Carla! Sag mal, spinnst du? Was fällt dir ein, mit Lebensmitteln zu werfen?«

Carla, scheinbar taub geworden, rannte einfach weiter, diesmal in die andere Richtung. »Wir brauchen Äpfel«, schrie sie dabei über die Schulter. Rums. Carla war gera-dewegs in den Bauch eines Mannes gelaufen, bei dem es sich, wie sie zu ihrem Leidwesen erkannte, um ihren Nachbarn handelte. Ausgerechnet dessen Bauch musste es sein.

»Pass mal auf, du!«, empörte sich Horst Wieczorek lauthals. Carla setzte ihren Sprint trotzdem fort. Sie hatte nur Zeit für ein kurzes »'tschuldigung«.

Wieczorek sah wütend zu ihr herüber. »Von Erziehung kann wohl keine Rede sein. Rennt die freche Göre ein-fach in mich rein!«, zeterte er.

»Sie hat es nicht mit Absicht gemacht«, verteidigte sie ihre Tochter. »Es ist nichts Schlimmes passiert, hoffe ich doch.«

Er äffte sie nach: »Nichts passiert, nichts passiert. Hätte aber was passieren können!«

Carmen nickte ihm zu und versuchte dann, ihn zu ignorieren. Sie wusste, er würde sich nicht beruhigen lassen. Er würde richtig in Fahrt kommen, wenn sie sich auf eine Diskussion einließ. Er würde sich wieder endlos aufregen. Über den Lärm, den Carla und Cedrik machten, über die schwarzen Fußabdrücke, die sie im Treppenhaus hinterließen, über das Wetter und Frau Klingeberg aus dem sechsten Stock und ihre beiden Katzen. Kein Wunder, dass die Post ihn in den Vorruhestand geschickt hatte. Mit dem konnte man es nicht aushalten.

Cedrik zog an ihrem Arm. »Heißt gratis geschenkt?«

»Ja, heißt es. Allerdings glaube ich nicht, dass uns jemand tatsächlich Urlaub schenken würde ...«

Das wäre zu schön, um wahr zu sein. Jetzt, da Martins Geschäft so schlecht lief. Wenigstens schlurfte Horst Wieczorek weiter. Sie hörte ihn noch vor sich hin grummeln. Schrecklicher Mensch, dachte sie.

Cedriks Blick hing an ihr: »Kann ich das Müsli trotzdem haben?« Carmen gab sich geschlagen. Sie griff nach der Packung, auf die er mit seinem filzstiftverschmierten Finger zeigte, und legte sie in den Wagen. Kurz zögerte sie. Sollte sie wirklich 25 Pakete Müsli kaufen? Es verstieß gegen ihre Prinzipien. Martin würde es ihr garantiert beim nächsten Frühstück vorhalten. Dieses Zuckerzeug war zu teuer für ihr Budget und noch dazu ungesund. Sie wankte, wollte den Wagen schon weiterschieben und überlegte es sich wieder anders. Entschlossen griff sie erneut ins Regal. Und wieder und wieder. Cedrik beobachtete sie, und als er begriff, dass seine Mutter eine Wagenladung seines Lieblingsmüslis kaufen wollte, sprang er vor Freude in die Luft.

Bald könnten sie Koffer packen. Ein kribbeliges

Gefühl der Vorfreude breitete sich in ihr aus. Gratis-Urlaub. Wer würde dazu Nein sagen? Sie gewiss nicht. Und Martin hoffentlich auch nicht.

Keine zwei Wochen später traf der Brief mit dem Gutscheincode ein. Der Müsli-Konzern hatte ihn geschickt. Sie sollten aus »erstklassigen Komforthotels in der ganzen Republik« wählen dürfen.

Die ganze Familie versammelte sich um den altersschwachen Computer im Schlafzimmer. Carmen stellte die Klemmleuchte so ein, dass der Lichtkegel auf den Code fiel, und tippte die Zahlen auf der Tastatur ein. Erwartungsvoll rutschte sie auf ihrem Stuhl hin und her. Carla hatte vor Aufregung Schluckauf. Es sollte ihr erster Urlaub werden. »Hicks«, machte die Achtjährige wieder. Mit jedem »Hicks« hüpften die Zöpfe mit.

Traumhafte Bilder tauchten auf dem Bildschirm auf: Vier-Sterne-Hotels in diversen Großstädten, urige Blockhütten inmitten großartiger Bergkulissen und sogar ein rot-weiß gestreifter Leuchtturm auf einer Düne. Es fühlte sich an, als hätte sie im Lotto gewonnen. »Guckt mal«, rief sie etwas zu laut und spürte wieder dieses besondere Kribbeln, »hier ist sogar ein Schloss!«

»Klick mal drauf«, forderte Martin sie auf. Sie tat es. Verwirrt las sie den Satz vor, der in roten Buchstaben auf dem Bildschirm aufblinkte: »In diesem Zeitraum nicht verfügbar«. Martin fragte perplex: »Was soll das denn heißen?«

Sie stöhnte. Manchmal fand sie ihn ziemlich begriffsstutzig. »Na, dass das Hotel zu diesem Zeitpunkt nicht frei ist. Wirklich schade!« Sie seufzte. »Es liegt sicher an der Ferienzeit. Alle wollen in den Sommerferien fahren. Wie wir. Anders geht es wegen Carlas Schule gar nicht.«

»Versuch mal dieses Angebot«, schlug Martin vor und deutete auf die Berghütte: Ein »nicht verfügbar« erschien erneut auf dem Monitor. »Und das?«, fragte Cedrik und tippte auf ein Hotelschiff an der Mecklenburgischen Seenplatte. »Nicht den Bildschirm anfassen«, ermahnte ihn Martin.

»Nicht verfügbar.« Sie wurde langsam wütend. »Ich wusste es: Keiner will uns was schenken.«

Martin sah sie an. »Bring die Kinder erst mal ins Bett.« Während sich Carla bereitwillig in ihre Decke kuschelte, dauerte es geschlagene 45 Minuten, bis sie Cedrik überredet hatte einzuschlafen. Sie musste ihm erst »Drache Kokosnuss« vorlesen, ein Glas Wasser holen, eine Wärmflasche machen und dann fiel ihm ein, dass er seine Zähne nicht geputzt hatte. »Kannst du dann noch mal unter mein Bett gucken?«

Sie war ziemlich gereizt, als sie wieder am Rechner saß. Ein Hotel an der Mecklenburgischen Seenplatte – weg. Ein Hotel auf Rügen – ausgebucht. Eine Burg im Harz – nicht verfügbar. Je häufiger die roten Buchstaben aufleuchteten, desto größer ihr Frust. Martin hatte schon lange keine Lust mehr. Er saß nebenan im Wohnzimmer, wo er ein Buch las, das »Seele der Kamera« hieß. Carmen schüttelte innerlich den Kopf. Sein Interesse am Familienurlaub musste ja riesengroß sein. Sie spielte kurz mit dem Gedanken, den Rechner gegen die Wand zu schmeißen.

Er konnte offenbar Gedanken lesen: »Natürlich ist das alles nur ein Werbegag. Bauernfängerei«, murmelte er vom Sofa aus in ihre Richtung, ohne von seinem Buch aufzusehen. »Und wir werden bis an unser Lebensende Schokomüsli essen, so lange, bis uns die Zähne ausfallen. Ich kann es nicht fassen, dass du wirklich 25 Pakete von dem Zeug gekauft hast.«

In dem Augenblick leuchtete es grün auf: »Hier ist was frei!«, jubelte Carmen überrascht. Schnell sog sie die Luft zwischen den Zähnen ein, weil sie fürchtete, vielleicht die Kinder geweckt zu haben. »Malgorzatas Zimmervermietung und Meer«, flüsterte sie.

»Malgorzatas Zimmervermietung?« Martin stand hinter ihr.

»Und Meer«, bestätigte Carmen.

»Hört sich ja nicht so berauschend an«, meinte er. Typisch. Sie kümmerte sich darum, dass sie kostenlos in den Urlaub konnten, und ihm gefiel der Name der Pension nicht. Sie hob den Blick: Er hatte wieder diese steile Falte auf der Stirn. Martin sah viel zu ernst aus. Sein Gesicht wirkte richtig grau in letzter Zeit. Er hatte bestimmt fünf Kilo abgenommen. Seine Jeans schlackerte ihm nur so um die Beine. Vermutlich eine Folge seiner geschäftlichen Sorgen. Es konnte nicht anders sein.

»Es ist nur wenige Meter vom Meer entfernt. Und liegt quasi um die Ecke«, triumphierte sie. Das Hotel lag in Hohwacht. Sie hatte schon von dem Ostseebad gehört. Kurz überlegte sie, wer ihr von dem Ort erzählt hatte. Sie wusste es nicht mehr. Nur, dass es sich um ein altes Fischerdorf zwischen Kiel und der Insel Fehmarn handelte, das bei Urlaubern als Geheimtipp galt. Es gab dort kilometerlange Sandstrände, unverfälschte Naturschutzgebiete und eine atemberaubende Steilküste.

Sie wollte jetzt nach Hohwacht – um jeden Preis. Sie wusste selbst nicht, warum dieses Gefühl auf einmal so drängend an ihr nagte. Vielleicht, weil sie Angst hatte, sonst überhaupt nicht mehr in den Urlaub zu kommen.

Er zuckte die Achseln. »Okay, dann ist die Anreise nicht so teuer.« Keine zwei Minuten später drückte Carmen auf »kostenpflichtig buchen«.

Es war so spät, dass sie sich entschieden, gleich schlafen zu gehen. Als Martin das Licht ausknipste, kam ihm ein Gedanke: »Warum stand da eigentlich ›kostenpflichtig buchen‹? Das Hotel sollte doch kostenlos sein!«

Carmen stutzte: »Komisch. Na ja, das hatte sicher nichts zu bedeuten.«

Ihre Glieder fühlten sich schwer an. Sie ließ sich etwas tiefer in die Matratze sinken und stopfte die Bettdecke rechts und links unter sich fest. Sie lauschte seinen ruhigen Atemzügen. Unruhig wälzte sie sich herum. Ein unangenehmer Gedanke hatte sich bei ihr eingenistet. Was, wenn das Hotel doch etwas kostete? Sie versuchte, sich zu beruhigen. Sie würde morgen bei dem Konzern anrufen und nachfragen. Sicherheitshalber. Notfalls konnte sie die Buchung bestimmt irgendwie rückgängig machen.

TAG 1, SONNABEND

CARMEN

Mit vier Fingern massierte sie ihren verspannten Nacken. Sie ärgerte sich über sich selbst. Endlich saßen sie im Auto, unterwegs zur Lübecker Bucht, ins schöne Hohwacht an die Ostsee. Der Wetterdienst hatte sommerliche Temperaturen angekündigt. Sie würden also viel Zeit miteinander am Strand verbringen. Vielleicht mieteten sie morgen sogar ein Tretboot. Und was machte sie? Freute sich nicht. Sie konnte es nicht. Zumindest nicht jetzt.

Eine Sache beunruhigte sie. Sie hätte Martin gern dazu befragt. Aber sie mochte ihre Frage nicht stellen. Nachdenklich betrachtete sie sein Profil. Die gerade Nase, die dunklen Brauen. Die steile Falte, die seine Stirn in zwei dicke Wülste teilte. Er sah so genervt aus.

Sie überlegte, ob er ihr übel nahm, dass sie 1.725 Euro für die Halbpension zahlen mussten. Sie hatten gestern ein weiteres Mal darüber gestritten. Es galt offenbar ein Sondertarif für Gratis-Urlauber. Das hatte man ihr bei ihrem Anruf beim Konzern erklärt. »Wenn Sie zu diesen Bedingungen nicht mehr mit uns reisen wollen, dann fallen bereits Stornierungsgebühren an«, hatte sie eine ungeduldige Stimme bei der Servicehotline informiert. Letztlich hatten sie sich entschieden, trotzdem zu fahren. Immerhin sollte die Übernachtung tatsächlich kostenfrei sein. Und sie beide konnten den Urlaub dringend gebrauchen.

»A ram sam sam«, tönte es von der Rückbank. Vielleicht lag es an den Kindern, dass er so grimmig schaute. Die machten auf der Rückbank ganz schön Radau. Sie drehte sich um und rief lauter, als sie gewollt hatte: »Ruhe, ihr zwei.«

Eine Socke landete auf ihrem Kopf. Carla hatte sie abgestreift und übermütig nach vorne geworfen. Dann sang sie wieder das Kindergartenlied: »A ram sam sam, a ram sam sam, guli guli guli guli ram sam sam.« Natürlich machte Cedrik mit: »Guli guli, ram sam sam.« Die beiden sangen immer schneller und lauter. Sie machten zum Gesang nun zusätzlich Bewegungen, fingen an, die eigenen Arme umeinander zu drehen, um dann zwischendurch immer wieder ihre Oberkörper weit nach vorn zu beugen.

In ihrem Hinterkopf hämmerte die unausgesprochene Frage. Wenn sie ihn jetzt fragte, würde er garantiert ausflippen. Das erschien ihr so sicher wie eine Ansteckung mit Masern ohne Impfung. Sie presste die Lippen etwas fester aufeinander. Als könnte sie auf diese Weise dafür sorgen, dass die Frage ungefragt blieb.

Carmen lehnte sich an die harte Kopfstütze und befahl sich, aus dem Fenster zu schauen. Sie fuhren die A 1 Richtung Lübeck entlang. Plötzlich leuchteten vor ihrer Stoßstange grellrote Bremslichter auf. Ein Laster hatte, ohne zu blinken, die Spur gewechselt und der Motorradfahrer vor ihnen geriet ernsthaft in Bedrängnis. Sie hatte den Eindruck, er käme gleich durch die Windschutzscheibe zu ihnen ins Auto. Als sie aufschrie, hörte sie bereits die Bremsen ihres Wagens kreischen. Das war knapp.

»Könntet ihr bitte etwas leiser singen?« Seine Stimme klang viel zu hoch. Sie fand, dass er sich den Kommentar hätte sparen können. Trotzdem: Er hatte eben gut reagiert und einen Unfall verhindert. Auf ihn war Verlass. Immer.

Sie fixierte wieder die Schilder, an denen sie vorbeirasten. In Kürze würde die nächste Ausfahrt kommen.

Ohne dass sie es hätte verhindern können, platzte die Frage aus ihr heraus: »Habe ich den Herd ausgemacht?«

XAVER

Ein leiser Brummton drang an seine Ohren. Das Brummen verstummte kurz und setzte dann erneut ein. Das Geräusch begann, ihn zu nerven. Er schaffte es jedoch nicht, den Wecker mit einem Hieb auszuschalten. So blieb er ein wenig länger unter der leichten Sommerdecke mit dem Karomuster liegen. Stoisch ertrug er das regelmäßig wiederkehrende Brummen.

Er musste sich auf seinen Magen konzentrieren. Dass einem so speiübel sein konnte.

Er atmete tief ein und aus, weil er hoffte, so die Übelkeit vertreiben zu können.

Seine Zehen schauten aus der Bettdecke hervor und er genoss einen Augenblick lang den kühlen Luftzug, der vom geöffneten Fenster kam und über seine von regelmäßiger Fußpflege weichen Sohlen strich.

Jemand, der nur kurz ins Zimmer geschaut hätte, hätte denken können, er wäre wieder eingeschlafen. In Wahrheit wartete er nur die nächste Welle der Übelkeit ab. Er wünschte, sie würde nicht kommen.

Er hatte eine schreckliche Woche hinter und eine fürchterliche Dienstreise in den Norden vor sich. Tagelang waren hasserfüllte E-Mails aus dem neuen Projektgebiet gekommen. »Wir lassen unser Dorf nicht verschandeln«, stand in einer Mail, und das war noch die freundlichste von allen gewesen. Wenn er es richtig verstanden hatte, liefen die Bewohner von Hohwacht geradezu Sturm gegen die geplante Appartementanlage. Dabei gab es nichts an dem Gebäude auszusetzen. Im Gegenteil: Es handelte sich um die urbane, schnörkellose B-Projekt-Architektur mit klaren Linien. Sehr modern!

Und nun schickte ihn der Chef ausgerechnet dorthin, wo sie ihn am liebsten lynchen würden. Um die Pläne für die neue Appartementanlage persönlich mit dem Bürgermeister durchzusprechen. In Hohwacht. An der Ostsee.

Vor seinem geistigen Auge tauchte ein beängstigendes, tosendes Meer auf. Es wogte wild, schaukelte und schwappte.

Bei dem Gedanken wurde ihm wieder schlecht. Hastig schlug er die Decke zurück und wankte benommen zum Fenster. Luft. Er brauchte frische Luft.

Er zog die rot-weiß karierten Vorhänge zur Seite – seine Schwester Fanny hatte sie ihm genäht – und kniff stöhnend die Augen zusammen. Von draußen blendete grelles Sonnenlicht.

Seine fleischige Nase berührte den kalten Fensterrahmen, als er weiter zum Spalt vordrang, um gierig Luft einzusaugen. Hier über Münchens Dächern roch sie um diese Uhrzeit vergleichsweise frisch. Endlich konnte er die Augen wieder öffnen und blickte geradewegs auf die Reklametafel eines Bierbrauers: Hefeweizen. Der Gedanke löste erneuten Brechreiz und eine bruchstückhafte Erinnerung an den Vorabend aus.

Jemand hatte den Festsaal mit Luftballons geschmückt.

Architekt Max tanzte in seiner Krachledernen auf dem Tisch. Er dachte an die Bedienung. Zenzi hatte sie geheißen. Oder Mandy? Besser als an ihren Namen erinnerte er sich an ihr rosafarbenes Dirndl, das den Blick freigab auf ihren – er schluckte heftig – monströsen Vorbau. Mei, die hatte wahrlich Holz vor der Hütten gehabt.

»Bsuffa flirtn is wia hungrig eikaffa: Ma bringt Sachn hoam, de ma goa ned wui«, hatte Max gelallt.

Er hörte nicht auf Max. Er flirtete, wie und mit wem er wollte. »No a Maß, biddscheen«, sagte er zu dem hübschen Madi. Als sie sich über ihn beugte, um sein leeres Glas zu nehmen, packte er sie mit beiden Händen und presste sein Gesicht tief, ganz tief in ihren weichen Busen. Er wusste selbst nicht, warum er das getan hatte. Er wusste nur: Hier hätte er für den Rest seines Lebens bleiben können.

Er schluckte Magensäure herunter. Vielleicht hätte er an dem Abend nicht so weit gehen dürfen. Er fühlte sich unsicher. Mandy-Zenzi, oder wie immer sie hieß, hatte nichts gesagt, ihn nur groß angeschaut. Dann war sie weggelaufen, den leeren Bierhumpen noch in der Hand, und in der Menge irgendwo im Zelt verschwunden. »Madi – kumm zrück«, hatte er heiser hinter ihr hergerufen. Doch sie war nicht zurückgekommen. Den ganzen Abend lang nicht. Stattdessen wurden sie von einer anderen Kellnerin bedient.

Und was, wenn jemand ihn bei seinen Frechheiten beobachtet hatte oder sie sich über ihn beschwerte? Sogar zur Polizei ging? Wusste sie, wer ihr die Nase in den Ausschnitt gesteckt hatte? Als Geschäftsführer des größten Baukonzerns der Stadt hatte er einen Ruf zu verlieren. Was hatte er getan? Hatte er gar keinen Anstand mehr? Er ekelte sich vor sich selbst.

De Woch fangt scho guat o, dachte er und zog die Vorhänge wieder vor, um das gleißende Sonnenlicht auszusperren. Auf seiner Stirn bildeten sich Schweißtropfen. Er musste sich kurz auf die Bettkante setzen.

Sein Blick fiel auf das Nachttischchen. Darauf stand eine altmodische Teetasse. Er behandelte sie wie einen Schatz. Nicht nur, weil er das blaue Zwiebelmuster mochte. Die Tasse hatte zu Lebzeiten seiner Mutter gehört. Sie hatte ihm immer gesagt, was er zu tun und zu lassen hatte. Damals, als sie alle in Scharnitz lebten. Vater, Mutter, Fanny und er, der Bub. In einer übersichtlichen Welt, in der Gutes gut war und Böses böse. Heute wusste er manchmal nicht mehr genau, wo das Gute aufhörte und das Böse begann. Die Baubranche lieferte sich seit Jahren einen harten Wettbewerb. Es gab miese Tricks am Bau und viele kriminelle Subunternehmer in München. Arbeiter aus Rumänien oder Bulgarien hausten in Baucontainern. Für ein paar Euro die Stunde gossen sie Betonwände ohne jegliche soziale Absicherung. Man sprach schon von modernem Sklavenhandel. Gegen all das schien ihm das Scharnitz seiner Kindheit wie das Paradies. Doch die Eltern waren beide tot. Es gab im Elternhaus nur noch Fanny.

Einen Moment dachte er an Scharnitz' kunstvoll bemalte Häuser, den jährlichen Musikumzug und an Onkel Aloysius' Federhut. Er seufzte, als ihm der Karwendelstein in den Sinn kam. Er vermisste den Anblick. Jedes Mal, wenn er Fanny besuchte, trieb der Berg ihm die Tränen in die Augen. Er hatte es bisher nie geschafft hochzuklettern.

Uarrg. Er stürzte zur Toilette. Eine gelbe Flüssigkeit kam in einem unaufhaltsamen Schwall aus seinem Mund. Und etwas, was aussah wie Stücke einer Brezn. Er schaffte es, trotz seiner zittrigen Finger, den Toilettendeckel aufzuklappen, und ließ sich auf die Knie sinken. Er keuchte, spuckte, hustete und ekelte sich mehr denn je zuvor vor sich selbst. Er blieb so lange vor der Schüssel hocken, bis die Fliesen zwei kreisrunde, rote Abdrücke auf seinen mageren Knien hinterlassen hatten.

Eine Weile hielt er sich am Waschbecken fest und schaute in den Spiegel darüber. Das Spiegelbild zeigte einen Fremden mit gewelltem grauem Haar, blutunterlaufenen Augen und dunklen Tränensäcken. »I befürcht, i bin wach«, sagte es.

Als er eine Dusche und zwei Tassen Magentee später seinen Koffer ins Treppenhaus rollte, kam er an den makellosen, weiß lackierten Türen seiner Nachbarn vorbei. Mit ihren schwarzen Glaslinsen wirkten sie ausnahmslos anonym, abweisend und – wenn er ehrlich zu sich sein wollte – unheimlich. Man konnte schließlich nicht wissen, wer hinter dem Spion stand und einen heimlich beobachtete. Er hasste München. Nur der Anblick einer halb vertrockneten Yuccapalme im zweiten Stock munterte ihn seltsamerweise ein wenig auf: wenigstens ein bisschen Natur in der Trostlosigkeit des modernen Lebens.

Während er die restlichen Treppen hinabstieg, überlegte er, dass sich vielleicht niemand die exorbitant hohen Mieten in diesem hellen, sanierten Altbau leisten konnte. Nie hatte er bisher Nachbarn durchs Treppenhaus kommen oder gehen sehen. Und womöglich hörte zu dieser Stunde tatsächlich niemand das dumpfe Geräusch, das die Rollen seines Koffers auf den klinisch reinen, im Tageslicht glänzenden Fliesen verursachten. Er sehnte sich manchmal so sehr nach Scharnitz, dass es wehtat.

EINIGE TAGE ZUVOR ...

GIOVANNI

»Was machst du?« Als er an die Küchentür kam, stand sie breitbeinig am Herd. Sie hatte ihm den Rücken zugedreht.

Giovanni trat aus der Hitze des Gartens durch die Tür. Sofort umfingen ihn die Kühle des Raums und der Geruch von Zwiebeln.

Im Schatten des alten, leicht schiefen Olivenbaums hatte er in Ruhe die Zeitung gelesen, bis er einen Artikel entdeckte, der ihn aufschrecken ließ: »B-Projekt startet Milliardenbau am Gardasee«, stand dort groß über fünf Zeitungsspalten hinweg. Und darunter: »Deutschlands größter Immobilienkonzern denkt die Gardesana neu.«

Mit bösen Vorahnungen hatte er den restlichen Text überflogen: »Xaver Kohlgruber, Geschäftsführer von B-Projekt, hat La Repubblica bestätigt, dass der Konzern Touristen künftig die Möglichkeit bieten will, kostengünstig und umweltfreundlich den Lago di Garda zu umrunden. B-Projekt verhandle derzeit über den Ankauf verschiedener Bimmelbahnen am See, so äußerten sich sichere Quellen gegenüber La Repubblica. Damit steigt B-Projekt, bisher für moderne Appartementanlagen und Hotelbauten in Deutschland bekannt, vollends ins europäische Tourismusgeschäft ein.«

Neben dem Artikel hatten die Herausgeber der Zeitung ein Bild der Gardesana gedruckt. Der See schien von dort aus zum Greifen nah. »Zurzeit prüfen die Ingenieure, ob sich die Straße für einzelne Haltepunkte am Gardasee verbreitern lässt«, stand unter dem Foto.

Er hatte sofort Matteo Manchetti angerufen. Und erfahren, dass sein Cousin ebenfalls schlechte Nachrichten hatte: »Alles ist ungewiss, hörst du, Giovanni?«, hatte dieser ins Telefon gebrüllt. »Sie zieren sich. Tutti-Train will wahrscheinlich nicht mehr an dich verkaufen. Sie haben einen anderen Interessenten.«

»B-Projekt«, sagte Giovanni tonlos. Trotz der sommerlichen Temperaturen bekam er eine Gänsehaut. Er hatte geahnt, dass es beim Ankauf Schwierigkeiten geben würde. Wann lief denn schon mal alles glatt? Er würde schnell handeln müssen. Sein Cousin sah das genauso.

»Sei cosi carino, du bist so süß.« Giovanni umfasste ihren fülligen Leib und presste seine Lenden an ihren ausladenden Hintern. Aurora gab einen unwilligen Laut von sich. Sie schabte die kleingehackten Zwiebeln mit einem Messer von dem großen Holzbrett in eine Pfanne.

Die Zwiebeln zischten, als sie mit dem heißen Fett in Berührung kamen. Er schmiegte sich an seine Frau und sah zu, wie die Zwiebelstücke langsam glasig wurden. Es klickte, als Aurora eine zweite Gasflamme entzündete und einen großen Topf Wasser für die Pasta darauf wuchtete.

Sie hatten erst vor drei Jahren geheiratet. Manchmal hatte er das Gefühl, ihre Familie könne ihn nicht leiden. An manchen Tagen erschien es ihm sogar so, als wäre er in der Villa an der Via Lungolago in Peschiera unerwünscht. Oder es lag daran, dass er sich in dem Haus dieser reichen Familie selbst oft fehl am Platz fühlte. Er – ein einfacher Hamburger Jung mit italienischen Vorfahren. Wenn allerdings sein Plan aufging, Tutti-Train zu kaufen, wäre die Familie Russo bald die einflussreichste im Land.

Seine Hände tasteten sich nach oben vor, wollten gerade seitlich unter der Schürze verschwinden, als sie ihn mit dem Hinterteil wegkickte. »Verschwinde, Giovanni!«

Sie griff nach oben ins Regal, wo die Gewürze standen. Sie wählte Chili. »Das könnte ziemlich scharf werden«, flüsterte er doppeldeutig in ihr kleines Ohr. Er knabberte an dem goldenen Ohrring, der die Form eines Vogels hatte. Aurora wendete verärgert die Zwiebeln. Er nahm es ihr nicht übel: Wenn sie kochte, dann mit Leib und Seele. Letztlich kam es ihm zupass. Dann würde sie nicht so viele Fragen stellen. Er sagte sanft: »Ich muss eine Zeit weg.«

»Hmm?«, fragte sie abwesend, während sie, ohne ihn anzublicken, ein sehr großes und sehr scharfes Messer aus der Küchenschublade zog. Er hatte sich bereits Richtung Tür gedreht. »Diventiamo ricchi. Wir werden reich«, sagte er leichthin. Ob dies tatsächlich der Wahrheit entsprach, wusste er selbst nicht genau.

Sie machte einen abfälligen Laut und widmete ihre ganze Aufmerksamkeit den saftig-weichen Tomaten.

Er trat wieder in den Schatten des Olivenbaums und setzte sich auf das Ende der Liege. Selbst der Stoff, auf den die Zweige des Baumes ein kunstvolles Schattenmuster warfen, war warm. Das Außenthermometer am Küchenfenster zeigte 40 Grad.

Seine Finger fühlten sich schwitzig an, als er die Tasten seines Mobiltelefons betätigte. Matteo ging nach dem zweiten Freizeichen dran. »Wo ist er?«, wollte er von seinem Cousin wissen. Matteo musste nicht nachfragen, wen er meinte: »Auf dem Weg an die Ostsee. In ein Fischerdorf mit einer hübschen Marina.« Er fragte, ob die Information sicher sei. Matteo schlug einen beleidigten Ton an: »Meine Quellen sind immer zuverlässig, Giovanni.«

Er antwortete nicht sofort. »Mist, dann setzen wir uns in den Flieger nach Hamburg.« Matteos Schweigen klang zögerlich. »Du willst ihm hinterherreisen? Was soll das bringen? Gut, von mir aus, rede mit ihm.«

Giovanni grinste, weil ihm gerade eine andere Idee kam: »Mir egal. Wir fliegen bis Hamburg und dann – voglio noleggiare una barca fantastica.« Mal sehen, was das Angebot hergab. Am liebsten würde er sich in Hamburg eine Jacht mieten, zwölf Meter lang, vier Kabinen, zwei Bäder, zehn Kojen, irgendwas in der Art. Er dachte gerne groß. Matteo schwieg. »Hast du aufgelegt?«, fragte er deshalb. Als sein Cousin antwortete, klang er trotzig: »Wenn du eine Jacht nimmst, reserviere gleich eine für mich mit.«

TAG 1, SONNABEND, ETWAS SPÄTER

CARMEN

Natürlich standen alle Regler des Herds auf null. Jetzt hatte sie ein schlechtes Gewissen, weil sie den Start in die Ferien verpatzt hatte. »Hab ich dir ja schon oft gesagt: Du hast eine Zwangsneurose«, brüllte er über Benjamin Blümchens Tröten aus dem CD-Player hinweg, als sie wieder einstieg. Hatte sie nicht! Sie dachte an die Fotos auf ihrem Handy, die sie eben schnell vom Herd, den abgedrehten Wasserhähnen und den geschlossenen Fenstern geschossen hatte.

Sie gab sich fröhlich: »Wusstet ihr, dass in Hohwacht kein Haus höher sein darf als ein Baum?«, fragte sie in die Runde. »Törööö«, antwortete Carla albern und wickelte ein weich gewordenes Schokoladenbonbon aus. Cedriks Mundecken zeigten verräterische braune Flecken und zu ihrem Schreck sah sie, wie ihr Sohn seine Finger an den Sitzpolstern abwischte. Schnell kramte sie in ihrer Handtasche nach einem Taschentuch. »Nein, wusste ich nicht. Wieso?«, fragte Martin gedehnt. Bevor sie antworten konnte, klingelte ihr Handy in der noch offenen Handtasche. Martin ließ den Motor an und setzte den Wagen aus der Parklücke zurück auf die Straße. Am anderen Ende der Leitung hörte sie, wie sich ihre Mutter räusperte und dann im beleidigten Tonfall sagte: »Ich wollte nur mal hören, ob ihr schon angekommen seid?«

»Ähm, fast«, stotterte Carmen und beobachtete dabei im Rückspiegel, wie ihr Wohnblock langsam kleiner wurde. »Törööö«, rief Benjamin Blümchen.

Sie hätte die CD gern aus dem Fenster geschmissen. »Was ist das im Hintergrund für ein Krach?«, wollte ihre Mutter wissen.

»Eine Kinder-CD«, sagte sie und – nachdem sie einen Seitenblick auf Martin erhascht hatte: »Ich ruf dich an, wenn wir da sind.« Sie sah an seiner Miene deutlich, dass ihm ein Telefonat mit ihrer Mutter zu all dem Ärger mit dem Herd gerade noch gefehlt hätte.

Carla und Cedrik hatten offenbar schon alle Schokobonbons aus der Packung aufgegessen. Sie stimmten nun wieder ihr »A ram sam sam«-Lied an. Sie wusste nicht, was sie schlimmer fand: Benjamin Blümchen oder dieses Lied. Beides zusammen hielt sie nicht mehr lange aus.

Ihre rechte Schläfe pochte. Wenn es so weiterginge, würde ihr Kopf platzen. Martin stöhnte neben ihr. Das ärgerte sie auch. Was hatte er hier so herumzustöhnen? Wäre es ihm lieber gewesen, das Haus wäre abgefackelt? Und überhaupt: Er könnte zur Abwechslung auch mal über seinen Schatten springen und sich ein bisschen freuen! Wenigstens konnte er so tun, als ob er sich freute. Den Kindern zuliebe. Warum sang er eigentlich nicht einmal Guli-Guli?

Sie fuhren schließlich in den Urlaub. Genau genommen, stellte sie fest, fuhr das Auto nicht. Es stand schon wieder. Diesmal wegen einer Baustelle. Seine langgliedrigen Finger trommelten aufs Lenkrad. Von hinten hörten sie, wie sich ein Martinshorn näherte. Kurz darauf sah sie ein Blaulicht blinken. Weiter vorn auf der Autobahn musste es einen Unfall gegeben haben. »Wenn wir nicht umgedreht wären, könnten wir schon da sein«, stellte er trocken fest. Die Spitze saß.

»Kann ich meinen Badeanzug haben?«, fragte Carla. Als sie sich zu ihr umdrehte, sah sie, dass sich ihre Tochter bis auf die Unterhose ausgezogen hatte. »Kann ich dann meine Luftmatratze haben?«, echote Cedrik.

Fünf Stunden später rollte das Auto auf den mit Schlaglöchern übersäten Hotelparkplatz. Kies spritzte zur Seite und sie wurden unsanft hin und her geschaukelt, bis Martin das Auto zwischen einem Kombi und einem Land Rover zum Stehen brachte.

»Wir warten hier auf dich«, meinte er matt. Sie nickte nur. Es fehlte nicht viel und sie würde sich in der Ostsee ertränken, falls sie diese denn jemals zu Gesicht bekäme. Während sie sich aus dem Sitz schälte, versuchte sie, so viel Müll wie möglich mit aus dem Auto zu nehmen. Die Bluse klebte ihr am Rücken, als sie sich vorbeugte, um das Schokoladenpapier aus dem Fußraum zu fischen.

Sie hatte Schwierigkeiten damit, das ganze Papier und eine ziemlich glitschige Bananenschale festzuhalten und gleichzeitig die Autotür zu öffnen, weshalb sie versuchte, den Griff mit dem Ellbogen hinunterzudrücken. Mehrere Bonbonpapiere segelten zu Boden. »Scheiße«, murmelte sie. Carla hopste glucksend auf dem Rücksitz auf und ab: »Papi, Mama muss dir wieder 50 Cent für ein Schimpfwort geben.«

MARTIN

Er blickte ihr im Rückspiegel hinterher. Sie hatte eine tolle Figur, genau wie früher. Das konnte er in den engen Jeans nicht übersehen. Trotzdem: Sie hatte sich verändert. Seit – seit – er überlegte kurz – ja, genau, seit sie wieder arbeitete. Manchmal fand er sie regelrecht zickig. Heute zum Beispiel: So heftig hätte sie die Tür nicht unbedingt zuschlagen müssen. Es würde viele Jahre dauern, bis sie das Auto abbezahlt hätten.

CARMEN

Ihre Sandalen sanken tief in den Kies ein und ein Steinchen geriet in ihren Schuh. Es bohrte sich bei jedem Schritt schmerzhafter ins Fleisch. Sie steuerte auf den Hintereingang mit dem Waschzuber voller roter Begonien zu. Friedhofsblumen, dachte sie.

»Hey.« Rechts von ihr hatten sich die Türen eines dunkelblauen Caravans geöffnet. Eine Familie mit zwei langbeinigen Mädchen mit Sonnenbrillen stieg aus und ging in die entgegengesetzte Richtung davon. Dänen, erkannte sie am Kennzeichen. Die Pension schien international beliebt zu sein. Das stimmte sie etwas milder.

Sie wollte gerade die Stufe zur Hintertür nehmen, als sie aus dem Gleichgewicht geriet, stolperte und nach vorne fiel. Fluchend klammerte sie sich mit ihrem gesamten Gewicht an irgendetwas, was ihr Halt geben konnte: den Türklopfer.

Und riss das Metallding mit einem Knirschen aus der Verankerung.

MARTIN

Er rieb sich die Augen. Sie brannten wie nach einem Bad im Salzwasser. Dabei hatten sie den Strand bisher gar nicht zu Gesicht bekommen. Er war ausgelaugt, der Urlaub kam wie gerufen. Trotzdem wäre er nie auf die Idee gekommen, zu buchen, wenn nicht dieses Gratis-Angebot gewesen wäre. Sie konnten es sich eigentlich nicht leisten, in die Ferien zu fahren. Ein beklemmendes Gefühl stieg in ihm auf. Er kannte es zur Genüge. Das Gefühl überkam ihn neuerdings schon in aller Frühe, lange bevor der Wecker klingelte.

Er schloss die Augen. Es blieb ihm nichts übrig, als zu hoffen, dass das Geschäft bald wieder besser lief. Ansonsten müsste er über kurz oder lang Insolvenz anmelden. In dem Fall würde sich sein Vater im Grabe umdrehen. Er hatte das Fotogeschäft von dessen Vater übernommen.

»Was macht Mami da?«, wollte Carla plötzlich wissen. Er öffnete die Augen und sah aus dem Fenster. Ja, was zum Teufel machte Carmen da eigentlich?

CARMEN

Sie starrte das abgerissene Metallteil in ihrer Hand an. Das konnte wohl nicht wahr sein! Sie hatte die Tür kaputt gemacht. Wie unangenehm! Sie drehte sich um, suchte mit den Augen den Parkplatz nach möglichen Zeugen ab: Niemand stieg ein oder aus.

Ihr Blick blieb an den Begonien hängen. Mit zwei Schritten erreichte sie den Waschzuber, zog die Blätter der Pflanze auseinander und versenkte den Türklopfer in der Erde.

Der Empfangsraum lag im Halbdunkel. Ihre Augen mussten sich erst an die schummrige Umgebung gewöhnen. Die beiden altmodischen Wandleuchten brannten nicht. Nur durch eine weitere Tür, eine Milchglastür, die offenbar zur Strandpromenade führte, fiel etwas Tageslicht. Sie betrachtete den verblassten Orientteppich zu ihren Füßen. Dann wandte sie sich dem Tresen mit der Messingglocke darauf zu. Niemand zu sehen.

Während Carmen überlegte, wo das Empfangspersonal stecken könnte, betrachtete sie das pastellfarbene Ölbild hinter dem Tresen. Jemand hatte hier den Strand, das Meer und ein Fischerboot verewigt. Der Maler hatte es mit seinen Pinselstrichen geschafft, es so aussehen zu lassen, als blätterte die Farbe ab. Das Bild gefiel ihr irgendwie. Am Bildrand entdeckte sie eine Signatur. J.-M. Kreyenborg. Vielleicht ein Künstler aus dem Ort?

»Hallo?« Ihre Stimme hallte in ihren Ohren nach. Rechts hinter dem Tresen führte eine Treppe hoch. Vermutlich lagen die Zimmer im ersten Stock. Fast unheimlich erschien ihr diese Leere. Ihre Finger näherten sich der Glocke. Das Metall sah vom jahrelangen Gebrauch zerkratzt aus. Sie warf einen kurzen Blick auf die Wanduhr hinterm Tresen: 14.10 Uhr. Mittagszeit. Sie legte die Finger um den Messinggriff der Glocke. Er fühlte sich kühl an. Sollte sie bimmeln? Eigentlich mochte sie niemanden aus dem Mittagsschlaf reißen.

Weitere scheinbar endlose Minuten verstrichen. Gab's denn hier überhaupt kein Personal? Sie hatte keine Lust mehr, hier dumm rumzustehen und das Bild anzuglotzen. Ihre Schläfen pochten. Sie wollte aufs Zimmer und eine kalte Dusche nehmen. Sich danach auf ein hoffentlich weiches, großes Bett fallen lassen. Und dann? Erst mal die Aussicht auf die Ostsee genießen, überlegte sie. Oder hatte das Zimmer keinen Seeblick? Sie wusste es nicht mehr sicher. Wo blieb denn nun die Empfangskraft? Entschlossen hob sie die Glocke an und schüttelte, so kräftig sie konnte.

MARTIN

»Raus«, brüllte Carla aus Leibeskräften auf dem Rücksitz. »Ich will raus.« Wie eine Schlange glitt sie in den Fußraum hinab. Ihre Wangen hatten eine tiefrote Färbung angenommen. »Was machst du da unten?«, wollte er wissen.

»Mir ist heiß und langweilig«, kam es gequält zurück. »Ich will hier endlich raus!« Carla zog sich mit ihren dünnen Ärmchen zurück auf den Sitz und hämmerte mit beiden Fäusten gegen die Fensterscheibe. »Ich will raus, raus, raus und baden, baaa-den!« Cedrik stimmte mit ein. Natürlich. Zwei gegen einen. Das hatten sie inzwischen gut drauf.

Er wollte den Koffer nicht aus der Dachschale ziehen und auf diesem staubigen Hotelparkplatz nach Badezeug durchwühlen. Er hatte es lieber, wenn die Dinge geordnet über die Bühne gingen. »Wenn Mama wiederkommt, gehen wir aufs Zimmer und dort packen wir aus«, erklärte er und stellte fest, dass seine Stimme leicht vibrierte. Er musste ruhig bleiben. Mit Kindern musste man geduldig sein.

Mit so viel Geduld, wie er nach dieser Fahrt aufbringen konnte, sagte er: »In fünf Minuten gehen wir. Versprochen.« Als Antwort hörte er Papier knistern. Die Kinder packten weitere Schokoriegel aus. Woher hatten die eigentlich so viel Süßkram?

Er hatte selbst keine Lust mehr, im heißen Auto zu sitzen. Wo blieb Carmen nur? Hoffentlich dachte sie wenigstens daran, an der Rezeption Bescheid zu geben, dass sie die Endreinigung selbst übernehmen wollten. Das sparte sicher Geld. Martin strich die Falte auf seiner Stirn mit Daumen und Zeigefinger glatt und schloss die Augen. Er musste sich unbedingt entspannen.

Vom Rücksitz ertönte wütendes Geschrei. »Die ärgert wieder.« Carla hatte ihrem Bruder den Schokoriegel weggenommen. »Cedrik hat gesagt, er hat Bauchweh. Dann darf er keine Schokolade.«

Er nahm Carla Cedriks angebissenen Schokoriegel weg und steckte ihn sich selbst in den Mund. Er hatte gedacht, das würde den Streit beenden, aber plötzlich heulten beide Kinder. Es war ihm ein Rätsel, wie andere Männer es schafften, liebevolle Väter zu sein, die stets prima mit ihren Kindern auskamen. Wenn er andere Papas beobachtete, hatte er jedes Mal den Eindruck, sie könnten die Kinder mühelos in Schach halten. Warum gelang ihm das nicht?

Er rieb sich die Stirn. Er musste mal aufhören, sich ständig mit Selbstzweifeln zu quälen. Sorgen hatte er im Laden genug. Er wollte Erholung. Er sah auf den menschenleeren Parkplatz. Es wäre wirklich zu schön, wenn Carmen sich endlich beeilen und nicht aus einer Kleinigkeit, wie einen Hotelzimmerschlüssel von der Rezeption zu holen, eine Wochenendunternehmung machen würde. »Mein Bauch tut weh«, jammerte Cedrik.

CARMEN

»Moin, ich bin Malgorzata Rieken.« Die Frau mit den eigelb gefärbten Strähnen im Haar schien aus dem Nichts aufgetaucht zu sein. Das dachte Carmen zumindest, bis sie die tapezierte Tür hinter dem Tresen entdeckte. Die hatte sie zuvor überhaupt nicht bemerkt. Es handelte sich vermutlich um eine Art Hinterzimmer. Vielleicht verbarg sich hinter der Tür aber auch ein ganzer Trakt. Woher sollte sie das wissen?

Die Hotelchefin erinnerte sie entfernt an eine Matroschka. Sie hatte sich in ein bunt gemustertes Tuch gehüllt, das kaum ihre Rundungen verdeckte. Malgorzata Rieken sprach die Vokale hart aus und rollte das R. Carmen vermutete, dass sie aus Polen stammte. Sie ergriff die Hand, die ihr die Hotelchefin entgegenstreckte, und wurde dann von dieser halb über den Tresen gezogen. Malgorzata Rieken war offensichtlich eine kräftige Frau.

»Carmen Bachmann aus Hamburg«, stellte sie sich selbst etwas linkisch vor. »Ähm. Wir haben hier gebucht. Für eine Woche.«

Es kam ihr so vor, als verdunkelte sich der Blick ihres Gegenübers. Für einen Moment hatte sie Angst, die Hotelchefin könnte gesehen haben, wie sie ihren Türklopfer entsorgt hatte.

Malgorzata Rieken zog ein Anmeldeformular aus einer Schublade. Dann lächelte sie wieder: »Das können Sie schon ausfüllen. Ins Zimmer kann ich Sie im Moment nicht lassen.« Sie zeigte sehr gerade Zähne.

Carmen dachte erst, sie hätte sich verhört. »In der Reisebestätigung hieß es, wir könnten ab 14 Uhr aufs Zimmer«, stammelte sie.

Malgorzata Rieken hatte ihr inzwischen den Rücken gekehrt und kramte etwas aus einem Schränkchen. Es war eine Kasse. »Es müsste bald fertig sein. Sie können ja in Ruhe das Formular ausfüllen. Und die Kurtaxe muss ich Ihnen natürlich berechnen.«

Martin sah sie scharf an, als sie die Beifahrertür öffnete. »Hast du gesagt, dass du die Endreinigung selbst machst?«

Sie schaute ihn an: »Was für eine Endreinigung? Das ist ein Hotel, Martin, und keine Ferienwohnung. Und im Übrigen: Wir können nicht aufs Zimmer. Die Reinigungsfrau ist offenbar nicht rechtzeitig fertig geworden. Puh, was riecht denn hier drin so furchtbar?«

Carla informierte sie: »Cedrik hat gekotzt und Papi hat es mit dem Taschentuch weggemacht.« Martin wischte jede weitere Nachfrage mit einer Handbewegung beiseite und fragte wieder: »Keine Endreinigung?«

Hat deine Platte einen Sprung?, hätte sie am liebsten gefragt, öffnete jedoch stattdessen wortlos eine hintere Autotür. »Kommt, wir sagen erst mal dem Meer Guten Tag«, schlug sie den Kindern vor. »Dann geht es dir gleich besser, Cedrik.«

Zu viert liefen sie auf dem schmalen Weg am Hotel vorbei. Er führte auf eine betonierte Stichstraße, die Straße zum Meer.

Sie sah bereits einen dunkelblauen Zipfel am Ende des Weges schimmern. Plötzlich vergaß sie alle Sorgen, sie fühlte sich so unbeschwert wie lange nicht mehr. Sie lief immer schneller, viel schwungvoller als sonst, und setzte im Gehen beiden Kindern einen etwas schiefen Kuss ins Haar. Sie überlegte kurz, ob sie Martins Hand ergreifen sollte. Er ging jedoch ein Stück hinter ihr.

Sie freute sich an den hübschen, weiß getünchten Hotels und Pensionen, die links und rechts der Strandpromenade in der Sonne um die Wette leuchteten. Sommergäste flanierten auf dem Asphalt oder ließen sich ihren Kaffee unter einem der großen Sonnenschirme schmecken, die die Gastwirte auf ihren Terrassen aufgespannt hatten.

Die Luft roch ganz anders als zu Hause in Hamburg. Sauberer, fand sie. Ein Kreischen ließ sie den Blick heben: Eine Möwe segelte über ihre Köpfe hinweg.

Während sich Cedrik an ihrer Hand hielt, hüpfte Carla vor ihnen her. Ihr Blümchenkleid bauschte sich im Wind. Sie konnte nicht anders, sie verliebte sich gerade in diesen netten, kleinen Küstenort.

Nur ein Gedanke störte sie in ihrem Ferienglück: »Dass wir auf unser Zimmer warten müssen – glaubst du, das hat damit zu tun, dass wir Gratis-Urlauber sind?«, wollte sie von Martin wissen. Er hatte inzwischen aufgeschlossen und zuckte nun die Schultern.

Oder Frau Rieken hat wirklich gesehen, wie ich den Türklopfer kaputt gemacht habe, dachte sie wieder. Sie erzählte Martin nichts von ihrem Missgeschick. Es wäre ihr peinlich gewesen. Und sicher hätte er Angst gehabt, dass die Rieken ihnen den Griff berechnen würde.

Am Ende der Straße trafen sie auf eine Bretterbude. »Jans Fischhus«, stand in schiefen Buchstaben auf einem Schild. Carmen blieb interessiert stehen und entzifferte eine kleine handbeschriebene Tafel am Eingang: »Kaffee: 1,50 Euro. Krabbenbrötchen und Scampi in Knoblauchsauce: je 6 Euro und Aufkleber ›Nix Sylt, Hohwacht‹: 2 Euro«.

»Wenn Hohwacht mit Sylt mithalten will, muss der Zimmerservice schneller werden«, murmelte sie.

»Was hast du gesagt?« Martin hielt sich neben ihr.

»Ach nichts«, meinte Carmen.

Hinter einer durchsichtigen Zeltplane, die die Besucher von »Jans Fischhus« vor kaltem Ostwind schützen sollte, standen ein paar Männer und unterhielten sich. Carmen konnte im Vorbeigehen ein paar Satzfetzen aufschnappen: »Frechheit, was die sich erlauben« und »… müssen was tun.«

Frittenduft wehte herüber. Ihr Magen zog sich zusammen. In Martins Rucksack mussten noch Müsliriegel sein. Sie hatte keine Lust darauf. Gegen ein Krabbenbrötchen hingegen hätte sie nichts einzuwenden gehabt, wollte jedoch nicht unnötig Geld ausgeben. Lieber sparsam sein. Sie hatten schließlich Halbpension gebucht.

Ein paar Minuten später erreichten sie den Strand. Büschel von Dünengras wogten leicht im Wind und sorgten zusammen mit dem feinkörnigen Sandstrand und einem mit weißen Schaumkronen geschmückten Meer für eine traumhafte Aussicht. Mit einem Juchzer zog sie die Schuhe aus, lief barfuß über das etwas piksige Gras und wühlte dann mit den nackten Zehen im warmen Sand. Mit dem großen Zeh malte sie ein Herz hinein. Die Kinder taten es ihr sofort nach. Martin zog es zu den Fischerbooten und einem alten Anker, der auf einem Stein lag. Daneben stand eine Schautafel. Martin winkte sie herüber. »Warnung«, las sie laut, als sie bei ihm angekommen war. »Es besteht Lebensgefahr.« Sie sah ihn überrascht an und las weiter: »Während des Schießens auf den Schießplätzen Putlos und Todendorf ist das Befahren der Warngebiete verboten«, stand da. »Tretbootfahren fällt aus«, sagte sie lachend und zog ihn mit sich.

Es war viel zu schön hier, um sich schon wieder neue Sorgen zu machen. Sie liefen ein Stück im weichen Sand und kamen an eine Brücke. Die Kinder liefen sofort hinauf und zum Spaß einmal bis zum Ende und zurück. Als sie auf die beiden wartete, fiel ihr Blick auf ein Paar, das ganz in der Nähe aneinandergekuschelt auf einer Decke schlief.

Mit einem Stich im Herzen betrachtete sie etwas später Liebesschlösser, die Liebespaare ganz in der Nähe an einen Fisch aus Metall gekettet hatten. Wenn sie geglaubt hätte, er hätte ein Schloss für sie beide dabei, sah sie sich getäuscht: Martin betrat bereits die Plattform, die sich über dem Wasser ausbreitete. Die Flunder galt als Wahrzeichen des Ortes, hatte sie gelesen. Sie hatte sich im Vorfeld wirklich gut über ihren Urlaubsort informiert. Er bestand aus Alt- und Neu-Hohwacht. Sie fragte sich, wo welcher Teil begann und aufhörte.

»Hier auf der Flunder finden oft Veranstaltungen statt. Vielleicht ist was für uns dabei?«, sagte sie an Martin gewandt. »Vielleicht«, sagte er unergründlich. Manchmal wusste sie nicht mehr, woran sie bei ihm war. Es gab Ehen, die am Alltag zerbrachen, dachte sie, plötzlich traurig geworden.

Er wandte sich der Bude eines Strandkorbvermieters zu. »Ich frag mal eben nach den Preisen«, rief er ihr zu. Carmen blieb nachdenklich stehen. Sie versuchte, das Glücksgefühl von eben heraufzubeschwören, den Wind auf der Haut zu genießen und die unbeschreiblich schöne Steilküste, die vor ihr aufragte. Diesen Teil des Ostseebades wollte sie möglichst bald erkunden. Irgendwo dahinten mussten die berühmten Hohwachter Badehütten sein, überlegte sie.

»Wir mieten den Strandkorb für die ganze Woche. Spart fünf Euro«, berichtete Martin leicht außer Atem, als er bei ihr ankam. Er hatte offenbar alles schon geregelt, als er mit dem Mann mit dem schlohweißen Haar gesprochen hatte, der auf einem Klappstuhl vor der Hütte saß.

»Er hat mich gefragt, ob ich was unterschreiben will. Es ging um irgendein Bauvorhaben an der Bucht. Hier soll offenbar ein riesiger Appartementkomplex entstehen und dafür würde die Fischhütte da hinten abgerissen.«

Carmen sah kurz in die Richtung, in die er zeigte, und schüttelte den Kopf. »Du, lass uns bitte nicht gleich festlegen, Martin.«

Es war ihr längst wieder eingefallen, wer ihr erzählt hatte, dass Hohwacht der Geheimtipp schlechthin sei. Nele aus dem Büro. Und Nele hatte ihr schließlich ebenfalls berichtet, dass die ganze Gegend traumhaft sei. »Nele meinte, die südliche Ostseeküste zwischen Kiel und Lübeck sei ein einziges Badeparadies.« Er sah sie stumm an. Nele hatte von unglaublich langen Stränden zwischen der Hohwachter Bucht und Laboe geschwärmt und den Weissenhäuser Strand erwähnt. Soweit sie wusste, lag dieser nicht allzu weit entfernt. »Außerdem hat Lütjenburg einen tollen Wochenmarkt und es gibt einige sehr nette Herrenhäuser in der Gegend. Wir wären wirklich bescheuert, wenn wir den Strandkorb gleich für die ganze Woche mieten würden«, beharrte sie.

Er verstand offenbar gar nicht, wovon sie sprach: »Es spart Geld, wenn wir gleich für die ganze Woche mieten …«

Die ganze Woche ... Sie hatte nicht vor, diese Woche im Strandkorb herumzuliegen. Sie hatte vielmehr den vagen Plan gefasst, die Gegend zu erkunden. Vielleicht würde sie damit anfangen, einen Reiseblog zu schreiben. Martin hatte schließlich bereits ein Hobby: seine todlangweilige Pflanzenfotografie. Und sie? Hatte nichts. Außer den Kindern, dachte sie zerknirscht. Sie wusste nicht, was er von einem Blog halten würde. Aus einem Grund, den sie selbst nicht kannte, mochte sie ihn nicht fragen. »Warum willst du jeden Tag das Gleiche machen?«, fragte sie stattdessen.

»Wo sind eigentlich die Kinder?«, fragte er.

Als hätte jemand einen Schalter umgelegt, bebte ihr ganzer Körper vor Panik. Sie handelte, ohne zu denken. Ihre Füße setzten sich in Bewegung. Die Kinder finden. Cedrik kann nicht schwimmen! Nichts anderes konnte sie denken. Immer schneller trugen ihre Füße sie über den Sand. Blindlings stürzte sie in Richtung Wasser. Sie hatte keine Ahnung, ob Martin hinter ihr lief oder ob er woanders suchte.

Es waren jede Menge Leute am Strand. Teenager, die auf dem festeren Sand Beach-Tennis spielten, drei kleine Jungen, die bis zu den Knien im Wasser standen, ausgestattet mit Keschern. Sie umrundete einen Bernsteinsammler. Das Wasser fiel flach ab, versuchte sie, sich zu beruhigen. Selbst Kinder konnten ein ganzes Stück hineingehen, bis ... Ihre Hände zitterten, ihr Brustkorb bebte. Was, wenn sie ...

Sie rannte weiter, achtete kaum darauf, wenn sie Leute im Vorbeirennen anrempelte. Der weiche Sand machte das Rennen schwer. Sie war nie besonders sportlich gewesen und verspürte inzwischen heftige Seitenstiche.

»Carla!«, rief sie. »Cedrik!« Die Verzweiflung in ihrer Stimme machte ihr selbst Angst.

Dann wehte der Wind ein Schluchzen herüber. Carla!

Ihre Tochter stand bis zu den Oberschenkeln im Wasser, die Wellen klatschten ihr bis hoch zur Brust. Cedrik stand etwas abseits, am Strand, und hielt Carlas Kleid fest. Sie schluckte. Vor Erleichterung hätte sie fast geweint. »Carla!«, rief sie und streckte die Arme aus.

Fest drückte sie ihre Tochter an sich. Dann beugte sie sich zu dem kleinen Gesichtchen hinunter. Carlas Augen schwammen in Tränen. »Warum weinst du? Hast du dir wehgetan? Bist du an eine Feuerqualle geraten?«

Carla wischte sich Rotz von der Nase und zeigte aufs Meer. »Ihr seid so fiese Eltern und gebt mir die ganze Zeit nicht meinen Badeanzug!«

MALGORZATA

Sie bediente gerade das ältere Ehepaar auf der Terrasse, als die Hamburger aufmarschierten. Der Vater hielt die rosafarbene Buchungsbestätigung wie einen Schild vor der Brust. Frau und Kinder gaben ihm Rückendeckung. Was hatten die denn hier vor?

Sie reichte dem Herrn mit dem schütteren Haar ein Kännchen Kaffee vom Tablett. Seiner Frau, einer sommersprossigen Dame mit royalblauem Brillengestell, stellte sie einen Teller mit Käsekuchen vor die Nase.

»Ähm, Moin. Entschuldigung«, sagte der Hamburger und schwenkte die Buchungsbestätigung hin und her. »Ja bitte?« Ihr Ton klang kälter als die Ostsee im Dezember. Sie hatte im Laufe der Jahre gelernt, mit aufmüpfigen Gästen umzugehen. Schließlich führte sie das Haus seit Hermanns Tod ganz allein. Sie würde sich nicht kirre machen lassen. Auch oder schon gar nicht von Hamburgern, die kostenlos bei ihr übernachten durften.

Der Familienvater versuchte ein Lächeln, das zu einer schiefen Grimasse wurde: »Gleich ist es 17 Uhr und …« Der Mann ließ den Satz in der Luft hängen. Der Mut hatte ihn wahrscheinlich schon verlassen.

Sie zuckte demonstrativ die Achseln. Viele Probleme ließen sich wunderbar aussitzen. Der gute Mann würde schließlich einsehen, dass sie nicht zaubern konnte. Oder dachte er wirklich, sie würde nun selbst das Zimmer putzen, damit es schneller ging?

Es war doch offensichtlich, dass sie alle Hände voll zu tun hatte: Sogleich wischte sie mit einem Mikrofasertuch einige unsichtbare Kuchenkrümel vom Tisch. Zu Demonstrationszwecken.

Der Hamburger faltete umständlich die Buchungsbestätigung zusammen und nickte entschuldigend Richtung Käsekuchen. Ging doch. Hochzufrieden wollte sie gerade auf dem Absatz kehrtmachen, als ihr Blick auf den kleinen dicken Jungen mit der Zahnlücke fiel. Er starrte sie an, als sei sie Papst Johannes Paul der II. Sie hatte keine Kinder, was sie bedauerte, denn sie hatte sie immer gemocht. Und dieses kleine Pummelchen fand sie zu süß.

Sie gab sich einen Ruck. »Geht von mir aus rüber«,

gestattete sie ihren neuen Gästen, »und seht selbst nach, ob Frau Becker fertig ist.«

CARMEN

Ihr Zimmer befand sich im Erdgeschoss eines unauffälligen Nebengebäudes am Parkplatz – gleich neben den Mülltonnen. Cedrik, der zufrieden an einem Müsliriegel aus Martins Rucksack kaute, hatte die rote Plastik-Hausnummer als Erster entdeckt. Eine fette, orange-weiße Katze schien auf sie gewartet zu haben. Das Tier hatte einen ziemlich großen Kopf. Vielleicht war die Katze ein Kater, überlegte sie.

Gleich als sie den Innenhof passierten, sah sie, dass die Tür zu Zimmer 7 nur angelehnt war. Während sich Cedrik zu der Katze bückte, um sie zu streicheln, und Martin versuchte, ihn davon abzuhalten, weil Tiere Krankheiten übertragen konnten, lief sie zu der Glastür mit der Spitzengardine.

Ein Geräusch ließ sie in der Bewegung erstarren. Stimmen. Die eindeutig aus Zimmer 7 kamen. Sie hörte einen Augenblick lang still zu. Dann lief sie fassungslos zu Martin zurück. »Kriegst du eigentlich mit, was da drin gerade passiert?«

Martin war in die Hocke gegangen. Er versuchte, der Katze Cedriks Müsliriegel zu entwinden. Prompt schnellte eine Tatze vor, an deren Ende scharfe Krallen ausfuhren. »Nein, kriege ich nicht«, brachte er zwischen zusammengebissenen Zähnen hervor. »Ich habe gerade andere Sorgen, wie du siehst«, keuchte er und leckte sich Blut vom Handrücken.

Cedrik begann zu heulen. Ob wegen seines Müsliriegels oder der tiefroten Schramme auf dem Handrücken seines Vaters, konnte sie nicht erkennen. Carmen legte ihren Zeigefinger auf die Lippen und blickte in Richtung des Zimmers. »Die Putzfrau putzt gar nicht«, wisperte sie.

Martins Stirnfalte glich einer Furche. »Was macht sie denn sonst da drin?«, fragte er argwöhnisch. Sie bedeutete ihm, ihr zu folgen: »Hör selbst.«

Sie näherte sich wieder vorsichtig der Türschwelle. Martin kam langsamer hinterher.

»Also, ich glaube nicht, ich bin sicher, dass ich ihn gesehen habe«, hörten sie im Zimmer eine kratzende Stimme sagen. Die Person, zu der die Stimme gehörte, musste sehr alt sein oder Kette rauchen. »Ich weiß genau, dass es einer der Sopranos gewesen ist. Er hatte einen dunklen Anzug an und trug eine verspiegelte Sonnenbrille – genau wie in der Serie. Seine Haare waren genauso gegelt.« Wieder gab es eine Pause. »Pass auf, Elli, ist mir scheißegal, ob du mir glaubst oder nicht. Ich weiß, was ich gesehen habe. Ich muss Schluss machen. Ich will Vera noch anrufen.«

Carmen hörte ein schabendes Geräusch und kurz darauf erschien eine Birkenstocksandale im Türrahmen, die einen Eimer hinausbeförderte. Sie packte ihren Mann am Oberarm und zog ihn ein Stück von der Tür weg.

Nun erschien die ganze Frau Becker. In der einen Hand hielt sie einen Wischmopp, mit der anderen ließ sie ihr Klapp-Handy in der Kittelschürze verschwinden. Sie nickte ihnen beiläufig zu, während sie den Mopp in den Plastikeimer vor der Tür steckte, sich eine Zigarette anzündete und wieder im Zimmer verschwand.

»Sag was«, forderte Carmen ihren Mann ungehalten auf. Sie fand sich selbst ein bisschen schroff. »Das können wir uns nicht bieten lassen.«

Er schien über ihre Worte nachzudenken, während er zu der Katze sah. Die Katze oder der Kater war mindestens zu doppelter Größe angewachsen. Der Schwanz ragte steil in die Höhe. Ihre Kinder hockten in einigem Abstand auf dem Boden und beobachteten das Tier. »Kommt ihr bloß nicht zu nahe«, warnte Martin.

»Also wirst du etwas unternehmen?«, wollte sie von ihm wissen.

Er wirkte überrascht: »Was soll ich denn unternehmen?«

Sie schäumte: »Na, dich beschweren.«

Martin sah aus, als hätte sie vorgeschlagen, die monströse Katze mit nach Hause zu nehmen: »Du weißt, ich bin eher nicht so der rebellische Typ.«

HORST

Ein feiner, heller Ton erfüllte die Luft. Er stammte von der Türglocke. Für ihn immer das Zeichen, dass er am perfekten Urlaubsort angekommen war. »Moin, wo geiht di dat, Horst?«, begrüßte ihn die freundlich lächelnde Person hinter der Glastheke mit dem Bienenstich.

»Edeltraut!« Sein Herz ging auf, bei ihr fühlte er sich willkommen.

»Willst wohl ein Seelachs-Hörnchen?«

Er stutzte. »Wat is dat denn?«, fragte er nun ebenfalls auf Plattdeutsch.

Edeltraut gluckste, was gleichermaßen ihr Haargebinde und Doppelkinn erzittern ließ. Er wusste zwar, dass es in Hohwacht Fischbrötchen gab, solche mit Matjes oder Bismarckhering, aber von Seelachs-Hörnchen hatte er nie gehört. Der Gedanke an ein süßes Butterhörnchen mit Fischbelag behagte ihm nicht sonderlich. Es würde ja schließlich auch niemand auf die Idee kommen, Grünkohl mit Vanillesauce zu essen. »Meine eigene Kreation. Ich mache nämlich dieses Jahr mit beim Fischbrötchen-Hopping.« Sie drückte ihr Rückgrat durch. »Machen fast alle Hohwachter Gastronomen. Der Bürgermeister hatte die Idee dazu. Neulich bei unserer Versammlung der Wirtschaftstreibenden. Er meint, dass wir den Urlaubern noch mehr bieten müssen. Im maritimen Bereich. Er kennt sich aus mit Marketing, der Bürgermeister. Deswegen haben wir ihn alle gewählt. Na ja, ist ja nichts Schlechtes dabei.« Sie lachte und alles an ihr geriet erneut ins Wanken.

Er konnte sich noch nicht recht an den Gedanken gewöhnen, Fischbrötchen beim Bäcker zu kaufen, zumal so früh am Morgen. Er wollte sie aber auch nicht enttäuschen, deshalb tat er so, als würde er zwischen Krabben und Seelachs wählen, obwohl ihm der Sinn nach einer Rosinenwecke stand.

Edeltraut zog bereits einen Jutebeutel unterm Tresen hervor und hielt ihn demonstrativ in die Höhe: »Und hier siehste unsere neuen, umweltfreundlichen Tüten!« Das Bild eines Ankers und darunter der Schriftzug »Hohwacht, Nix Sylt« zierte die Stofftasche. »Nicht schlecht, Herr Specht.« Er nickte anerkennend.

»Und wie funktioniert das mit dem Hopping?«, erkundigte er sich höflich.

»Für jedes Fischbrötchen bekommst du einen Stempel, bei drei Stempeln ist der Brötchen-Pass voll und du kannst ihn an der Flunder abgeben.«

»Und dann?« Dann, erläuterte Edeltraut, habe er die Chance auf einen Gewinn. »Was denn für einen Gewinn?« Sie überlegte kurz: »Du könntest bei mir ein Kaffee- und Kuchen-Gedeck gewinnen.« Er fummelte Geld aus seiner Börse und kaufte mit einem leichten Schaudern ein Seelachs-Hörnchen für sich und zwei Krabben-Krüstchen für seine Frau. »Nicht vergessen: Die Ziehung ist immer um 17 Uhr am Meeting-Point«, erinnerte ihn Edeltraut. Dann schnackten sie kurz über dieses und jenes im Ort.

Begleitet von ihrem »Kiek mol wedder in« und dem geliebten Läuten der Türglocke verließ er die Bäckerei und schwenkte im Gehen zufrieden seinen Hohwacht-Beutel. Er hatte von Edeltraut nicht nur Fischbrötchen, sondern zusätzlich jede Menge weitere Informationen bekommen. Die Bäckereifachverkäuferin seines Vertrauens hatte ihm berichtet, dass es in der Nacht einen Hotel-Einbruch gegeben habe. Das hatte sie von ihrer Schwester erfahren, die im Hotel Strandloper arbeitete. Die News waren noch ganz frisch – wie die Fischbrötchen.

Auf dem Rückweg blickte er sich nach Leuten um, denen er die Neuigkeiten mitteilen könnte. Er vermisste seinen Job bei der Post. Als er noch aktiv Dienst tat, war er am Puls der Zeit. Damals hatte er nicht nur Briefe und Pakete verteilt. Zu seiner selbstgewählten Aufgabe gehörte ein mündlicher Nachrichtendienst. Nicht offiziell natürlich. Trotzdem: Nachbarn erzählten ihm was und er erzählte es weiter.

Heute war es anders. Statt die Post zuzustellen, sorgte er nun lediglich dafür, dass sie nicht aus dem Briefkasten ragte und nass wurde. Er sah es als passiven Dienst am ehemaligen Kunden. Es zeigte sich nämlich Tag für Tag aufs Neue, dass gerade die jungen Kollegen privater Anbieter es manchmal bei der Zustellung an der notwendigen Sorgfalt mangeln ließen.

Leider bei Weitem nicht alle Empfänger in seiner Nachbarschaft wussten seine Kontrollgänge und das Nachstecken der Post zu schätzen. Die Leute ließen es oft sogar an Dankbarkeit fehlen, wenn sie ihn an ihren Briefkästen fingern sahen. Wenigstens war ihm durch seine Beschäftigung als passiver Postbote nicht mehr so schrecklich langweilig.

Und er erfuhr weiterhin allerhand vor den Hauseingängen. Was einerseits ein wenig Einfühlungsvermögen voraussetzte. Andererseits gab es ebenso Menschen wie Edeltraut, die bereitwillig alles erzählten. Sein erster Spaziergang durch Hohwacht führte ihn immer in ihr Bäckergeschäft. Seit 25 Jahren brachte sie ihn in seinen Ferien auf den neuesten Stand im Dorf.

Auf dem Rückweg zur Pension wollte er schnell am Strandloper vorbeigehen. Vielleicht hatte er Glück und sah einen Polizeiwagen. Die mussten schließlich die Einbruchsspuren sichern oder Zeugen befragen. Diese Gelegenheit würde er sich nicht entgehen lassen. So was sah man sonst nur im Fernsehen. Vor seinem geistigen Auge tauchten bereits Männer in weißen Schutzanzügen auf, die an der Eingangstür des Hotels herumdokterten.

Als er am Hotel ankam, stand dort kein Polizeiauto. Alles schien wie immer zu sein. Nur ein Passant in Shorts wartete offenbar auf jemanden am Eingang. Wie ärgerlich. Er hatte die Spurensicherung verpasst. Er warf dem Mann im Weggehen einen missbilligenden Blick zu: Vermutlich handelte es sich bei dieser Person um einen dieser verabscheuungswürdigen Schaulustigen. Hatten nichts Besseres zu tun, als neugierig herumzustehen und zu gaffen und die Polizeiarbeit zu behindern. Schlimm fand er das.

OKE

Die Kaffeemaschine machte seltsame Geräusche. Schietding!

Es klang, als würde ein Meerschweinchen nach Futter pfeifen. Ein erkältetes Meerschwein.

Er rollte seinen Stuhl vom Schreibtisch weg, um die Maschine zu untersuchen. Die Plastikrollen holperten über den geflickten Teppich. Und als er aufstand, segelte eine Flocke aus dem Stuhlpolster herab. Der Stoff war schon seit Jahren zerschlissen, die Füllung fehlte inzwischen fast komplett. Düvel ok! Er fluchte diesmal nicht, weil die Landesregierung so wenig für ihre Bediensteten übrighatte, dass diese auf Sperrmüllmöbeln sitzen mussten. Er fluchte, weil er sich gerade wieder das Knie in dieser Zwergen-Wache gestoßen hatte.

Er beschrieb sich selbst gern als XXL-Ostfriesen: Immerhin überragte er mit seinen 2,15 Metern alle 804 Hohwachter. Und war Meister im Boßeln, was eine Art Kegeln auf der Straße ohne Kegel war, wie er Touristen gern erklärte. Pultstockspringen, also über Gräben hüpfen und sich dabei an einem langen Holzstock festhalten, konnte er natürlich auch. Jedenfalls war er in jüngeren Jahren gut im Friesensport gewesen. Heute würde er sich eher aufs Krabbenpulen verlegen. Aber nicht aufs Teetrinken.

Er kam zwar aus dem flachen Land mit den braunen Kühen, wo jeder Einwohner 290 Liter Tee im Jahr trank. Aber er selbst bekam das labbrige Zeug nicht runter. Egal, wie viel Kluntjes er in die Tasse kippte. Auch Sahne half nicht. Im Gegenteil. Tee war etwas für ältere Damen, fand er. Er blieb lieber bei starkem Kaffee. 365 Liter im Jahr. Mindestens.

Die neue vollautomatische Kaffeemaschine allerdings war ein Schrotthupen. »Ik kunn dat Deert na'n Fenster rutschmieten«, sagte er und schaute in Richtung seiner Kollegin Jana Schmidt. Die antwortete nicht. Vermutlich, weil sie seine Ausbrüche kannte. Jedes Mal machte die Maschine Probleme, wenn er sich einen Kaffee holen wollte. Und gemeinerweise streikte sie nur bei ihm. Wie zum Beweis machte das Schietding jetzt wieder so ein merkwürdiges Geräusch. Dabei hatte er nur die Hand auf den Wassertank gelegt. Genauso würde ein Meerschwein klingen, wenn es mit scharfem Mundwasser gurgelte. Düvelsding!

Es war eins dieser neumodischen Pad-Geräte. Die alte Kaffeemaschine hatte nach 19 Dienstjahren ihren Geist aufgegeben. Jana Schmidt, die erst seit Kurzem in Hohwacht arbeitete, hatte die Pad-Maschine von zu Hause mitgebracht.

Er hatte keine Ahnung, wo genau und wie sie wohnte. »Kranichring«, hatte sie nur gemeint, als er gefragt hatte. Sie hatten bisher kaum geredet. Vielleicht lag's am Altersunterschied, dass sie keinen rechten Zugang zueinanderfanden.

Er bückte sich: Der Knopf, den man fürs Vorheizen drücken musste, blinkte rot auf. Gerade, als er sich ein Stück weiter vorbeugte, um dem Blinken auf den Grund zu gehen, begann das vermaledeite Dingsbums Kaffee zu spucken. »Aua!«, heulte er auf.

»Dammi noch mal to!« Jana Schmidt grinste breit. Probleme mit Technik hatte sie nicht. Ihr Grinsen ärgerte ihn. Als Dienstältester dieser Wache konnte er ein wenig Respekt erwarten. »Was ist mit dem Einbruch, Frau Schmidt?«, blaffte er. Er blickte in erschrocken aufgerissene Augen. Hoffentlich fing sie nicht gleich an zu heulen.

Seine Frau nannte ihn einen Bullerjan. Wahrscheinlich hatte sie sogar recht damit. Es war ihm schon oft passiert, dass er heftiger reagierte, als er eigentlich wollte. Oder das sich sein Gegenüber ganz anders benahm, als er erwartet hatte. Der Umgang mit Menschen fiel ihm nicht immer ganz leicht. Vor allem nicht mit Frauen.

»Im Bericht steht nur, dass Unbekannte ins Hotel Strandloper eingedrungen sind. Es fehlt offenbar nichts. Überhaupt nichts«, sagte Jana Schmidt, die Augen schuldbewusst gesenkt.

»Wie sind sie denn reingekommen?« Während er auf eine Antwort wartete, musterte er die Kollegin, deren

Augen nun über den Computerbildschirm huschten. Ihre Wangen waren leicht gerötet, registrierte er. Sie hatte sehr helles Haar, eine gerade Nase und ihre wachen, hellbraunen Augen standen weit auseinander. Sie hatte Grübchen in den Wangen. Das fand er sympathisch. »Durch den Nebeneingang. Die Tür wurde aufgehebelt«, las sie vom Schirm ab. Hätte sie nicht diesen Überbiss, könnte man sie als schön bezeichnen, dachte er und erschrak, als er feststellte, dass sie ihn nun ihrerseits taxierte. Er hoffte, dass sie auf der Wache in Lütjenburg nicht gelernt hatte, Gedanken zu lesen.

Er räusperte sich. »Sie gehen hin und sehen sich alles an«, forderte er sie auf. »Befragen Sie die Angestellten, Gäste, Passanten, was weiß ich, wen. Finden Sie Zeugen! Apropos: Schreiben Sie später eine Pressemitteilung. Wer hat etwas gesehen? Sie wissen schon. Sollen sich alle bei uns melden.«

Wenn er Polizeichef Jens Hallbohm überzeugen wollte, dass die Wache ganztägig geöffnet bleiben musste, müssten sie sich ins Zeug legen. Die Zahl der Fälle zählte, nichts anderes. Fälle und Fakten. Er wiederholte die Worte, sie gefielen ihm.

Urplötzlich wurde seine Laune wieder schlecht: Hallbohm, er bekam schon Pickel, wenn er nur an den Chef dachte. Dessen hängende Hamsterbacken hinterließen bei ihm stets den Eindruck, er, Oke Oltmanns, sei eine Enttäuschung für die gesamte Heeresführung. Hallbohm hatte den Personalrat kürzlich informiert, dass man auf die Wache in Hohwacht eigentlich auch ganz verzichten könnte. So hatte es jedenfalls in seinen Ohren geklungen. In Wirklichkeit hatte Hallbohm gesagt, dass die Öffnungszeiten der Wache auf zwei Stunden täglich zu begrenzen seien. Zwei Stunden am Tag – er würde sich totlachen, wenn der Vorschlag nicht so traurig gewesen wäre. Wenn man die Öffnungszeiten dermaßen kürzte, könnten sie eigentlich auch gleich ganz dichtmachen.

Es tröstete ihn nicht, dass sie in der Gegend nicht die Einzigen sein sollten, die bluten mussten. Laut Gerüchteküche plante Hallbohm die Schließung von sechs Polizeistationen im Kreis Plön: Er selbst wusste von Selent, Ascheberg und Laboe. Die anderen Namen hielt die Polizeiführung aktuell streng geheim. Selbst vor dem Personalrat. Angeblich ging es bei den Kürzungen um Organisatorisches. Tss. Es ging um Kosten und nix anderes, glaubte er. Es war durchgesickert, dass Hallbohm zehn Posten bei der Schutzpolizei auf dem Kieker hatte.

Wahrscheinlich würde Hallbohm ihn in den Vorruhestand schicken. Bei der Vorstellung wurde ihm ganz anders zumute. Es fühlte sich beinahe so an wie damals, als er zu Inse ins Krankenhaus gerufen wurde, weil sie eine akute Blinddarmentzündung gehabt hatte. Er hatte damals um ihr Leben Angst gehabt. Nun hatte er Angst um seine Wache.

Er dachte an die Personalratsversammlung zurück. Sie hatten alle aufs Revier nach Plön gemusst, wo Hallbohm ihnen die neuen Schließzeiten der Wachen verkündet hatte. Immerhin hatte er den Mumm gehabt aufzustehen. Es wurde bei der Polizei nicht gern gesehen, wenn man Entscheidungen infrage stellte. Aber er hätte es sich nie verziehen, wenn er seine Wache kampflos aufgegeben hätte: »Und was passiert, wenn ein Bürger eine Anzeige aufgeben will und die Wache geschlossen ist?«, fragte er mit einem Kloß im Hals.

Die Kritik prallte an Hallbohm ab wie ein Volleyball an einer Turnhallenwand: »Die Anzeigen kommen in Zukunft nur online, Oschi«, hatte Hallbohm erwidert. Er sagte es in einer Weise, die andeutete, der Hohwachter Kommissar sei nicht auf dem neuesten Stand.

Dass ihn dieser Schnösel mit seinem Spitznamen anredete, das hatte ihn zusätzlich geärgert. Was bildete der sich ein? Die Empörung ließ ihn nachfassen: »Und Sie glauben tatsächlich, die Oma aus dem Neptunweg kann online eine Anzeige aufgeben?« Am liebsten hätte er noch auf das subjektive Sicherheitsgefühl der Hohwachter angespielt, dass es ohne Hauptkommissar Oke Oltmanns sicher nicht geben würde. Aber da hatte Hallbohm schon mit seinem Vortrag weitergemacht.

Nach der Präsentation, die Kollegen standen in Grüppchen zusammen, nahm ihn Hallbohm beiseite und zischte ihm leise ins Ohr: »Mach hier nicht die Welle, Oschi. Bei euch in der Bucht ist bislang nie was passiert – außer mal ein Badeunfall.«

Das stimmte natürlich. Der Kreis Plön galt als einer der sichersten des Landes. Nicht mal Badeunfälle hatte es in letzter Zeit gegeben. Er würde in den nächsten Wochen jeden Stein dreimal umdrehen müssen, um Hallbohm Fakten und Zahlen zu präsentieren, die ihn die Kürzung der Öffnungszeiten überdenken lassen mussten.

CARMEN

Als sie endlich aufs Zimmer konnten, wäre sie am liebsten gleich wieder rückwärts hinausgerannt. Es stank nach Essigreiniger, Zigarettenqualm und Schweiß, eine Mischung aus allem. Wo waren sie hier gelandet? Da standen ein klobiges Kiefernholzbett aus den Achtzigern, ein Röhrenfernseher und ein wackeliges Bücherregal. Nicht gerade die Möblierung einer Fünf-Sterne-Unterkunft. »Was für eine Bruchbude«, murmelte sie ungnädig, während sie weiter in den Raum vordrang. Und dann diese maisgelben Wände zu einem blau-rot gemusterten Teppich. Geschmackvoll ging anders.

Wieso dachte sie schon wieder über Farben nach? Sie musste dringend Abstand zu ihrer Arbeit gewinnen. Die letzten zwölf Monate hatte Nele ihr alle Aufträge von Farben-Möller zugeschoben. Niemand anderes in der Agentur hatte Lust, ständig über Farben zu schreiben. Sie auch nicht! Ihr war bloß nicht so schnell eine Ausrede eingefallen, als Nele die Kunden unter den Textern aufteilte. »Warmes Gelb wird als sonnig und einladend empfunden«, äffte sie sich selbst in Gedanken nach. Den Satz hatte sie erst neulich für irgendeine Wohnzeitschrift geschrieben. Absoluter Blödsinn, denn dieses gelbe Zimmer wirkte alles andere als sonnig und einladend. Eher muffig und zum Davonrennen.

»Lass uns erst mal was essen«, schlug Martin mit leicht belegter Stimme vor.

Besteckklappern wies ihnen den Weg zum Hotelrestaurant. Es lag im Hauptgebäude. Drei Fensterfronten gaben den Blick auf die Strandpromenade frei. Just in dem Moment, als sie Platz nahmen, sammelten sich Regentropfen an den bodentiefen Scheiben. Dunkle Wolkenungetüme hingen am Himmel, was sich nicht unbedingt positiv auf ihre Stimmung auswirkte. Klar, dass ausgerechnet heute das Wetter umschlug.

Malgorzata Rieken hatte Jeans und Pullover gegen ein schwarzes Kleid und eine weiße Schürze getauscht. Sie ließ ihre Zähne aufblitzen, als sie ihnen entgegenkam und einen Platz zuwies: den Katzentisch in der Zimmerecke, gleich neben den Toiletten.

Erst das Zimmer und nun dieser Tisch. Ihre Laune ging definitiv in den Keller. Sie hätte natürlich lieber am Fenster gesessen. Martin sah sie vielsagend an. Wahrscheinlich wollte er, dass sie gute Miene zum bösen Spiel machte und sich nicht beschwerte. Den Kindern schien der Platz indes recht zu sein. Sie kletterten sofort auf die Stühle, nahmen Messer und Gabel in die Hände und polterten damit auf der Tischplatte herum: »Wir haben Hunger, haben Hunger, haben Hunger.« Martin riss die Augen auf. »Mach was!«, zischte er. Hastig entwand sie Cedrik und Carla das Besteck. Wütend war sie vor allem auf Martin: Warum musste sie eigentlich alles machen? Konnte er nicht selbst mit seinen Kindern schimpfen?

Sie reichte den Kindern die Karte und lächelte hilflos zum Nachbartisch, an dem die Dänen saßen. Diese lächelten höflich zurück und vertieften sich wieder in ihr leises Tischgespräch.

Es dauerte ewig, bis Malgorzata Rieken Cedrik den »Kleinen Piraten« und Carla ihre »Biene Maja« brachte. Sie hatte beide nur mit Mühe und dem Wörtersuchspiel auf ihrem Handy ruhigstellen können, bis das Essen kam.

Carmen beugte sich über ihre Scholle und die gestopften Möhren. Prüfend sog sie die Dämpfe ein, die vom Teller aufstiegen. Es roch nach – nichts.

»Der Appetit kommt beim Essen«, kommentierte Malgorzata Rieken.

»Aha«, sagte Carmen und stach mit den Zinken ihrer Gabel auf die Panade ein. Dabei hüpfte die Scholle wie ein Flummi von ihrem Teller.

»Das ist die berühmte Gummi-Scholle«, flüsterte Martin, der sie beobachtete.

MALGORZATA

Das hatte sie gehört: Gummi-Scholle. Unverschämtheit! Was erwarteten diese Hamburger eigentlich: Haute Cuisine für lau?

Verärgert stieß sie die Schwingtür zur Küche auf. Ein wenig zu heftig, sodass diese unerwartet schnell zurückflog. Sie musste sich mit einem beherzten Sprung zur Seite retten, sonst hätte ihr die Tür das Tablett aus der Hand geschlagen. »Jestes glupi – du bist dumm!«, beschimpfte sie sich selbst. Gereizt knallte sie die benutzten Gläser in die Spüle.

Touristen. Sie spie das Wort in Gedanken aus. Stellten immer höhere Ansprüche. Sie hätte diesen Müslifritzen ihre Restplätze überhaupt nicht verkaufen sollen – zum halben Preis. Man hatte ihr versichert, dass sie die Einbußen locker über die Halbpension hereinholen könnte. Doch dann wollten diese Gratis-Urlauber fangfrischen Fisch haben. Und Krabben, grummelte sie.

Sie ging wieder in den Speisesaal, um die benutzten Teller von Tisch 8 abzuräumen. Aus den Augenwinkeln erkannte sie, dass der Hamburger winkte. Was denn nun schon wieder?

Sie ging extra langsam und auch nur bis auf zwei Meter an den Tisch heran, jederzeit bereit, sich anderen, wichtigeren Dingen zuzuwenden. Wenn sie eins in den harten Jahren ohne Hermann gelernt hatte, dann dies: Gab man Gästen wie den Hamburgern den kleinen Finger, rissen sie einem den ganzen Arm aus. Der Familienvater nickte ihr zu: »Könnten Sie uns wohl etwas Ketchup bringen?«

Man wollte also gratis übernachten, aber schon ein paar Extrawürste gebraten bekommen. Sie atmete tief durch: »Na gut – aber dann ist Schluss. Meine Zeit ist nämlich kostbar.«

CARMEN

»Hat sie gerade wirklich gesagt, sie kann keinen Ketchup bringen, weil ihre Zeit dafür zu kostbar ist?« Sie spürte das Glucksen im Hals, ihre Lippen zitterten, dann schüttelte ein Lachkrampf ihren ganzen Körper. Zu komisch.

Das konnte nicht real sein. Sie kringelte sich. Kaum versuchte sie, sich zusammenzureißen, ging es wieder los. »Ihre Zeit ist zu kostbar, um sie an die Gäste zu verschwenden«, gackerte sie. Selbst Martin musste grinsen.

Ihr Bauch tat schon weh. Sie musste sich wirklich langsam mal beruhigen. Die Dänen hatten ein höfliches, aber starres Lächeln im Gesicht, sah sie aus tränenverschmierten Augen. Und die alte Frau mit dem Hörgerät am Nebentisch wirkte verwirrt. Das lag vielleicht daran, dass die Kinder ihren Heiterkeitsausbruch als Aufforderung verstanden, ebenfalls möglichst laut und lustig zu sein: Sie krochen unter den Tisch und begannen, sie und Martin an den Füßen zu kitzeln. Carmen scheuchte Carla und Cedrik aufgelöst auf ihre Plätze.

Hungrig schaufelten sie das Essen in sich hinein. Ob es nun an der heiteren Stimmung lag – sie hätte nicht gedacht, dass man mit Ende 30 solche Lachanfälle bekommen konnte – oder daran, dass sie nun satt waren, aller Unmut hatte sich jedenfalls in Luft aufgelöst. Sie hatte sogar ausgesprochen gute Laune, als sie zurück aufs Zimmer kamen.

Sie zog sich aus und legte sich aufs Doppelbett. Martin putzte seine Zähne. Er würde gleich nachkommen. In Gedanken legte sie schon ihren Kopf auf seine Brust. Sie hatten Urlaub, da würden sie das Kriegsbeil sicher eine Weile begraben. Carla und Cedrik tauchten neben ihrem Bett auf. »Wir schlafen bei dir«, informierte sie Carla.

»Ach ja? Wieso?«, fragte sie.

»Weil da drüben«, Carla zeigte in Richtung der Nische, wo das Etagenbett für die Kinder stand, »eine Spinne ist.«

Cedrik lüpfte bereits ihre Decke und kroch darunter. Er hatte eiskalte Füße. Sie fröstelte und beobachtete enttäuscht, wie Carla mit Anlauf auf Martins Bettseite sprang. Nun würde der Abend ohne Romantik enden.

Sie presste ihre Nase an Cedriks nach Sonne und Meer duftende Haare und überlegte, ob Martin sich für das obere oder untere Etagenbett entscheiden würde.

TAG 2, SONNTAG

CARMEN

»Nur Marmelade!« Die Kinder liefen das Frühstücksbüfett nun schon zum dritten Mal ab. Sie waren auf der verzweifelten Suche nach Schokocreme. »Och menno«, maulte Carla, als sie keine fand.

Dafür hatte Malgorzata Rieken Neuigkeiten für sie: »Drüben beim Piraten-Spielplatz findet heute ein Kinderfest statt.« Die Hotelchefin blickte Martin an und wirkte so, als würde sie ihm die Info zum Kinderfest gern extra berechnen.

Sofort fingen beide Kinder an zu drängeln. Sie wollten unbedingt zum Fest. »Wann bist du endlich fertig, Papi?«, fragte Carla.

»In diesem Augenblick«, sagte er und stellte seine Kaffeetasse ab. Carmen erhob sich ebenfalls. Sie wollte die Zeit nutzen, um Wasser und Obst für den Strand und vielleicht eine Frauenzeitschrift für sich zu kaufen. »Zeitschrift?«, fragte Martin und die Falte auf seiner Stirn vertiefte sich. »Wenn du schon Geld ausgeben musst, kauf lieber ein Buch. Da hast du mehr davon.« Sein Spar-Tick nahm langsam erschreckende Ausmaße an, fand sie.

Carmen bog auf den Parkplatz des Supermarkts an der Seestraße ab. Es war sehr viel los. Vorsichtig fuhr sie zwischen Körben voll Kescher und Bällen am Eingang und einer Reihe parkender Autos durch. Mehrfach musste sie scharf bremsen, weil mit Taschen bepackte Kunden einfach kreuz und quer über den Parkplatz liefen. Weiter hinten sah sie eine freie Parklücke. Sie kam jedoch wegen der Passanten und anderer Wagen nur im

Kriechtempo voran. Vor ihr bildete sich eine Schlange. Die Autos standen Stoßstange an Stoßstange. Eine alte Frau mit Rollator versperrte offenbar den Weg.

Die Alte schüttelte eine Faust, als sich eine Kundin mit vollem Einkaufswagen und plärrendem Kleinkind an der Hand an ihr vorbeizwängen wollte.

Ganz schön eng hier, dachte Carmen, als sie endlose Minuten später in vierter Parkreihe in eine schmale Lücke zurücksetzte. Sie biss sich auf die Unterlippe, während sie das Steuer einschlug und Gas gab. Krk. Was war das?

Carmen trat erschrocken auf die Bremse, schaltete und fuhr, ohne nachzudenken, wieder vorwärts.

Ein kurzer Aufschrei, dann sah sie schemenhaft eine Gestalt zu Boden gehen.

Sie schnappte nach Luft. »Oh mein Gott«, flüsterte sie entsetzt und riss die Fahrertür auf. Sie hatte jemanden angefahren!

Ein blondgelockter Mann lag am Boden, eingezwängt zwischen ihrem und einem anderen Wagen. »Hallo? Hören Sie mich? Geht es Ihnen gut? Es tut mir so leid!« Ihre Stimme klang schrill und fremd in ihren Ohren.

Als er nicht antwortete, kniete sie sich neben ihn. Ein leises Stöhnen. Sie atmete erleichtert auf: Er lebte! Jetzt öffnete er die Augen und drehte ihr den Kopf zu. Ihr klappte die Kinnlade herunter: »Giovanni Kröger? Was machst du denn hier?«

Sie konnte es nicht fassen. Da traf sie ihre Jugendliebe nach vielen Jahren auf dem Supermarktparkplatz ihres Urlaubsortes wieder und was machte sie? Fuhr den Mann über den Haufen, bevor er Piep sagen konnte.

Giovannis Haare hingen ihm in die Augen. Überhaupt

wirkte er … ihr fiel kein anderes passendes Wort ein als: überfahren. Zumindest lächelte er ihr matt zu.

»Was ich mache? Also ich spiele hier das Unfallopfer.«

Ohne sie aus dem Blick zu lassen, hievte er sich langsam hoch und stützte sich auf beide Handflächen ab. »Carmen Bachmann!«

Sie nickte besorgt. »Ist wirklich alles okay?« Er lächelte: »Si, tutto bene. Ja, alles gut.« Es fiel ihr auf, dass er sie unverhohlen anstarrte.

Er fand sie offenbar immer noch hübsch. Sie fühlte sich erleichtert und geschmeichelt zugleich. Befreit lachte sie auf, während sie ihm auf die Füße half.

Sie musterte ihn, während er etwas Staub von seinen Shorts klopfte. Giovanni war muskulös und braungebrannt. »Ich glaube, das Bein kann dranbleiben«, scherzte er und sie sah eine Reihe strahlend weißer, kräftiger Zähne. Sie lachte nun ebenfalls wieder, etwas zu laut, wie sie selbst fand. Was sollte er von ihr denken? Dass sie Leute übermangelte und sich dann darüber freute? Das sollte er auf keinen Fall denken. Dieser attraktive Mann sollte überhaupt nichts Schlechtes von ihr denken!

Hatte eigentlich jemand anderes etwas von dem Unfall mitbekommen? Schnell sah sie sich um. Offenbar nicht. Hinten bei den Keschern stand zwar ein Rocker in Lederkutte, aber der kramte in seinem Jutebeutel.

»Ich bin nur nicht sicher, ob ich allein zurück zum Hafen komme … ohne Hilfe«, wandte sich Giovanni mit einem Augenzwinkern an sie. Er wollte sie offenbar anmachen. Und genau deshalb fühlten sich ihre Knie wahrscheinlich gerade butterweich an.

»Ich fahre dich – natürlich.« Sie hakte ihn unter. »Was willst du denn am Hafen?«

Halb schob sie ihn, halb humpelte Giovanni die zwei, drei Schritte zu ihrem Wagen. Einmal legte er während der Fahrt zum Jachthafen Ostsee-Lippe seine Hand auf sein Bein und stöhnte leise. Doch als Carmen fragte, ob sie ihn eventuell doch lieber zum Arzt bringen sollte, winkte er ab. »Nein danke, ich will nur wieder auf meine Jacht.«

»Deine Jacht?« Sie staunte. Giovanni besaß eine Jacht? Als sie sich getrennt hatten, hatte er nur ein altes, zerbeultes Fahrrad gehabt.

Der Jachthafen lag zwei oder drei Kilometer von Hohwacht entfernt. Sie gab die Route auf ihrem Handy ein.

Es fühlte sich an, als hätten sie sich nie getrennt. Die alte Vertrautheit war fast sofort wieder da. Er begann, von sich zu erzählen. Warum es ihn nach dem Abitur und ihrer Trennung nach Italien gezogen hatte. »Mein Großvater brauchte einen Nachfolger fürs Geschäft.«

Sein Großvater, fiel ihr wieder ein, gehörte zu jenen Kleinbauern, die mit den Touristenscharen reich geworden waren, die seit den 50er-Jahren an den Gardasee strömten.

»Gibt es den Campingplatz noch?«, hakte sie nach und trat gleichzeitig auf die Bremse. Sie versuchte, sich trotz allem auf den Verkehr vor ihr zu konzentrieren.

Giovanni nickte. »Klar, und dazu jede Menge Mobil-Homes, Bungalows und ein kleines Hotel«, berichtete er und Stolz schwang in seiner Stimme mit. Sie kannte Giovanni als Hansdampf in allen Gassen. Damals hatte er immer mehrere Ferienjobs gleichzeitig gehabt und leider auch mehrere Freundinnen. Sie wandte den Kopf, um ihn für einen Moment anzusehen.

Ja, das war Giovanni und er war es nicht. Ein paar graue Strähnen durchzogen zwar seine dunkelblonden Locken, aber seine Augen blickten ebenso verschmitzt wie eh und je. Die Farbe hatte sie immer schon fasziniert und ein wenig irritiert, weil sie an einen klaren Bergsee erinnerte, eine seltene Mischung aus Blau und Grün. Er sah nicht nur gut aus, sondern verdammt gut.

»Und ich expandiere«, fügte er mit einer Stimme an, die ihr einen wohligen Schauer über den Rücken jagte. »Mir gehört bald ein kleiner Zug.« Carmen schüttelte den Kopf. Sie verstand nicht.

»Eine Bimmelbahn, sie fährt die Touristen durch den Ort.«

Sie lachte. »Eine Bimmelbahn. Wie niedlich.« Giovanni machte ein gekränktes Gesicht.

»Es ist ein einträgliches Geschäft. Ich verhandle gerade mit dem Betreiber«, sagte er. Es kam ihr vor, als sei es nun im Wagen etwas kühler geworden.

Schweigend ließ sie den Blick über die saftig grünen Wiesen und windschiefen Kiefern auf dem platten Land schweifen. Fast wäre sie am Hafen vorbeigefahren. Hier musste sie abbiegen. Sie drehte das Lenkrad und steuerte den Wagen auf einen schmalen, von Hecken begrenzten Weg zum Parkplatz des Jachthafens.

Noch immer wortlos stiegen sie aus, eine leichte Brise wehte ihr eine Haarsträhne ins Gesicht. Sie strich sie beiseite und betrachtete das hübsche reetgedeckte Häuschen, das am Ende des Schotterplatzes vor ihnen aufragte. Es handelte sich um ein Fischrestaurant. Am Eingang des Hauses stand eine Tafel mit Menüvorschlägen. »Hier entlang«, lockte er mit einem verführerischen Lächeln, »ich zeige dir meine Jacht. Wir müssen unbedingt unser

Wiedersehen feiern – am besten mit einem Glas Champagner.« Er hatte sich offenbar entschieden, nicht mehr beleidigt zu sein.

Carmen holte tief Luft. Sie wollte ihm eigentlich sagen, dass das nicht gehe, sie könne nicht, sie sei eine verheiratete Frau. Er musste ihren Ehering bemerkt haben, oder etwa nicht? Dann überlegte sie es sich plötzlich anders.

Nie im Leben hatte sie bisher auch nur einen Fuß auf eine Jacht gesetzt. Und so schlecht, wie Martins Fotogeschäft lief, standen die Chancen nicht besonders gut, dass sie so bald wieder die Gelegenheit haben würde, eine Jacht zu besichtigen. Sie warf einen kurzen Blick aufs Handy. Nicht mal eine halbe Stunde war vergangen seit dem Crash mit Giovanni. Sie hatte also Zeit – für eine klitzekleine Wiedersehensfeier mit ihrem gut aussehenden Ex.

MARTIN

Grillkohle-Schwaden wehten über den Platz. Auf dem Piratenfest ging es bereits hoch her. Kinder tobten herum und aus Lautsprecherboxen dröhnte »Ick heff mol en Hamburger Veermaster sehn«. Er hasste Shantys.

Neben dem hölzernen Spielschiff mit Kletternetz und Röhrenrutsche gab es außer dem Bratwurststand zwei Getränkebuden. Außerdem standen ein paar Pavillons und eine Hüpfburg auf dem Platz. Besonders viele Kinder zog es offensichtlich zu dem überdimensionierten Luftkissen. Auch seine: »Hier Papi, halt mal«, rief Carla. Bevor Martin sich versah, hatte er erst ihre Sandalen und dann Cedriks Turnschuhe in Händen. Die beiden verschwanden zwischen einer Schar von Jungen und Mädchen, die allesamt kreuz und quer auf dem Luftkissen umeinander sprangen. Ihm wurde heiß und kalt beim Zusehen. Wie schnell konnten sich die Kinder die Zähne ausschlagen, wenn sie versehentlich einen fremden Ellbogen im Sprung mitnahmen.

Fünf Minuten würde er ihnen geben. Keine weitere Sekunde. Zu gefährlich. Umständlich – die Schuhe behinderten ihn etwas – zog er die Taschenuhr aus der Brusttasche. Die Uhr hatte früher seinem Vater gehört. Martin erinnerte sich an den Tag, an dem er sie geschenkt bekommen hatte. An diesem Tag hatte er das Fotogeschäft übernommen. Willy Bachmann hatte den Laden stets pünktlich geöffnet, er hatte ihn nicht einen einzigen Tag wegen Krankheit oder Urlaub geschlossen. In 34 Jahren nicht. Auch daran würde ihn Vaters Uhr immer erinnern.

Und nun hing ein Schild mit den Worten »vorübergehend geschlossen« hinter der Ladentür. Er hatte nicht gewusst, wer ihn in der Urlaubswoche hätte vertreten sollen. Und Carmen hatte gemeint, eine kurzzeitige Schließung mache keinen Unterschied: »Es kommt sowieso niemand.« Der Satz hatte ihn hart getroffen.

Wie konnte sie von ihm verlangen, dass er den Laden aufgab? Sein Vater würde sich im Grab umdrehen, dachte er wieder. Er dachte das in letzter Zeit andauernd.

Ein jäher Schmerz durchfuhr ihn. »'tschuldigung«, nuschelte ein Mann mit Bierfahne hinter ihm. Der Typ war ihm mit seinem harten Turnschuh in die bloße Hacke getreten. »Kein Problem«, sagte Martin, obwohl seine Hacke ziemlich heftig brannte. Warum um alles in der Welt hatte er geglaubt, im Urlaub Sandalen tragen zu müssen?

Wie die Ferse brannte auch sein Nacken. Vorsichtig fuhr er mit den Fingerkuppen darüber. Autsch. Es fühlte sich an, als sei die Haut weggeschmirgelt. Er hätte sich eincremen sollen.

Martin rechnete nach. Er stand nun seit 25 Minuten vor diesem Pavillon. Soweit er wusste, wurde am Ende der Schlange Kinderschminken geboten. Jedenfalls hatte Carla das behauptet, als sie hochrot von der Hüpfburg heruntersprang. Er sah tatsächlich einige Kinder, deren Wangen Schmetterlinge zierten.

Carla hatte ihm befohlen, für sie anzustehen. Egal wie lange es dauerte. Dann dampfte sie zusammen mit Cedrik ab. Er wusste nicht, wo sich die beiden derzeit aufhielten. Das beunruhigte ihn einerseits. Andererseits mochte er seinen Platz in der Schlange nicht wieder aufgeben. Martin sah sich um. Vor und hinter ihm standen nur Erwachsene. Alles Platzhalter.

CARMEN

Ein metallisches Klicken drang an ihre Ohren. Sie gingen am Kai nebeneinander her. Sie stützte ihn ein wenig. Das Ganze hatte eher symbolischen Charakter. Giovanni humpelte inzwischen nicht mehr.

Gleich vorn im Hafen lag die Woltera, das Seenotrettungsboot. Träge schaukelten zwischen den Schiffen orangefarbene Bojen im dunklen Hafenwasser. Wieder erklang das Geräusch. Sie sah sich suchend um. »Da schlägt nur etwas gegen die Alumasten«, erklärte er, ohne dass sie fragen musste. Aufmerksamer Typ. Das sah dem »alten« Giovanni gar nicht so ähnlich.

An die 50 Schiffe lagen im Hafen vertäut. Es wäre Platz für viermal so viele gewesen, schätzte sie. Sie kamen an einer schnittigen, dunklen Jacht vorbei. An Deck spielte ein Mann mit seinem Handy. Sie konnte hinter der verspiegelten Pilotenbrille nicht viel von ihm erkennen.

Arm in Arm betraten sie die Abzweigung zu einem weiteren Steg. Das Holz war über die Jahre ergraut, spröde und an einigen Stellen rissig geworden und schimmerte nun silbrig im Sonnenlicht. Giovanni blieb stehen. Vor ihr lag eine ziemlich große und bestimmt teure Jacht. Die Sonne brachte ihren Lack so zum Strahlen, dass es ihr fast in den Augen wehtat.

Er sprang behände an Bord. »Komm!« Seine Stimme zog sie fast magisch an. »Dann verspreche ich, dich nicht bei der Polizei anzuzeigen.« Obwohl es ein Scherz sein sollte, versetzte es ihr einen Stich.

Carmen fummelte an der Schnalle ihrer Sandale. Sie wollte sich nicht so schnell öffnen lassen. Barfuß, die Sandalen in der Hand, stieg sie schließlich ebenfalls aufs Schiff. Bevor sie zur chromblitzenden Reling greifen konnte, streckte Giovanni ihr seine Hand entgegen. »Endlich hab ich dich wieder, meine Carmencita.«

Sie hatte das Gefühl, als zirkulierte das Blut plötzlich schneller in ihren Adern. Sie fühlte sich sehr viel jünger. Jünger und ein wenig übermütig. Trotzdem machte sie sich mit einer reflexartigen Bewegung von ihm los. Betont ordentlich stellte sie ihre beiden Sandalen nebeneinander ab. Sie wollte wirklich nur eine Viertelstunde bleiben. Sie war keine Ehebrecherin.

Sie nahm auf den von der Sonne aufgewärmten und sehr bequemen Lederpolstern Platz. Sie wusste nicht genau, was sie in einem Moment wie diesem sagen sollte. Hier lässt's sich aushalten? Klang unpassend. Deshalb wickelte sie sich eine Haarsträhne um den Finger und ärgerte sich wieder einmal über ihre Unbeholfenheit.

Er hingegen gab sich ganz ungezwungen, redete und lachte und überbrückte damit ihre Schüchternheit. Etwas unwillig bemerkte sie, dass sie ihm selbstvergessen an den Lippen hing. Der neue Giovanni wirkte auf sie weitaus interessanter als der alte!

Er besaß offenbar eine Villa in Peschiera del Garda. Sie stellte sich ein altes Haus mit rissigem Putz und grünen Fensterläden vor und einen Garten mit üppigen Oleanderbüschen. Und während erst er und dann sie erzählte, verflog die Zeit. Sie lästerten ein wenig über frühere Klassenkameraden und sie berichtete ihm ausführlich von der Agentur und ihren Kollegen in Hamburg. Nur von Martin und den Kindern erzählte sie nichts.

»Was machst du eigentlich in Hohwacht?«, fragte sie stattdessen.

»Einmal im Jahr, mindestens, komme ich her, um meine Großmutter mütterlicherseits zu besuchen.«

Sie stutzte. »Deine Großmutter? Ich wusste gar nicht, dass du Verwandte an der Ostsee hast.« Ohne zu antworten, stand Giovanni auf und verschwand in der Kabine.

Sie sah ihm nach. Hieß es Kabine? Sie kannte sich mit nautischen Dingen nicht so aus. Sie wusste nicht, wozu die ganzen Dinge nötig waren, die hier herumstanden. Auf einer Ablage lag eine Aktentasche, darauf ein Prospekt. Von einer Baufirma?

Im nächsten Augenblick verdunkelte sich die Sonne: Giovanni stand mit zwei Gläsern Champagner vor ihr. »Das Wichtigste hätten wir fast vergessen: Salute!«

Sie prostete ihm zu, drehte dann unsicher das langstielige Glas in Händen. Hin und wieder nippte sie am Rand. Der Champagner perlte bis an ihre Nasenspitze. Gedankenverloren betrachtete sie die Flüssigkeit im Glas. Sie leuchtete golden im Sonnenlicht. Dass ihr der Kauf von 25 Müslipaketen ein solches Tête-à-Tête bescheren würde, damit hätte sie im Leben nicht gerechnet.

Er setzte sich wieder neben sie und brachte das Leder zum Knarzen. »Neulich bin ich nach Fehmarn gefahren.« Seine Stimme klang vielsagend. Auf Fehmarn waren sie zusammen auf Klassenfahrt gewesen. Ihr erstes Mal … Das hatte sie nicht vergessen. Wie hätte sie das können?

»Dass wir uns getrennt haben – ich hätte das nie tun sollen«, deutete er an. Sie wusste nicht, was sie darauf antworten sollte. Er hatte sie damals für eine andere sitzen lassen. Sie schwieg. »Ich wünschte, ich könnte dich mit nach Italien nehmen. Du würdest es dort lieben. Ich habe mich immer an den Lago di Garda gesehnt, die verwinkelten Gassen, die bunten Häuschen und die Pasta meines Großvaters auf unserem Campingplatz. Du weißt ja, ich war in den Ferien immer bei ihm.«

Er lächelte schief. »Ach Carmen, mi piace chiacchierare con te, es ist schön, hier 'n büsch'n mit dir zu klönen.«

Sie lachte. »Dann bist du also ein glücklicher Italiener mit Hamburger Dialekt?«, neckte sie ihn.

»Das ist das Schlimme«, antwortete er grinsend. »Sobald ich in der Via Lungolago Mazzini ankomme, packt mich das Fernweh. Und dann muss ich wieder zurück in den Norden. Ich bin hin- und hergerissen.«

»Ach, Giovanni Kröger, deine Mutter hätte dich Tonio nennen sollen«, spielte sie auf die gemeinsame Schulzeit und die Deutschstunden an. Sie hatten Thomas Manns Tonio Kröger gelesen. Das Leder der Couch knirschte erneut, als er sich über sie beugte. »Sei così carino, du bist sehr süß«, sagte er leise. Fast berührten sich ihre Lippen. Sie spürte seine Wärme, roch den Alkohol in seinem heißen Atem. Ein Kribbeln überkam sie und ihr Herz klopfte so laut, als wollte es ihn verscheuchen. »Giovanni – bitte nicht.« Sie flüsterte den Satz.

Er rückte von ihr ab, entschuldigte sich höflich, ganz Gentleman. Der Zauber war verflogen. Sie tauschten ein paar Floskeln über das Wetter aus. Enttäuscht stand sie auf, nahm ihre Sandalen auf. Sie ärgerte sich über sich selbst. Was hatte sie sich gedacht? Dass sie hier mit ihm rumknutschen würde? Nur weil er ihr zufällig vors Auto gelaufen war? Schuldbewusst dachte sie an Martin und die Kinder.

Als sie sich verabschiedeten, gab sie ihm ihre Handynummer. Da war schließlich nichts dabei. Sie tauschte mit allen möglichen Leuten die Handynummern, also warum nicht mit ihm? »Arrivederci!«, sagte sie und sah ihm in die Augen. Es würde bald ein Wiedersehen geben, solange sie in Hohwacht Urlaub machte.

Gedankenverloren lenkte sie den Wagen auf die Straße zurück, die zur Pension führte. Die Landschaft, die sie vorhin noch so bewundert hatte, verschwamm vor ihren Augen. Sie hatte das Gefühl, gerade eben an einem Klippenabsturz vorbeigeschrammt zu sein.

Er hatte sie küssen wollen. Giovanni, der offenbar inzwischen zu viel Geld gekommen war. Wie sonst hätte er die Jacht und eine Villa aus dem 19. Jahrhundert bezahlen sollen? Sie stellte sich vor, wie sie von der Villa aus den kristallblauen Gardasee sehen könnte. Und die Berge im Hintergrund. Und ein immer blauer Himmel. Carmen seufzte. Sie hatte seltsamerweise überhaupt keine Schwierigkeiten, sich ihre beiden Kinder in der Küche dieser Traumvilla vorzustellen. Sie würden zusammen mit ihr und Giovanni an einem runden, polierten Holztisch sitzen und lange Spaghetti auf ihre Gabeln drehen. Nur Martin, überlegte sie, Martin passte nicht in dieses Bild.

Im nächsten Moment riss sie das Lenkrad herum. Ein Radrennfahrer war gefährlich dicht vor ihrer Kühlerhaube aufgetaucht. Wie hatte sie den Mann bloß übersehen können? In diesem neongelben Trikot?

Bestürzt starrte sie in den Rückspiegel, wo der Mann auf dem Rennrad immer kleiner wurde. Er gestikulierte wütend. Es bestand kein Zweifel, wen er meinte, als er sich demonstrativ an die Stirn tippte. Sie biss sich auf die Unterlippe. Sie musste wirklich besser aufpassen. Es durfte ihr nicht zur Gewohnheit werden, fremde Männer über den Haufen zu fahren.

Unterwegs fielen ihr die Getränke ein, wegen derer sie überhaupt hatte losfahren wollen. Sie kaufte schnell ein paar Flaschen Wasser, ließ das Zeitschriftenregal links liegen und düste ein bisschen zu schnell zur Pension zurück. Hoffentlich waren die anderen nicht vor ihr angekommen.

Sie versuchte, sich zu konzentrieren. Trotz des enervierenden Pochens in ihrer rechten Schläfe. Sie musste nachdenken. Über Giovanni, über sich – und vor allem über Martin. War sie wirklich glücklich mit ihm? Seit es mit dem Geschäft bergab ging, stritten sie doch ständig.

Und die Kinder? Und ihr Job? Sollte sie das alles für ein Liebesabenteuer aufgeben? Das sah ihr ganz und gar nicht ähnlich. Gut, sie hatten zwar im Augenblick ein paar Geldsorgen – sie stellte die Wasserflaschen auf dem Treppenabsatz vor der Zimmertür ab, um den Schlüssel in ihrer Handtasche zu suchen. Aber war Geld ein guter Scheidungsgrund? Gab es überhaupt gute Scheidungsgründe?

Der Zimmerschlüssel fiel klirrend zu Boden. Sie bückte sich, griff danach und ließ ihn wieder fallen. So ungeschickt. Was war bloß los mit ihr? Hör auf, an ihn zu denken, befahl sie sich streng. Schon im nächsten Moment hatte sie wieder sein Bild vor Augen. Seins und das einer Frau, die irgendwie nach Carmen Bachmann aussah und sich von Giovanni in ein großes Himmelbett tragen ließ. Sie meinte sogar, vor dem Fenster Zikaden zu hören.

Es waren keine Zikaden. Es war ein Räuspern. »Sind Sie Carmen Bachmann?«

Sie fuhr erschrocken herum. Vor ihr stand ein Mann, so groß, dass sie zu ihm aufblicken musste, obwohl sie auf einem Treppenabsatz stand. Er hatte einen hellblonden Bürstenschnitt, besonders am Hals rotfleckige Haut und er trug eine Polizeiuniform.

Sie brachte vor Schreck kein Wort heraus. Der Kerl musste weit über zwei Meter groß sein.

»Sind Sie Carmen Bachmann?«, wiederholte er seine Frage ernst. Sie nickte langsam, während ihre Gedanken rasten. Was wollte der Polizist hier? War etwas passiert? Mit den Kindern?

»Hauptkommissar Oke Oltmanns. Ich habe eine Frage an Sie: Sind Sie heute Vormittag auf den Parkplatz des Edeka-Marktes an der Seestraße gefahren?«

Warum wollte er das wissen? Ihr Mund fühlte sich plötzlich trocken an. Siedend heiß wurde ihr bewusst, dass dieser Polizist wegen des Unfalls mit Giovanni hier sein musste. Irgendjemand hatte sie wahrscheinlich beobachtet. Sie dachte an den Rocker mit dem Jutebeutel. Zerknirscht nickte sie.

»Sie werden beschuldigt, den Außenspiegel des Kombis mit dem Kennzeichen M-XD-555 beschädigt und dann Fahrerflucht begangen zu haben. Unfallflucht ist ein Offizialdelikt. Dürfte ich Sie bitten, mich zur Wache zu begleiten? Wir müssen Ihre Aussage zu Protokoll nehmen.« Er sagte es in einem Ton, der klarstellte, dass jede Widerrede zwecklos wäre.

»Wie bitte? Welchen Außenspiegel?« Sie verstand plötzlich gar nichts mehr. Es ging nicht um den Unfall mit Giovanni?

Der Polizist musterte sie schweigend. Er hatte blasse Wimpern. Sie konnte offenbar nicht mehr klar denken, wenn sie sich Gedanken über die Wimpern eines Polizisten machte. Mit einem Mal erinnerte sie sich an das

Knacken, das sie gehört hatte, kurz bevor sie Giovanni angefahren hatte. Oje. Dann hatte sie also einen anderen Wagen beschädigt! Nicht zu glauben. Sie hatte eine Hoteltür demoliert, einem Fremden den Außenspiegel abgefahren und Fahrerflucht begangen und beinahe ihre Jugendliebe ins Jenseits geschickt. Vermutlich war sie eine Gefahr für die Menschheit. Aber wie kam dieser Polizist hierher? Irgendjemand musste ihr Kennzeichen notiert und es der Polizei gemeldet haben. Der Rocker oder irgendein anderer unbeteiligter Augenzeuge vielleicht. Großartig, wie sie das immer alles hinbekam!

Es blieb ihr nichts anderes übrig, als mit dem Polizisten mitzugehen. Was für eine Schmach. Peinlich berührt sah sie zu den Fenstern der Pensionszimmer hinüber. Was sollten die anderen Gäste von ihr denken, wenn sie sie in einen Streifenwagen einsteigen sahen? Ihre Ohren wurden augenblicklich heiß.

Ihre einzige Hoffnung war, dass Martin und die Kinder sehr lange auf dem Spielplatz blieben. Jedenfalls so lange, bis man sie wieder aus dem Gefängnis ließ …

MARTIN

Sein Blick fiel auf ein paar orangefarben lackierte Zehennägel, die in braunen Römersandalen steckten. Sie gehörten zu einer Frau mit grünem Umhang. Er schüttelte sich innerlich, denn aus den Ledersandalen sprossen braune Haarbüschel. Angewidert schaute er in eine andere Richtung.

»Papa, guck mal.« Carla rief ungeduldig vom Kletternetz am Piratenschiff herüber. Er drehte sich pflichtbewusst um und winkte ihr zu. Dabei versuchte er, ein Lächeln aufzusetzen. Dabei wünschte er sich möglichst weit weg von diesem Ort. Er hasste es, Schlange zu stehen. Dicht an dicht mit Wildfremden. Zumal in dieser Gluthitze.

»Papa. Guck mal!« Das war Cedrik. Zweieinhalb Meter über dem Boden. Sein Herz setzte für eine Sekunde aus. Hoffentlich fiel keins der Kinder aus dem Kletternetz heraus! Wie leicht konnte so was passieren. Es waren schließlich Kinder, keine Gibbons.

Der Rücken schmerzte schon eine Weile. Das kam vom vielen Stehen. Er trat von einem Bein aufs andere, um das Ziehen im Kreuz loszuwerden. Irgendwann würden sie doch wohl zurück in die Pension gehen können. Nur wann? Hinter ihm rülpste jemand und eine Bierfahne wehte ihn an.

Es war nicht auszuhalten.

Irgendwo im Rucksack musste ein Kaugummi oder Bonbon sein. Er kramte. Müsliriegel, Taschentücher und Cedriks Lieblingsstofftier, ein gelber Elefant. Er fand nichts, was ihm ein Gefühl von Frische geben konnte.

Er versuchte es mit Luftanhalten. Bis ihm schwindelig wurde. Kurz bevor er – einer Ohnmacht nah – zu Boden gegangen wäre, griff er hilfesuchend nach vorne. Seine Finger erwischten den grünen Umhang und krallten sich im Stoff fest. Während er schwankte wie eine

Boje bei Sturm, drehte sich ihm ein puterrotes Gesicht zu: »Was hadde Muddi gesagd? Nicht anfasse!«

Peinlich berührt stammelte er eine Entschuldigung. Dachte diese Frau in Froschgrün tatsächlich, er wolle sich an sie heranmachen? Ihm grauste bei der Vorstellung. Automatisch ging er ein Schritt zurück, um Abstand zu gewinnen. Sofort umwölkten ihn erneut die Ausdünstungen des Mannes hinter ihm.

Die schlecht gelaunte Sächsin hatte inzwischen jemand anders gefunden, den sie ausschimpfen konnte: ein speckiges Kind, das offensichtlich zu ihr gehörte und nörgelte, weil es nicht klettern durfte. »Ningel na so rum«, schrie sie und beugte sich drohend über das Kind: »'s gladscht glei!«

Sie befanden sich alle im Ausnahmezustand in dieser Schlange. Er hatte mal irgendwo gelesen, dass es in Italien einen Mann gab, der sich fürs Schlangestehen bezahlen ließ. Als Schlange-Steher verlangte er zehn Euro die Stunde. Würde dieser Mann hier auftauchen, er würde ihm sogar zwölf Euro geben. Und das hieß in seiner finanziellen Situation schon etwas.

Die Hitze, die Leute. Er spürte, wie ihn langsam die Kräfte verließen. Schwach rieb er sich die Stirn und schloss kurz die Augen, nur, um sie sofort wieder aufzureißen: »Aua!«, krächzte Martin. Der Bierkönig hinter ihm hatte ihm wieder in die Hacke getreten. Wütend drehte er sich um. Doch als er das Gesicht des Mannes sah, murmelte er nur: »Kein Problem.« Er wollte hier auf keinen Fall in eine Schlägerei geraten.

Sein Hintermann hickste zufrieden. Martin bückte sich, um die knallrote Ferse abzutasten. Dabei geriet er etwas aus der Reihe. Wie auf ein geheimes Zeichen hin rückten die anderen Schlange-Steher auf. Binnen einer halben Sekunde war die Lücke geschlossen, als hätte es nie eine Lücke gegeben.

CARMEN

Sie fuhren von »Malgorzatas Zimmervermietung und Meer« keine anderthalb Kilometer nach Südwesten in Richtung »Am Brackstock« und bogen dann auf die Straße am Buchholz ein. So gelangten sie über den Sanddornweg zum Berliner Platz, wo sich die Polizeistation befand.

Er hatte eine CD eingelegt. Die Beach Boys. Hörten alle Polizisten laut Musik, wenn sie Verbrecher zur Wache fuhren? Wobei sie genau genommen keine Verbrecherin war, sondern sich selbst eher als Opfer der Umstände beschreiben würde.

Surreal. Das war das richtige Wort. Es kam ihr alles völlig unwirklich vor, seit sie in Hohwacht angekommen waren. Dass ihr Hotelzimmer über Stunden von einer telefonierenden Putzfrau besetzt wurde, dass ihr Ex sie auf einer sündhaft teuren Jacht verführen wollte und nun – gewissermaßen als Highlight dieses ersten Ferientags – ein »Don't Worry Baby« summender Polizist am Steuer, der sie möglicherweise in den Knast steckte.

Sie konnte sich vorstellen, wie sie mit Nele aus der PR-Agentur über diesen Urlaub sprechen würde. Nele mit ihren ungebändigten, kupferfarbenen Locken und dem superengen Bleistiftrock, die am Drucker lehnte und ihre meterlangen Kunstnägel betrachtete. Nele würde gelangweilt aufblicken und fragen: »Na, schönen Urlaub gehabt?« Und sie würde antworten: »Ja, bis zur Verhaftung war es ganz nett.«

Obwohl: Er hatte nichts von einer Verhaftung gesagt. Sie wurde beschuldigt, Fahrerflucht begangen zu haben. Welche Strafe stand darauf? Sie zermarterte sich das Hirn, ohne eine Antwort zu finden. Sicher könnte man das googeln. Im nächsten Moment wurde sie nach vorn geschleudert. Der Polizist hatte so abrupt gebremst, dass ihr der Gurt in den Hals schnitt.

Sie sagte trotzdem nichts. Sie hatten bisher überhaupt kein weiteres Wort gewechselt. Er hatte gesummt und was hätte sie schon groß sagen sollen? »Schönes Wetter heute?« oder »Tolle Musik!« Sie traute sich nicht, Fragen zu stellen. Dabei hätte sie eine Menge gehabt. Zum Beispiel die, woher er überhaupt wusste, dass sie bei Malgorzata Rieken wohnte.

Der Polizist hielt ihr die Tür zur Wache auf. An der Glasscheibe hing ein Fahndungsaufruf: »Nach Überfall auf Sparkasse gesucht«, las sie. Der Überfall musste eine Weile zurückliegen, denn der verblichene Zettel sah so aus, als hinge er schon ewig an dieser Tür. Früher schien er mal rot gewesen zu sein. Und die zwei Klebestreifen, die das Papier an der Scheibe hielten, waren an den Rändern schon ganz braun geworden.

Als sie die Tür passiert hatten, kamen sie an einer Art Empfangstresen vorbei. Ihr Blick fiel auf eine Tageszeitung: »Bauprojekt spaltet Hohwacht«, stand da in fetten schwarzen Buchstaben auf der Titelseite.

Der Beamte winkte sie weiter in ein Großraumbüro. Hinter einer verkümmerten Birkenfeige saß eine junge Frau mit Pferdeschwanz. Sie nickten sich zu.

Er führte sie zu einem Tisch mit zwei Stühlen, der nur durch eine Stellwand vom Rest des Großraumbüros abgetrennt war. Von Datenschutz konnte keine Rede sein. Sie setzte sich auf die äußerste Kante des Besucherstuhls. Er war ebenso fleckig wie der Teppich.

Der Polizist kramte seelenruhig in irgendwelchen Schubladen in einem Schreibtisch hinter der Trennwand herum. Das machte sie richtig nervös. Warum ließ er sie warten?

»Dann erklären Sie mal, wie es zu der Unfallflucht kam«, bellte der Polizist, nachdem er eine angestoßene Kaffeetasse aus dem Schreibtischcontainer befördert hatte. Carmen überlegte fieberhaft, wie sie alles erklären konnte.

»Ich habe einfach nicht auf den Kombi geachtet, weil …«, sie brach ab. Im Hintergrund klingelte ein Telefon. Die junge Beamtin meldete sich mit »Polizeiwache Hohwacht«. Carmen konzentrierte sich wieder auf ihr Gegenüber.

Er hatte das, was sie einen stechenden Blick nennen würde. Sie würde nichts vor ihm verbergen können. In Hohwacht, fiel Carmen ein, wurde früher nicht nur gefischt. Es wurde gewacht, ob Feinde kamen. Seine Vorfahren mussten diese Wächter gewesen sein, vermutete sie.

»Warum haben Sie nicht darauf geachtet, dass Sie jemandem den Außenspiegel abgefahren haben?« Sein Ton klang für sie drohend.

Carmen zupfte ein wenig Haut von ihrem Daumennagel. Augen zu und durch, dachte sie. »Ich bin wohl abgelenkt gewesen«, sagte sie tonlos und blickte auf ihr rotes Kleid, »weil ich noch jemanden angefahren habe.« Es war raus. Sie schielte ihn von unten herauf an.

Er starrte sie entgeistert an. Dann beugte er sich weit über die Schreibtischplatte zu ihr hinüber, sodass der Tisch ächzte. Seine hellen Bartstoppeln waren ihrem Gesicht ganz nah. Sein Atem roch nach Kaffee, als er schnauzte: »Sie haben was?«

Sie hielt augenblicklich die Luft an. Auf diese Distanz würde er sicher den Champagner riechen! Sie bemühte sich sehr, nicht direkt in seine Richtung zu sprechen, als sie mit unsicherer Stimme wiederholte: »Ich habe jemanden angefahren.«

MARTIN

Er stellte sich wieder hinten an. Die Sonne knallte erbarmungslos auf die Besucher des Piratenfestes herab. Sein Nacken musste inzwischen so schwarz sein wie ein Steak, das bei höchster Stufe drei Stunden in der Pfanne gebrutzelt hatte.

Ein Vater mit Kleinkind auf den Schultern drehte sich zu ihm um, offenbar auf ein Gespräch aus: »Hast dich nicht eingecremt, richtig? Ist mir letzte Woche auch passiert, als wir hier ankamen. Man unterschätzt die Sonne ganz schön. Wofür stehst du eigentlich an? Schmetterling oder Batman?«

»Für beides«, antwortete Martin. Er konnte schließlich nicht wissen, dass Carla und Cedrik nicht mehr geschminkt werden wollten. Das erfuhr er erst, als er an die Reihe kam.

»Ich will lieber ein Glitzer-Tattoo«, stellte Carla mit ihren immer noch hochroten Wangen klar. Vielleicht hatte sie ebenfalls einen Sonnenbrand. Ihr Zeigefinger wies in Richtung eines Pavillons weiter hinten auf dem Platz, wo es die Tattoos geben sollte. Martin ließ die Schultern sinken: Vor der Tattoo-Station hatte sich eine lange Warteschlange gebildet. Die längste, die er an diesem Tag überhaupt gesehen hatte.

Er wusste nicht, wie viele Minuten oder Stunden er schon Schlange stand. Manchmal vergaß er sogar, für welche Kinderattraktion er anstand. Er hustete, weil ihn erneut Grillkohle-Schwaden einhüllten. Wahrscheinlich würde er eine Rauchvergiftung bekommen. Auf jeden Fall wäre er am Ende des Piratenfestes so haltbar wie Schwarzwälder Schinken.

Trotzdem scherte er nicht mehr aus der Reihe aus – nicht aus dieser und keiner weiteren Schlange. Selbst nicht, als Carla ihn darum bat, weil sie eine Cola wollte. Das wäre ja bescheuert gewesen: Schließlich war er fast dran mit Glücksrad drehen.

GIOVANNI

Kurz nachdem er Carmen verabschiedet hatte, führte Giovanni ein langes wie unerfreuliches Telefonat mit Aurora. Das Gespräch drehte sich hauptsächlich darum, dass ihr Bruder Lorenzo nicht damit einverstanden war, wie er die Geschäfte der Familie führte. Lorenzo sah in ihm einen Schmarotzer, den Enkel eines einfachen Campingplatzbetreibers, der das Glück gehabt hatte, eine reiche Russo abbekommen zu haben. Und der nichts Besseres zu tun hatte, als das Geld der Familie zum Fenster hinauszuwerfen.

»Giovanni, sag mir eines: Was soll dieser Unsinn mit Tutti-Train?« Aurora sprach schneller als sonst. Ein sicheres Zeichen dafür, dass sie wütend war. »Lass die Finger davon, hörst du? Wir brauchen die Bimmelbahn nicht. Wir haben genug zu tun mit dem Campingplatz, den Hotels und Mobil-Homes. Komm nach Hause, Giovanni. Sofort!«

Er fuhr sich durch die Haare. »Aurora, Lorenzo hat keine Ahnung. Ich weiß, was ich tue.« Es folgte eine hitzige Debatte auf Italienisch, in deren Verlauf er Aurora mehrmals seine Liebe, seine Treue und seinen Sinn fürs Geschäftliche schwor. Es nutzte nichts. Sie begann zu toben, weshalb er so tat, als würde die Verbindung abreißen: »Oh, ich kann dich nicht mehr verstehen – Aurora?«

Er legte auf und steckte sich eine Zigarette an. Inhalierte den Rauch tief und blies ihn dann umso energischer wieder aus. Er würde Tutti-Train kaufen. Er wusste, was er tat, und würde sich nicht von Lorenzo dreinreden lassen. Sollte der seinen Risotto kochen. Er fühlte, dass er seinem Ziel ganz nah war. Er musste lediglich Kohlgruber überzeugen, ihm die Bimmelbahn zu überlassen.

CARMEN

»Haben Sie einen Krankenwagen für das Unfallopfer gerufen? Oder waren Sie dafür wieder zu abgelenkt?« Seine Augen blitzten.

Die Frage verunsicherte sie. »N…ein – er wollte gar nicht in eine Klinik«, stotterte sie.

»Sondern?«, setzte er nach.

»Ähm, er wollte auf seine Jacht«, berichtete sie. Der Polizist blinzelte mit seinen hellen Wimpern. Er sah aus, als fühlte er sich von ihr auf den Arm genommen. »Und da haben Sie ihn dann abgesetzt? Auf seiner Jacht? Im Sporthafen von Lippe?«

Sie nickte wieder. »Genau. Er war schließlich nicht verletzt. Also jedenfalls nicht so richtig … und er hat eine Jacht …«

Er lachte heiser und meinte: »Nö, klar, dass er zurück auf seine Jacht wollte. Und dort haben Sie dann wahrscheinlich gemeinsam auf den kleinen Unfall mit Champagner angestoßen?«

Carmen lächelte, dankbar, dass sie nichts weiter würde erklären müssen. Als sie seine Miene sah, wurde ihr klar, dass er das ironisch gemeint hatte. Sie riss noch ein Stück Haut von ihrem Nagelbett. Es begann zu bluten. Sie spürte das Brennen kaum.

»Sachbeschädigung und Unfallflucht, dann noch mal unerlaubtes Entfernen vom Unfallort nach Paragraf 142 StGB. Da bekommen sie ein Strafverfahren. Und Alkohol am Steuer«, zählte Oke Oltmanns auf. »Mein lieber Scholli, da kommt ganz schön was auf Sie zu. Der Richter wird entscheiden müssen, ob Ihnen die Fahrerlaubnis entzogen wird, Paragraf 69 StGB. Ich gehe mal stark davon aus.«

Für Unfallflucht gebe es sechs Punkte in Flensburg, belehrte er sie weiter. Sie wusste nicht, was sie zu all dem sagen sollte. »Und möglicherweise haben wir auch noch eine fahrlässige Körperverletzung nach Paragraf 229 StGB – habe ich eben fast vergessen. Das werden wir natürlich prüfen müssen. Denn, selbst wenn der Verletzte keinen Strafantrag stellt, werden wir den Unfall mit Strafanzeige trotzdem hier aufschreiben. Mit allen Personalien. Da können wir gar nicht anders. Das geht aus der StPO hervor. Wie heißt der Mann, den sie angefahren haben?« Ihr Kopf sauste von den Abkürzungen, die er benutzte und die sie nur halb verstand.

Was hatte sie sich da bloß eingebrockt? Sie flüsterte, als sie ihm Giovannis Namen nannte. »Etwas lauter bitte«, polterte er.

»Giovanni Kröger«, wiederholte sie zaghaft. »Und was passiert dann – wenn Sie mit Herrn Kröger gesprochen haben?«, fragte sie ängstlich. »Wenn Sie Glück haben und er keinen Strafantrag stellt, stellt die Staatsanwaltschaft das Verfahren ein.«

Sie glaubte nicht, dass Giovanni ihr das antun würde. Sie wünschte trotzdem, das alles wäre nicht geschehen und sie könnte einfach leise davonschleichen. Hatte sie das richtig verstanden? Sie würde ihren Führerschein abgeben müssen? Als sie die mitleidigen Blicke der jungen Beamtin mit dem Pferdeschwanz spürte, brach sie fast in Tränen aus. Mit gesenktem Kopf folgte sie dem Beamten, der sie nun zum Alkomaten bat.

Nachdem er sie entlassen hatte, entschied sie sich, den Kilometer zur Pension zu Fuß zurückzulaufen. Sie brauchte dringend frische Luft. Sie musste sich beruhigen und überlegen, wie sie es Martin erklärte, dass sie aktuell keinen Führerschein hatte. Oke Oltmanns hatte ihr mitgeteilt, dass er ihn vorläufig einbehalten würde. Ob er entzogen würde, musste ein Richter entscheiden. »Aus Gründen der Verhältnismäßigkeit«, wie der Beamte sich ausdrückte, wurde das Dokument zumeist ab 1.000 Euro Fremdschaden entzogen. Es sei denn, sie hätte schon viele Punkte in Flensburg. Hatte sie nicht. Und den Schaden an dem Wagen mit dem kaputten Außenspiegel hatte der Polizist auf unter 1.000 Euro geschätzt. Also lagen ihre Chancen nicht so schlecht.

Sie könnte versuchen, sich mit dem Halter des Fahrzeugs irgendwie einig zu werden. Vielleicht konnte sie dessen Schaden bar bezahlen? Sie musste ihn nur finden, den Halter – und sie hatte keine Ahnung, wo. Sie kannte nicht mal einen Namen. Irgendwie war sie auf der Wache viel zu durcheinander gewesen, um nach seinem Namen zu fragen. Sehr blöd.

Ein dicker Kloß saß in ihrem Hals. Und ihr zerrupfter Daumen brannte jetzt fürchterlich. Sie schaffte es gerade so eben, die Tränen zurückzuhalten. Zumindest, bis sie an der rot-weißen Katze vor der Tür zu Zimmer 7 vorbei war.

Die Tränen rannen ihr heiß und salzig über die Wangen, als sie sich bäuchlings auf die Matratze warf. Sie presste ihr Gesicht ins Kopfkissen und schluchzte hemmungslos. Warum ging bei ihr nur immer alles schief? Wenn es schon zu Hause nicht rund lief, warum verfolgte das Pech sie auch noch im Urlaub?

Sie wusste genau, was Martin sagen würde: »Weißt du, was so ein Außenspiegel kostet?« Sie würde es ihm einfach nicht erzählen, entschied sie. Die Überraschung über ihren plötzlich gefassten Entschluss stoppte den Tränenfluss. Dass sie den Führerschein verloren hatte, würde er ebenfalls zunächst nicht bemerken. Sie musste nicht unbedingt Auto fahren. Jedenfalls nicht in den nächsten Tagen. Wollte er nicht ohnehin seine gesamten Ferien in einem Strandkorb verbringen? Dann lief es eben so!

Sie angelte sich ein Taschentuch vom Nachttisch und schnäuzte kräftig hinein. Es blieb also bis zur Rückfahrt Zeit, die Geschichte in Ordnung zu bringen. Sie würde bei Gelegenheit einfach bei der Wache anrufen und höflich bitten, dass man ihr den Namen und die Kontaktdaten des Halters nannte. Vielleicht hatte sie Glück und diese Polizistin ging ran. Die hatte sehr nett gewirkt. Dann würde sie dem Halter Geld für den Außenspiegel anbieten. Alles wäre geritzt.

Und wenn das nicht klappte? Wenn sie vom Gericht vorgeladen wurde und Martin alles erfuhr? Was würde er dazu sagen, dass sie die Zeit mit einem anderen Mann auf dessen Jacht verbracht hatte? Während er beim Piratenfest auf die Kinder aufpasste. Sie malte sich aus, wie er auf ihren Ausflug reagierte. Wahrscheinlich wenig begeistert.

Sie musste hoffen, dass nichts herauskam. Er sagte ihr gewiss ebenfalls nicht alles. Sie hatten nie so selten miteinander gesprochen wie in den letzten Monaten. Er verschanzte sich wochentags in seinem Laden und am Wochenende machte er sich rar, um irgendwelches Gestrüpp abzulichten. Vermutlich konnte sie mit Giovanni durchbrennen und er würde es nicht mal merken.

Durchbrennen. Das Wort kam ihr reichlich altmodisch vor. Aber traf es nicht das, was sie sich seit dem Treffen vorstellte? Einfach mit diesem charmanten, stinkreichen Typen zu verschwinden. Sie könnte mit ihm den ganzen Tag Bimmelbahn fahren und alle Sorgen hinter sich lassen. Dolce Vita am Gardasee.

Bevor sie die Idee zu Ende gesponnen hatte, passierten zwei Dinge gleichzeitig: Die Zimmertür wurde aufgerissen und ihr Handy summte. Carla stürmte rotwangig auf sie zu: »Mama, Mama – Papa hat beim Glücksraddrehen gewonnen«, rief sie und strahlte übers ganze Gesicht.

Carmen drehte sich schnell zur Seite: Ihre Tochter sollte nicht sehen, dass sie geweint hatte. Demonstrativ hielt sie das summende Smartphone hoch, um Carla zu bedeuten, dass sie erst telefonieren müsse.

Es war ihre Mutter. Und wie immer begann diese das Telefonat mit einem Vorwurf: »Ich wollte mal hören, ob ihr gut angekommen seid. Du kommst ja nicht von selbst auf die Idee, mal anzurufen.«

Carla plapperte einfach weiter: »Papa hat einen Gutschein gewonnen – für ein ganz tolles Schwimmbad am weißen Strand.«

»Weissenhäuser Strand heißt das.« Martin trat ebenfalls zu ihr ans Bett. Sein Gesicht war knallrot. Er und die Kinder hätten sich eincremen müssen, dachte sie. Ihr Mann deutete mit dem Daumen auf seinen Nacken, wo die Haut Blasen warf: »Haben wir was dagegen?« Sie schüttelte den Kopf. »Du kannst leider nicht mit, Mami.« Das war wieder Carla. »Der Gutschein ist nur für Papi und zwei Kinder.«

Sie nickte und überlegte, was ihre Mutter zuletzt gesagt hatte. »Entschuldige, Mama. Hier reden alle dazwischen. Was hast du gesagt?«

Ihre Mutter klang gereizt: »Was ist denn bei euch los? Du bist ja ganz verheult, Kind. Ist was Schlimmes passiert?«

Eine Woge Selbstmitleid überrollte sie. Während sie beobachtete, wie Martin im Medikamententäschchen wühlte, spürte sie, wie sich unten in ihrer Kehle neue Tränen bildeten: Der einzige Mensch, der bemerkte, wie schlecht es ihr ging, war ihre Mutter. Sie schluckte und sagte tapfer in ihr Smartphone: »Nein Mama, es ist alles okay. Martin hat wohl gerade einen Ausflug in ein Schwimmbad gewonnen. Ich rufe dich später an.«

TAG 3, MONTAG

OKE

Das orangefarbene Schnurtelefon an der Wand schnarrte. Oke Oltmanns riss den Hörer von der Gabel: »Wache Hohwacht.«

»Moin Moin, Harm Wiese hier«, sagte eine männliche Stimme am anderen Ende. »Ich komme soeben vom Ausguck bei diesem Strandsee, wissen Sie, welchen ich meine? Also wenn man von Norden kommt ...« Verdammig, immer diese Anrufe. Hatten die Leute nichts Besseres zu tun, als bei der Polizei durchzuklingeln? Er hatte ja schon die abstrusesten Fälle erlebt. So wie den, als Heiner beim Monopoly verlor und anrief, man solle sein Weib wegsperren. Oder als Sönke im Suff seine Brille gesucht hatte und meinte, jemand hätte sie gestohlen. Und jetzt wollte ihm einer die Landschaft beschreiben? Natürlich wusste er, welchen Ausguck der Anrufer meinte. Es gab hier schließlich nur den Sehlendorfer Binnensee.

»Wollen Sie nun etwas melden oder nicht?«, raunzte er in den Hörer und schielte zur Kaffeemaschine. Wie gern hätte er einen Kaffee gehabt. Schietding! Ik kunn dat Deert na'n Fenster rutschmieten! Schrotthupen!

Der Anrufer ließ sich von seinem Tonfall nicht einschüchtern. Er klang erstaunlich munter, als er sagte: »Sicher will ich etwas melden. Deshalb rufe ich ja an: Es geht um eine Leiche.«

Oke zog die Brauen hoch: »Eine Leiche?«, fragte er ungläubig. Er kannte sich in seinem ruhigen Dorf bald nicht mehr aus. Aus dem Hörer drang ein Glucksen.

»'tschuldigung, kleiner Scherz. Ich weiß, mit dem Tod soll man an und für sich nicht spaßen. Es ist nur so, ich arbeite als Klinik-Clown. Sie verstehen, da macht man gern mal ein Späßchen.«

Er wurde wütend: »Ich will Ihnen mal was sagen: Grundloses Anrufen bei der Polizei ist strafbar! Paragraf 145 StGB: Wer absichtlich vortäuscht, dass Hilfe erforderlich sei, der ...« Er versuchte, sich zu beruhigen. Allein wegen seines Blutdrucks. »Die Notrufleitungen müssen für wichtige Anrufe frei bleiben, verstanden?« Er wollte den Hörer schon zurück auf die Gabel pfeffern, als der Anrufer rief: »Nein wirklich, es gibt dort einen Toten – einen toten Seeadler. Kein Scherz!«

Ein Seeadler? Das klang interessant. Er tastete bereits nach seinen Autoschlüsseln in der Hosentasche. »Wie ich schon sagte: Der Vogel liegt mitten auf dieser Plattform«, fügte der Mann am anderen Ende der Leitung gerade hinzu.

Oke umklammerte seinen Autoschlüssel: »Nichts anfassen. Bin schon unterwegs.« Er freute sich wie Bolle: Ein Seeadler, das wäre was. Der Stolz seiner bisherigen Sammlung. Er könnte ihn auch verkaufen. Vielleicht hätte das Eiszeitmuseum in Lütjenburg Interesse? Hatten die nicht einen Nandu?

Eine halbe Stunde später stand er mit dem riesigen Vogel in seiner Küche. Er war fast einen Meter lang und wog bestimmt vier, wenn nicht gar fünf Kilo. Gut, dass sie die Tiefkühltruhe behalten hatten, obwohl es in der neuen Einbauküche ein Tiefkühlfach gab. Allerdings wusste er nicht, wie er nun das Familienpaket Vanilleeis unterbekommen sollte. Weshalb er sich einen Esslöffel aus der Schublade griff, um das Problem an Ort und

Stelle zu vernichten. In der Theorie war die Idee perfekt, in der Praxis erwies sie sich als ziemlich schmerzhaft: Seine freiliegenden Zahnhälse leiteten den intensiven Reiz direkt an die Zahnnerven weiter.

Doch die Vorfreude auf den Feierabend machte diese Strapaze mehr als wett: Als Erstes würde er ein Gestell für diesen Prachtvogel bauen.

Das war immer der erste Schritt. Es diente als Basis für das Tiermodell. Sehnsüchtig dachte er an seine Werkstatt. Ein behaglicher Ort, an dem er seine Ruhe hatte, vor Inse und allen Hallbohms und Wieses der Welt. Aber erst die Arbeit, dann das Vergnügen. Zahlen und Fakten, rief er sich ins Gedächtnis.

Keine zehn Minuten später stoppte er den Wagen am Berliner Platz. Von wegen, es gab in Hohwacht nur Badeunfälle. Und wie sah es mit der Bergung von vom Himmel gefallenen Seeadlern aus? Außerdem musste er unbedingt dieser Bachmann-Geschichte nachgehen. Irgendetwas hatte ihm diese hübsche Urlauberin in ihrem roten Kleid verschwiegen. Er spürte, wenn jemand etwas zu verbergen hatte. Außerdem war hier eine Straftat geschehen, eine fahrlässige Körperverletzung nach Paragraf 229 Strafgesetzbuch. Er brauchte nicht das große Besteck aufzufahren. Mindestens wollte und musste er sich um die Identitätsfeststellung kümmern. Man würde sehen, ob der Verletzte einen Strafantrag stellte. Er wünschte, er würde es tun. Für die Statistik.

Kaum hatte er die Tür zur Wache passiert, schnarrte wieder das Telefon. »Was ist hier eigentlich los?«, brummte er, als er den Hörer das zweite Mal an diesem Tag von der Gabel nahm. Diesmal war kein Clown dran. »Oschi, wir brauchen hier dringend Hilfe!«, hörte er Jan vom Fischhus. Er hatte sich gar nicht mit Namen gemeldet. So aufgeregt war er. Warum sagte er nicht einfach, worum es ging? »Verdammig, sprich nicht in Rätseln, Jan.«

»Okay, Oschi. Bei mir steht eine Frau, die meint, ein Angler in der Bucht sei in Not. Er steht ziemlich weit draußen.« Natürlich wusste er genauso gut wie Jan Husmann oder jeder andere in Hohwacht, dass sich der Angler wahrscheinlich in Lebensgefahr befand.

Sie hatten oft erlebt, dass ortsunkundige Angler unten in der Bucht viel zu weit ins Wasser gingen. Sie bedachten nicht, dass der Meeresspiegel an dieser Stelle steigen konnte. Und bei den aktuellen südöstlichen Winden musste das Wasser um mehrere Dezimeter gestiegen sein. Wenn die Watthose erst voll Wasser gelaufen war, kamen sie oft nicht mehr zurück. »Wie tief steht er im Wasser?«, fragte er. Die Kaffeepause konnte er schon mal vergessen. Er hörte, wie Jan mit jemandem sprach, wahrscheinlich der Frau, die den Vorfall gemeldet hatte. Dann sagte Jan mit belegter Stimme: »Das Wasser steht ihm bis zum Hals.«

Oke Oltmanns dröhnte in den Hörer: »So 'n Schiet. Ich ruf die Küstenwache an und fahre dann selbst hin. Wir holen ihn da raus.« Er sprach so laut, dass Jan ihn hätte verstehen müssen, selbst wenn sie beide kein Telefon gehabt hätten.

HORST

Ein Martinshorn näherte sich. Kurz darauf raste ein Polizeiwagen an ihm vorbei. Der Wagen fuhr in Richtung der Bucht. Er tippte auf einen Badeunfall. Hörte man ja immer mal wieder, dass Leute in der Ostsee ertranken. Das lag an ihrem guten Ruf. Die Nordsee galt als rau. Die Ostsee hielten dagegen viele für ungefährlich. Er wusste jedoch, dass das nicht stimmte. Es gab hier Unterströmungen, die man besser nicht unterschätzte. Je länger er darüber nachdachte, desto sicherer war er, dass es in Hohwacht den ersten Badetoten der Saison gab. Ohne dass er darüber hätte nachdenken müssen, schlugen seine Füße schon die Richtung ein, in die der Streifenwagen fuhr.

GIOVANNI

Giovanni stand in Boxershorts und offenem Hemd an der Reling und steckte sich die nächste Zigarette an. Er konnte das Rauchen nicht lassen, wollte es auch nicht. Der Wind strich über seine gebräunte Haut. Fröstelnd sah er den Tabakschwaden nach, die in weißen Wölkchen die Jacht verließen. Sein Magen knurrte. Er hatte Hunger und nichts zu essen an Bord.

Lorenzo konnte hervorragend kochen. Er rief sich den Pilz-Risotto seines Schwagers in Erinnerung – köstlich. Auroras Bruder führte ein Hotel in einem belebten Teil von Peschiera. Es war ein doppelstöckiges Gebäude mit Balkon und einer Balustrade im römischen Stil, von der rote Pelargonien herableuchteten. Unten knatterten Vespas und Lieferwagen an dem kleinen Hotel vorbei. Er hatte sich oft gefragt, wie die Primeln es schafften, den Abgasen zu trotzen.

Manche waren eben härter im Nehmen. Das musste er sich vor Augen halten. Nur die Harten überlebten. Er zog wieder an der Zigarette und inhalierte, bis der Rauch in seiner Brust brannte.

Giovanni gestand es sich ungern ein, aber er bekam es mit der Angst zu tun. Das mulmige Gefühl in seinem Magen breitete sich aus wie ein Krebsgeschwür. Es wäre gut, Lorenzo so bald wie möglich alles zu erklären. Ihn brauchte er ebenfalls auf seiner Seite. Er wollte sich nicht ausmalen, was der Boss mit ihm anstellen würde, falls er die Bimmelbahn doch nicht würde wie geplant kaufen können. Er nahm noch einen Zug von der Zigarette. Es tat ihm nun sehr leid, dass er bei den Gesprächen mit diesen Leuten so dick aufgetragen hatte. Er hatte ihnen eine Geschäftsidee unterbreitet, die eine Menge Geld abwerfen würde und versprochen, sie großzügig daran zu beteiligen.

Die Bahn war bei Urlaubern und Einheimischen gleichermaßen beliebt. Niemand hatte Lust, bei 35 Grad im Schatten durch Peschiera zu laufen. Es fuhren täglich Hunderte mit und das Beste war: Alle zahlten bar. Die Bahn war mehr als geeignet, Geld aus dem Drogenhandel zu waschen. Und davon gab es eine Menge. Wenn er nun so kurz vor Vertragsabschluss absprang, würde der Boss schlimmstenfalls denken, er machte sich über ihn lustig. Das wäre schlecht. Er betrachtete seine wohlmanikürten Hände. Sie hatten überheblichen Kerlen wie ihm schon für weniger die Finger gebrochen. Zumal, wenn sie wie er aus Hamburg kamen und meinten, sich in Geschäfte einmischen zu dürfen, die sie nichts angingen.

Noch war nichts verloren. Er versuchte, sich innerlich zu beruhigen. Seit der Heirat mit Aurora war er auf einem guten Weg. Er hatte schon T-Shirt und Jeans gegen teure Markenanzüge getauscht. Und bald würde er mehr sein als der smarte Campingplatz-Erbe, der eine gute Partie gemacht hatte. Es fehlten nur ein paar erfolgreiche Investments. In Kürze würde man am Lago feststellen, dass er jemand war, der wusste, wie man auf dem Geldmarkt agierte.

Es stand und fiel mit der Bahn: Mit Tutti-Train könnte er sich einen eigenen Namen am Fuße des Monte Baldos machen. Ohne wäre er verloren. Das musste Lorenzo verstehen. Immerhin hatte er Matteo auf seiner Seite.

Das Problem war, dass sich plötzlich B-Projekt eingemischt hatte. Dieser Kohlgruber führte die Verhandlungen. Er musste dafür sorgen, dass er sein Kaufangebot für die Bimmelbahn zurückzog.

Er nahm zwei letzte, hektische Züge von seiner Zigarette und warf den Stummel dann in hohem Bogen über Bord. Eine Ente schwamm herbei.

Wie unüberlegt er bei der ganzen Sache vorgegangen war. Er könnte sich ohrfeigen deswegen. So etwas konnte einem in der Geschäftswelt den Kopf kosten – oder eben den Finger. Er hätte erst den Kauf abwickeln und dann Geschäftspartner ins Boot holen müssen. Wie hatte er so dumm sein können? Düster sah er einen Moment der Kippe nach. Sie trieb langsam davon, verfolgt von der Ente.

»Sind Sie Giovanni Kröger?« Er zuckte zusammen. Er hatte gar nicht bemerkt, dass jemand auf dem Steg stand. Erschrocken sah er sich Auge in Auge mit einem feisten Polizisten, dem der Schweiß von der Stirn lief. Der Uniformierte wirkte abgehetzt. Als wäre er eben kreuz und quer durch Hohwacht gerast. Was wollte der denn hier?

Giovanni warf einen Blick hinüber zu Matteos Boot. Matteo saß an Deck und spielte wieder mit seinem Handy. Gut, er wollte nicht, dass er sich hier einbrachte. Mit geschäftsmäßigem Lächeln fragte er freundlich: »Eigentlich heiße ich Giovanni Russo – habe den Namen meiner Frau angenommen. Warum wollen Sie das wissen?«

Der Polizist räusperte sich. »Ich wollte sichergehen, dass es Ihnen gut geht. Sie sind angefahren worden, richtig?« Giovanni fragte sich, woher die Polizei von dem Unfall wusste.

»Sie meinen die Sache auf dem Supermarktparkplatz? Tutto bene, alles gut. Das habe ich der Fahrerin gleich gesagt.«

»Sie wollen also keine Anzeige erstatten?«, fragte der Beamte. Er schien regelrecht enttäuscht.

Giovanni schüttelte den Kopf und winkte ab: »Gott bewahre, nein.«

OKE

Wirklich zu ärgerlich, dass der Mann keine Anzeige erstatten wollte. Zumal er an diesem stressigen Tag extra hier herausgefahren war. Nach der Sache mit dem Badeunfall. Der Angler hatte Glück gehabt, dass es so glimpflich ausgegangen war. Die Küstenwache hatte ihn schon an Bord geholt gehabt, als er an der Bucht angekommen war. Dann der ganze Papierkram. Er schwitzte inzwischen wie ein Schwein. Wenn das in diesem Sommer so weiterging, wäre er bald selbst urlaubsreif. Er sah erschöpft zur Jacht mit dem breiten Heck. Stand da etwa eine Champagnerflasche auf dem Tisch?

Sein Blick huschte übers Deck. Da stand eine Menge Kram herum. Dieser Giovanni hatte offenbar gefeiert. Vermutlich stimmte es, was diese Hamburgerin gesagt hatte. Merkwürdig, dass jemand eine Frau zum Champagner einlud, die ihn angefahren hatte. Er wischte mit dem Handrücken ein wenig Schweiß von der Stirn. »Wie ist es denn zu dem Unfall gekommen?« Abwartend betrachtete er Giovanni Russos Reaktion.

»Ach«, Giovanni machte eine wegwerfende Handbewegung, »ich bin vermutlich blind über den Parkplatz gelaufen. Aber es ist nichts passiert! Ich verstehe eigentlich nicht, warum Sie diese Sache verfolgen?«

Oke Oltmanns kniff die Augen zusammen. Der Typ war ihm zu nervös. Plötzlich fiel ihm etwas ein: »Warum haben Sie der Frau gesagt, dass Sie Kröger heißen?«

Der Mann an Bord zog ein Zigarettenetui aus seiner Hemdtasche. »Habe ich nicht. Ich kenne sie von früher –

eine Schulfreundin. Wir haben nicht über meine Heirat gesprochen«, sagte er und ließ sein Zippo-Feuerzug klickend aufspringen.

Er verstand. Der Italiener hatte seine alte Bekannte also im Glauben gelassen, ledig zu sein. Na gut, das war nicht strafbar. Vielleicht, Oke Oltmanns ließ den Blick über die Gläser wandern, war es zu einem kleinen Techtelmechtel gekommen. Warum hatte die Bachmann verschwiegen, dass sie das Unfallopfer kannte?

Schweigend beobachtete er, wie der Mann an Bord rauchte. So gut wie der würde er selbst nach einer dreiwöchigen Kreuzfahrt nicht aussehen. »Machen Sie hier Urlaub?«, fragte er. Giovanni nickte.

Er würde vielleicht die Tage noch mal am Jachthafen vorbeifahren und den Mann im Auge behalten. Möglicherweise war das ja seine Masche: sich vor irgendwelche Autos zu schmeißen und dann die Bräute abzuschleppen. Man musste heutzutage in alle Richtungen denken. Es gab falsche Enkel, falsche Wasserzählerableser und falsche Verehrer sowieso. Kröger-Russo konnte durchaus ein Heiratsschwindler sein. Er hob die Hand zum Gruß: »Na dann, unfallfreie Tage in Hohwacht.«

Im Auto drehte er das Gebläse und den Lautstärkeregler des CD-Players bis zum Anschlag. »At the Copa, Copacabana – the hottest spot north of Havana«, sang Barry Manilow. Er mochte den Song. Wenn er den Seeadler verkaufte, könnten Inse und er tatsächlich in See stechen. Nicht, dass es ihm etwas ausgemacht hätte, die Ferien in Hohwacht zu verbringen. Er musste nicht nach Rio de Janeiro. Er ließ die Scheibe hinunter, genoss den Fahrtwind und betrachtete die saftigen grünen Wiesen. Dat is min Dörp.

Er würde trotzdem buchen. Sonst jammerte ihm Inse weiter die Ohren voll. Wegen dieser ollen Kreuzfahrt.

MARTIN

Wenn ihn jetzt jemand für ein Comic zeichnen würde, dann mit Augäpfeln, die aus den Höhlen sprangen. Er hatte es immer schon gehasst, Luftmatratzen aufzupusten. Warum nur fielen solche Aufgaben immer ihm zu? Dabei hätte er sich diese Strapaze sparen können – hätte jemand die Luftpumpe eingepackt. Jemand, der nur halbtags arbeitete. Jemand, der wusste, dass man nie eine Matratze ohne Pumpe einpackte, und jemand, der mehr Zeit fürs Kofferpacken hatte als er. Nur, dass sich dieser Jemand kein bisschen für Luftmatratzen zuständig fühlte.

Wenigstens regnete es nicht. Falls er also nicht gleich tot umfiel, weil er hier auf diesem Bett mit dem Pinökel von der Matratze im Mund einen Schlaganfall bekam, könnte er später immerhin auf Fotosafari gehen.

Er pustete und fand, er hörte sich an wie eine Schwangere bei den Atemübungen. Der Sauerstoffmangel in seinem Hirn machte sich langsam bemerkbar: Es drehte sich bereits alles. Trotzdem fehlte in der Matratze eine Menge Luft. »Papi macht am Strand weiter«, sagte er schwach zu Cedrik und erhob sich. Cedrik nickte und sah dann zu Carmen, die an ihrem Handy herumfummelte. »Kommt Mama auch mit?«

Er verzog die Lippen: »Mama kommt nach.« Sie hatte gesagt, sie müsse ihre Mutter zurückrufen. Das war wieder so typisch. Warum fuhr sie nicht gleich mit ihrer Mutter in den Urlaub?

Er drehte sich zu ihr um: »Ich nehme den Schlüssel schon mit. Zieh einfach die Tür 'ran«, sagte er. »Und gib bitte an der Rezeption Bescheid, dass unser Klopapier alle ist.«

CARMEN

Wieso sollte sie sich ums Klopapier kümmern? War sie etwa die Klopapier-Beauftragte in der Familie? Kümmerte sie sich nicht schon zu Hause um alles? Genervt lauschte sie dem monotonen Rufzeichen. Merkwürdigerweise erreichte sie ihre Mutter nicht – jedenfalls nicht auf der Festnetznummer. Sie verspürte keine Lust, es auf dem Handy zu probieren. Eigentlich hatte sie gerade überhaupt keine Lust, mit ihrer Mutter zu telefonieren. Denn dann müsste sie ihr erzählen, in welch bescheidene Lage sie sich gebracht hatte.

Tuuut – Tuuut. Es ging tatsächlich niemand ran. Carmen legte auf und steckte ihr Handy zurück in die Tasche.

Sie würde es später versuchen. Mit einem Ruck zog sie die Zimmertür hinter sich zu.

Jetzt das Klopapier. Carmen steuerte die Rezeption im Hauptgebäude an, wo Malgorzata Rieken hinterm Empfangstresen stand. »Hallo, Frau Rieken«, begrüßte sie die Frau, worauf diese ein kurzes »Moin« entgegnete. »Auf der 7 fehlt das Toilettenpapier. Könnten Sie das später ändern lassen?«, formulierte Carmen umständlich und ärgerte sich sofort über ihre eigene Unbeholfenheit.

Wieso war sie immer so verklemmt? Warum konnte sie nicht geradeheraus nach Toilettenpapier fragen? Schließlich war dies eine Pension. Vielleicht nicht unbedingt eine, in der einem jeder Wunsch von den Augen abgelesen wurde, aber immerhin eine Pension.

»Ach was, später«, meinte Malgorzata Rieken und lächelte zur Abwechslung, »das erledigen wir gleich.« Ihr eiergelber Haarschopf verschwand hinter der tapezierten Tür und streckte ihr wenige Augenblicke später drei Rollen Toilettenpapier entgegen: »Bitte, Ihre Wochenration.«

Carmen biss sich auf die Unterlippe. »Ähm, ich meinte eigentlich, dass uns die Putzfrau, ähm, die Frau Becker, später, wenn sie das Zimmer sauber macht, eine Rolle dalassen könnte«, stotterte sie. Die Wirtin hielt ihr immer noch die Rollen hin. Ignorante Herbergsmutter, dachte sie bösartig.

Und wo sollte sie nun mit den Rollen hin? Den Zimmerschlüssel hatte Martin. Ebenso beide Strandtaschen. Sie sah an ihrem Trägerkleid herab: Sie würde mit drei Rollen Toilettenpapier in der Hand über die Strandpromenade laufen müssen.

Als Erstes traf sie auf die dänische Familie. Vier Augenpaare blieben an dem WC-Papier haften, das sie krampfhaft gegen ihre Brust drückte. Sie wurde wieder rot, nickte schnell und eilte weiter. Bei ihrem Glück würde sie gleich einem Filmteam in die Arme laufen, das einen Beitrag über das Seebad drehte. Und wahrscheinlich würden alle Kollegen zufällig einschalten, wenn sie durchs Bild stolperte. Dann würde sie als »die Verrückte mit dem Klopapier« in die Firmengeschichte eingehen.

In diesem Moment kam ihr der Mann entgegen, den sie am allerwenigsten treffen wollte: Horst Wieczorek, der schlimmste Nachbar der Welt. Natürlich würde der gleich einen Spruch bringen.

Sie rannte fast, in der Hoffnung, sich an ihm vorbeimogeln zu können. »Ach ne, Frau Bachmann. Wo wollen Sie denn mit dem ganzen Toilettenpapier hin? In die Dünen kacken ist hier verboten!« Ohne zu antworten, hastete sie weiter. Bloß weg von diesem grantigen Kerl, der ihr schon zu Hause auf die Nerven fiel. Horst Wieczorek in Hohwacht. Das war wirklich die Höchststrafe. Dagegen empfand sie sogar den Besuch auf der Polizeiwache als Wellness-Auszeit.

Endlich kam der Strand in Sicht. Sie bahnte sich ihren Weg durch die Reihen weißer Strandkörbe hindurch. Sie steuerte auf die »26« zu, die Nummer des Strandkorbs, den Martin gemietet hatte. Martin hatte ihn so gedreht, dass die Familie vor Wind geschützt war. Sie lief über den weichen Sand, vorbei an einigen mit kleinen Schlössern abgesperrten Strandkörben.

Martin und Cedrik hatten es sich in dem mondänen Sitzmöbel mit der geschwungenen Haube bequem gemacht. Martin hatte die Beine lang auf den Fußstützen ausgestreckt, Cedrik hockte im Schneidersitz dicht neben ihm. Carla kniete vor den beiden im Sand und wühlte in einer der Strandtaschen. Sie schien etwas zu suchen. Wahrscheinlich ihren Badeanzug.

Der DLRG-Wachturm rechts von ihnen schien auch noch verwaist zu sein. Links von ihnen hatte sich eine Frau mit Bürstenschnitt auf einer blauen Decke niedergelassen. Sie löste ein Kreuzworträtsel in der Zeitung. Oder versuchte es zumindest: Der Wind zerrte so heftig an dem Papier, dass die Frau es auf ihrem Schoß mehrfach faltete, damit es nicht so viel Angriffsfläche bot.

»Hallo, da bin ich«, begrüßte sie ihre drei Familienmitglieder und versenkte gleichzeitig das Toilettenpapier hastig in der Strandtasche, die am Korb lehnte. Martin und Cedrik nahmen kaum Notiz von ihr. Martin erzählte offenbar eine Kindheitsgeschichte und Cedrik hing an seinen Lippen. »Wenn ich mit meinem Vater zum Strand gegangen bin, hat er mit mir Krebse gefangen«, hörte sie ihren Mann sagen. »Wie denn?«, wollte Cedrik sofort wissen.

»Du nimmst eine geschlossene Muschel, schlägst sie an einem Stein auf und bindest sie an einen Faden. Dann kannst du Krebse angeln«, erklärte Martin seinem Sohn. Cedrik ließ die Worte auf sich wirken. Er wurde ganz still.

Der Wind riss an ihrer Picknickdecke. Es war unmöglich, sie gerade auszubreiten. Vor der Vorstellung, eine Muschel zu zertrümmern, grauste ihr. Sie wollte schon protestieren, hielt jedoch den Mund: Wenn Martin und die Kinder angelten, hätte sie Zeit zu überlegen, was sie jetzt tun sollte.

Martin stand auf, streckte den Rücken durch und rief mit einer Fröhlichkeit, die sie überraschte: »Kommt, Kinder. Zu den Felsen. Wir angeln!« Carla und Cedrik schrien begeistert »Juhu« und tobten los. In ihrer Begeisterung rannten sie etwas zu dicht an der Strandnachbarin vorbei und eine Ladung Sand flog auf. Demonstrativ schüttete die Frau den Sand von ihrer Zeitung. Carmen entschuldigte sich sofort, und die Frau quittierte dies mit einem Nicken.

Ihr Smartphone vibrierte. Eine WhatsApp war angekommen. Als sie den Deckel der Handytasche aufklappte und sah, von wem, machte ihr Herz einen Sprung. »Die Polizei war hier. Habe gesagt, dass ich okay bin. Wann willst du dich persönlich davon überzeugen?« Er war süß. Wie gut, dass er so geistesgegenwärtig reagiert hatte. Es beunruhigte sie, dass der Polizist ihn so schnell aufgesucht hatte. Vermutlich hatte er jetzt schon den Halter des beschädigten Wagens registriert. Vielleicht hatte sie Glück und er reagierte genauso entspannt wie Giovanni.

Giovanni. Sie zog sich langsam aus und legte sich bäuchlings auf die inzwischen sandige Decke. Im Bikini war es wegen des Windes zwar etwas frostig, aber sie wollte auch ein wenig Farbe bekommen. Sollte sie ihm antworten? Und wenn ja, was sollte sie schreiben? Sie blickte aufs Display. Ob sie einfach einen Smiley schickte? Sie wählte einen mit Kussmund. Die versendete sie schließlich auch an Freundinnen. Da war nicht viel dabei. Eigentlich gar nichts, redete sie sich ein.

Vom Meer drang das Rauschen herüber, das sie so liebte. Die Wellen brachen sich an einem Steinhaufen in der Nähe. Oben auf den Felsen kletterten Martin und die beiden Kinder umher, offenbar auf der Suche nach Krebsen.

Im Gegenlicht konnte sie nur ihre Umrisse erkennen. Martin stand am höchsten Punkt und schien den Kindern Anweisungen zu geben. Er war bestimmt einen Kopf größer als Giovanni und ein ganz anderer Typ. Giovanni war ein Draufgänger. Martin das genaue Gegenteil.

Schlecht fürs Geschäft. Wenn man einen Laden zu führen hatte, durfte man nicht zögerlich sein. Irgendwann musste er etwas Neues wagen. Es konnte nicht immer nach dem alten Muster weitergehen. Jedenfalls nicht, wenn er neue Kunden gewinnen wollte.

Er hätte von Anfang nicht das Fotogeschäft seines Vaters übernehmen dürfen. Der Laden hatte schon damals nicht zu den florierenden Geschäften Hamburgs gehört. Wer wollte schon einen düsteren Laden betreten, der noch dazu in einer schmuddeligen Ecke von Hamburg-Barmbek lag? Sie dachte an die staubige Auslage im Schaufenster: vergilbte Schwarz-Weiß-Aufnahmen, die Martins Vater zu Lebzeiten von Schiffen auf der Elbe gemacht hatte, und dazwischen Kodakfilme auf schwarzem Samt. Schlimmer ging's wirklich nicht. Wer hier hineinwollte, musste blind sein.

Sie wusste von mindestens einem Stammkunden seines Vaters, bei dem tatsächlich ein Glaukom diagnostiziert worden war, und der nur aus Gewohnheit hin und wieder mit seinem Blindenhund vorbeikam und Martin von der Arbeit abhielt. Wobei, zu tun gab es ja nichts. Von solchen Kunden konnten sie jedenfalls nicht leben. Und irgendwann wären ihre Rücklagen aufgebraucht.

»Wir schreiben 2017«, hatte sie ihm deutlich gemacht. Einmal, zweimal, x-mal. Eigentlich immer, wenn sie über Geld stritten. Nachts, wenn die Kinder schliefen. »Du musst den Laden aufgeben oder modernisieren.«

Die Kinder kamen zurückgerannt und die Frau mit den Stoppelhaaren bekam eine neue Ladung Sand ab. »Hey, aufpassen!«, zeterte sie.

Carla nahm keine Notiz davon: »Cedrik muss Pipi«, berichtete sie. »Ich habe ihm verboten, ins Meer zu gehen. Das ist nämlich Umweltverschmutzung.« Cedriks Faust schoss vor und malträtierte Carlas Oberarm. Er ließ sich neuerdings nichts mehr von seiner Schwester gefallen.

Carmen hievte sich seufzend hoch und stellte sich zwischen die beiden. »Schluss. Wir gehen alle einmal aufs Zimmer«, bestimmte sie. Und um die Streithähne abzulenken, fragte sie: »Habt ihr eigentlich etwas geangelt?«

Carla sah sie abschätzig an. »Wir sind doch keine Mörder und schlagen Muscheln tot!«

Als sie an dem netten kleinen Fisch-Imbiss vorbeiliefen, stand vor dem Eingang ein freundlich wirkender Mann in abgeschnittenen Jeans. Er trug die langen Haare zu Dreadlocks geflochten. Die tätowierten Arme hielt er über der Brust verschränkt. »Moin«, rief Carla übermütig.

»Heute«, gab er trocken zurück. Seine blauen Augen blitzten hintersinnig. Die Kinder schauten überrascht. Sie schmunzelte. Das musste der spezielle Ostsee-Humor sein, von dem man so oft hörte. Wahrscheinlich würde er gleich noch einen Witz erzählen, so in der Art: »Sturm ist erst, wenn die Kühe fliegen.« Aber er sagte nichts mehr.

Als sie zurück zum Strandkorb kamen, stand Martin da und drehte ihr demonstrativ seinen Rücken zu: »Cremst du mir den Nacken und die Ohren ein?«

Sie murmelte ihre Zustimmung, angelte sich die Flasche aus der Strandtasche und spritzte die kühle weiße Flüssigkeit in ihre Handflächen. Energisch verrieb sie die Creme auf seinem heißen Nacken. »Ich hasse es, eingecremt zu werden«, kommentierte er das Prozedere.

»Stell dich nicht so an.« Carmen schmierte klebrige Cremereste an seinen glühenden Ohren ab. So nahe waren sie sich schon zwei Wochen nicht mehr gekommen.

Zu der Zeit hatten sie den vorerst letzten Streit gehabt. »Du willst, dass ich aufgebe, was mein Vater aufgebaut hat?«, hatte er geschrien. »Es wäre für uns alle besser, du würdest etwas anderes machen«, hatte sie zurückgebrüllt. In dem Moment war Cedrik im Türrahmen aufgetaucht.

Sie lag wieder auf der Decke vor dem Strandkorb. Diesmal auf dem Rücken. Ihre Finger fuhren ruhelos im Sand umher und förderten eine Kippe zutage. Eklig. Sie schnippte die Kippe fort und buddelte mit der hohlen Hand Sand darüber. Von innerer Unruhe geplagt, zermarterte sie sich das Hirn, wann und wie sie ihren Führerschein zurückbekommen könnte. Und wann sie sich mit Giovanni treffen sollte. Für beide Fragen fiel ihr keine Lösung ein.

Sie drehte sich umständlich auf den Bauch, fegte mit der Handkante erneut Sand von der Decke und stützte sich auf den Ellbogen ab. Nicht besonders aufmerksam verfolgte sie das Treiben um sich herum. Ein Kind versuchte, seinen Drachen steigen zu lassen. Es war windiger geworden, stellte sie fest. Die Ostsee toste regelrecht. Das Meer hatte einen seltsam bleiernen Ton angenommen. Ein undurchdringliches Blaugrau mit schmutzig grauen Schaumkronen.

Carmen legte den Kopf auf ihrem Armen ab und schloss die Augen. Denk nach, befal sie sich. Sie kam nicht dazu. »Mami, kommst du mit ins Wasser?« Das war Cedrik. Widerstrebend öffnete sie ein Lid. Ihr Sohn hockte neben ihr im Sand und sah sie mit treuherzigem

Augenaufschlag an. Er hatte so schöne grüne Augen. Manchmal blickten sie ein wenig zu ernst. Er hatte viel von seinem Vater. »Na, klar«, seufzte sie mit einem Seitenblick auf den Erzeuger. Sie sah nur Martins Hinterteil, während er in seiner Fototasche kramte.

Als er sich zu ihnen umdrehte, lächelte er versonnen. »Woran denkst du?«, fragte sie. Er war offenbar ganz in Gedanken versunken und schien regelrecht überrascht, sie zu sehen.

»Ach, nur an eine alte Fotografenweisheit: Wenn die Sonne lacht, nimm Blende 8.« Die Antwort enttäuschte sie. Sie hätte gern gehört, dass er sich freue, mit ihnen hier zu sein. Dass er mit ihnen ins Wasser kommen würde. Irgendetwas, was nichts mit Fotoapparaten zu tun hätte. Seine blöde Kamera, schmollte sie, wäre das Erste, was er aus einem brennenden Haus retten würde.

Zu dritt standen sie schließlich im flachen Wasser. Cedrik hielt krampfhaft die schlappe Luftmatratze fest, während Carla sich in die kalten Fluten stürzte. Das Wasser spritzte auf und sie verschwand in der Ostsee. Nur um sogleich spuckend und lachend aufzutauchen. Wegen des Salzwassers hatte sie die Augen zusammengekniffen. Es lief ihr übers Gesicht und troff aus ihren Zöpfen, die dünn wie Rattenschwänze auf die schmächtigen Schultern hinabhingen. Carmen hielt die auf den Wellen wild schaukelnde Luftmatratze für Cedrik fest, damit er sich darauflegen konnte. Der Plan ging nicht auf: Schon als die nächste Welle anrollte, geriet seine Unterlage ins Wanken und er verlor das Gleichgewicht.

Die Brandung war ziemlich stark. Carmen juchzte jedes Mal, wenn sich eine Welle an ihren Knien brach und das Wasser bis zu ihren Oberschenkeln hochspritzte.

Das bereitete ihr eine Gänsehaut. Und immer, wenn das Wasser zurück ins Meer strömte, zerrte es an ihren Beinen, als versuchte es, sie mit sich zu reißen. Als sei sie Treibgut. Eine Frage formte sich in ihrem Kopf: Gehöre ich hierher? Zu diesem Ehemann, der nie zu Hause ist? Der nur an seinen Laden und dort bestenfalls an sein Hobby denkt? Und wenn ich mich von Giovanni mitreißen ließe, wäre ich woanders glücklicher?

Cedrik lag bäuchlings auf der sich in den Wellen hin und her bewegenden Matratze und ruderte wild mit den Armen. Seine Haare klebten bereits nass am Kopf. Im Sonnenlicht wirkte es fast, als trüge er einen goldenen Helm. Eine weitere Welle erfasste sein Gefährt und er kam regelrecht auf sie zugeschossen. »Ich bin ein Hai und du hast Angst«, rief er. Die nächste Welle überspülte ihn. »Und dahinten«, prustete er, als er wieder atmen konnte, und zeigte auf seine Schwester, »dahinten kommt schon der nächste Hai.«

Und wo blieb der Papa-Hai? Carmen wandte sich zum Strandkorb und sah, dass sich Martin angezogen hatte. Jetzt winkte er ihr zu und hielt demonstrativ die Kamera hoch. Er ging also auf Fotosafari. Pflanzen fotografieren. Allein. Wie immer.

HORST

Die Jagd nach dem Badetoten führte ihn am Restaurant Fischerstübchen vorbei. Er ließ den Blick suchend über die Bucht schweifen. In einiger Entfernung sah er ein Boot der Küstenwache. Aber niemand schien im Wasser zu sein. Ein paar Schaulustige hatten sich am Strand versammelt. Die Gruppe schien jedoch im Begriff, sich langsam aufzulösen. Er konnte nicht ausschließen, dass er zu spät kam.

Das Fischerstübchen war ein gemütliches Bistro mit viel Holz, Netzen und allerhand nautischem Tüdelkram und hatte auch Außenbestuhlung. Von hier aus hätte er einen nahezu perfekten Blick auf den Ort des Geschehens. Also falls noch etwas geschehen sollte. Er sah sich nach einem freien Platz um. Alles belegt. Zu ärgerlich, denn er hätte Lust auf einen schönen hausgemachten Aal gehabt. So ein Seelachs-Hörnchen war doch etwas für den hohlen Zahn. Ein letztes Mal schaute er sich nach einem freien Tisch um und stutzte. War das da vorn nicht der Mann, den er vorhin am Strandloper gesehen hatte?

XAVER

»Bressiad's da?« Er wollte gern vor dem Mittagessen mit dem Architekten zum Strand, um die künftige Baustelle zu besichtigen. Deshalb fragte er, ob Max es eilig habe.

»Na, na, pack ma's«, meinte Max. Er war um diese Zeit in der Regel noch nüchtern. Er musste wissen, dass sie nicht nur zum Vergnügen hier waren.

Mit den Händen in den Taschen schlenderten sie Richtung Wasser. Er genoss die steife Brise, die unvermutet heraufgezogen war. Beide schauten für einen Moment auf das aufgewühlte Blaugrau. Dann bohrte er mit seiner ledernen Schuhspitze ein kleines Loch in den goldenen Pulversand und zog eine Linie. Hier ungefähr würde die Frontseite des Komplexes verlaufen. Etwas Sand rieselte nach und verwischte die Furche. Er zog die Linie entschlossen nach, tiefer als beim ersten Mal.

Xaver Kohlgruber fühlte sich beobachtet. Von einem Unbehagen erfasst sah er über die Schulter zum Fischhus. Angeblich hatte die Bude bereits in den 50er-Jahren des vorigen Jahrhunderts dort gestanden. In Gedanken ging er abermals die ganzen E-Mails durch, die er in den vergangenen Wochen aus Hohwacht bekommen hatte. »Wir lassen nicht zu, dass unser Dorf zerstört wird«, hatte in einer gestanden. Und in einer anderen: »Ihr Weißwurst-Fresser könnt den Hals nicht vollkriegen. Kommt her und wir stopfen euch das Maul. Die Krabben-Connection« Sie hatten Hass auf die Firma und wahrscheinlich auch auf ihn. Er konnte diese Leute nicht verstehen, egal, wie lange er über das Thema nachdachte. Tourismus war ein gutes Geschäft. Hohwacht brauchte noch viele Betten. Was machte es schon aus, wenn ein oder zwei Häuser, die im Weg waren, abgerissen wurden? Man konnte sie woanders aufbauen. Außerdem war diese Imbissbude nicht mal ein richtiges Haus. Max konnte offenbar seine düsteren Gedanken lesen: »Regst di wieda uff? Des is schlecht fia di Gesundheit.«

Natürlich war es schlecht für seine Gesundheit, wenn er sich aufregte. Er hatte schon einen Stent. Bauprojekte dieser Dimension sorgten immer für Ärger. Er mochte gar nicht über diesen Bimmelbahn-Schmarrn am Gardasee nachdenken, der ihm bevorstand. Nun würde er erst mal mit diesen Leuten aus dem Fischhus reden müssen. Die Firma mutete ihm allerhand zu.

Die Besitzer der Fischbude hatten ihm in wohlgesetzten Worten angekündigt, ihren Gastronomiebetrieb auf keinen Fall für eine Appartementanlage aufgeben zu wollen. Sein Chef hatte ihn befugt, dem Paar ordentlich Geld für ihr Geschäft zu bieten. B-Projekt konnte schließlich nicht drumherum bauen.

Er hatte das komische Gefühl, dass sie das Geld nicht annehmen würden. Genau das erzählte er Max, während er einem Kind zusah, wie es im Sand eine Burg baute.

»A bisserl was geht immer«, meinte Max schulterzuckend. »Schau ma moi, dann seng mas schon.«

Max' Aussprache klang etwas unsauber. Max trank zu viel. Das wusste er genauso wie fast jeder andere bei B-Projekt. Alle hatten Verständnis. Es lag am Druck, der auf ihnen lastete. Je erfolgreicher B-Projekt am Markt agierte, desto besser mussten sie sein. Immer gab es ein wichtiges Projekt, das zu einem perfekten Abschluss gebracht werden musste.

Er könnte mit Max in das Restaurant da drüben gehen, in dem sich das ganze Team zum Essen verabredet hatte. Die neue Ingenieurin würde dabei sein. Er könnte mit ihnen trinken, auf Spesen natürlich. Er würde es aber nicht tun. Was er hier vorhatte, erforderte seine volle Konzentration. Er drehte sich um, weil er das Gefühl hatte, jemand stünde hinter ihm. Es stand niemand hinter ihm. Merkwürdig.

Max schien zu warten, was nun passieren würde, und stellte seinen Jackenkragen gegen den Wind auf, der aufgefrischt hatte und die Plastikplane, die dem Fischhus als Vorzelt diente, an einem Ende flattern ließ. Kohlgruber nahm es als Wink des Schicksals: Je früher er das Gespräch mit den Eigentümern hinter sich brachte, desto besser. Max könnte allein zu den anderen gehen. »Geh weida. Schleich di«, sagte er und klopfte dem Kollegen gutmütig auf die Schulter.

Die Luft hier drin war zum Schneiden. Die beiden Stehtische im Vorzelt sowie sämtliche Tische drinnen vor der Theke waren besetzt. Es herrschte lautes Stimmengewirr im Fischhus.

Er quetschte sich zwischen zwei Tischen hindurch, um zur Theke zu gelangen, wo er den Besitzer oder dessen Frau vermutete. Es hatte sich eine kleine Schlange am Tresen gebildet. Er stellte sich hinter eine Frau im Blumenkleid. Sie roch sehr gut, nach Sonnencreme und Rosen. Vor ihr wartete ein älterer Mann in Badeshorts. Sein Rücken war feuerrot. Weshalb er vermutlich alle zwei Sekunden das blau-weiß gestreifte Handtuch von einer auf die andere Schulter wechselte.

Sie hörten, wie ganz vorn ein Zwei-Meter-Mann in Uniform dröhnte: »Dieser Angler – das war vielleicht ein Tüffel. Aber es geht ihm gut.«

Der Mann hinter der Theke wirkte erleichtert. »Aller-best!«

Als er schließlich selbst an die Reihe kam, sah er sich einem gut gelaunten Imbissverkäufer gegenüber. »Servus, Xaver Kohlgruber von B-Projekt. Sie soans Jan Husmann, oda?« Augenblicklich verschwand alle Freundlichkeit aus dessen Gesicht. Der bisher so entspannt wirkende Mann mit den Dreadlocks wischte sich die Hände an seiner Schürze ab und übersah offenbar absichtlich seine ausgestreckte Hand.

Um sie herum wurde es still. Er hatte das Gefühl, alle Augen wären auf ihn gerichtet. Husmann ergriff das Wort. Er hatte die Augen zu Schlitzen verengt und betonte jede einzelne Silbe, als er deutlich sagte: »Ganz genau. Ich bin der Mann, der Ihnen eine Menge Ärger bereitet, wenn Sie uns nicht in Ruhe lassen. Wir wollen nicht, dass Sie unser Hohwacht plattmachen.«

Kohlgruber erklärte, dass er genau deshalb hier sei und mit ihm und weiteren Dorfbewohnern über das Bauvorhaben sprechen wolle. Vielleicht könne man sich irgendwo in Ruhe zusammensetzen und eine für alle Beteiligten akzeptable Lösung finden.

»Sie können genauso gut jetzt sprechen!«

Als eine kurze Pause entstand, weil er überlegte, was er erwidern sollte, rief jemand laut hinter seinem Rücken: »Fieser Profitgeier.« Jemand raunte: »Der hat vielleicht Mumm, sich hier blicken zu lassen!« Und eine ältere Frau mit einem braunen Hund auf dem Arm meinte: »Sie sollten sich schämen!«

Er räusperte sich. Offenbar hatte er hier das halbe Fischerdorf gegen sich. »Mir müssen oinfach mitanand redn.« Fast reflexartig zog er sein ledernes Portemonnaie aus der Tasche – es wog schwer in der Hand – und legte es auf den Tisch. In vielen anderen Fällen hatte sein volles Portemonnaie Wunder bewirkt.

Jan Husmann sah aus, als wollte er ihm ins Gesicht springen: »Sie denken, Sie können uns kaufen?« Alle Farbe schien aus seinem Gesicht gewichen zu sein: »Das Fischhus ist nicht nur irgendein kleiner Kiosk, den man mal eben abreißen und woanders wieder aufbauen kann!« Er spie den Satz aus, sodass ein Speichelfetzen auf Kohlgrubers Handrücken landete. Husmann registrierte es nicht einmal. »Unser Fischhus ist für viele hier in der Bucht wie ein zweites Zuhause. Ein Stück Heimat. Wie viel ist Ihnen Heimat wert, Herr Kohlgruber? Für uns ist sie unbezahlbar!«

Der Satz hallte in seinen Ohren nach. Mit dem Stofftaschentuch wischte er die Spucke vom Handrücken und betupfte sich danach die Stirn. Kruzifix!

Er musste die Diskussion versachlichen, musste diesem Menschen klarmachen, dass ihm nichts anderes übrig blieb, als ihm die Bude abzutreten. Dieser Husmann musste einsehen, dass er ein Depp wäre, wenn er sich querstellte. Die Appartements würden so oder so gebaut. »Der Bürgermeister von Hohwacht sieht in unserer neuen Hotelanlage …«, setzte er an. Weiter kam er nicht.

Ein Mann in grellorangefarbener Weste trat plötzlich heran und bedrängte ihn. Er versuchte zurückzuweichen, doch der Mann stand so, dass er zwischen ihm und der Theke eingeklemmt wurde. Der hölzerne Rand des Tresens drückte hart in seine Rippen. Geruch von Schweiß stieg ihm in die Nase.

Was sollte das? Hektisch blickte er sich nach Hilfe um. Ein paar Gäste schauten nun betroffen oder sogar ängstlich drein. Der Hund hechelte und Speichel troff von seiner langen, rosafarbenen Zunge auf den Boden. »Einen Kaffee, Jan«, gab der Bauarbeiter seine Bestellung ruhig auf, als wäre er Luft. Dabei drückte er ihn fies grinsend fester gegen den Tresen. Sie wollten ihm Angst machen, begriff er.

Ein hochgewachsener Mittsiebziger schien dasselbe zu denken, denn er trat einen Schritt vor und sagte beschwichtigend: »Macht mal halblang, Jungs.«

Xaver Kohlgruber hatte das Gefühl, sein Hemdkragen würde seine Kehle zuschnüren. Egal, wie das hier ausging, Jan Husmann würde von den Anwälten von B-Projekt hören.

Der Imbissbudenbesitzer goss seelenruhig Kaffee ein, als sähe er nicht, dass einem seiner Gäste die Luft abgedrückt wurde. Xaver Kohlgruber atmete schwer. Heißer Dampf stieg aus dem Becher auf. Er wünschte, der Polizist würde zurückkommen.

Der Mann hinter ihm und Husmann unterhielten sich, als wäre er nicht da: »Götz ist übrigens so gut wie fertig«, sagte Husmann in neutralem Ton und reichte den dampfenden Becher an ihm vorbei nach hinten durch. »Milz, Nieren und den ganzen anderen Kram hat unser Oschi alles rausgeschnitten. So schnell geht das bei ihm.«

Der Bauarbeiter griente. »Nicht schlecht. Götz war ein zäher Hund«, sagte er anerkennend und machte einen winzigen Schritt nach hinten. Das war seine Chance!

Entschlossen, halb einen Schlag erwartend, duckte er sich zur Seite und bahnte sich einen Weg durch die Menge zum Ausgang. Niemand hielt ihn auf. Draußen japste er nach Luft. Seine Milz würde dieser Oschi nicht kriegen. Noch lange verfolgte ihn ihr hässliches Gelächter.

MARTIN

Der Betonweg führte ins Naturschutzgebiet. Es war 151 Hektar groß. Das hatte er jedenfalls in einem Prospekt im Hotel gelesen.

Martin sog gierig die würzige Seeluft ein. Er ließ den Blick über den bewaldeten Steilhang schweifen. Hier lag der östliche Teil des einzigen Strandsees in der Hohwachter Bucht, des Sehlendorfer Binnensees.

Ein paar Schnatterenten flogen auf. Ihre Schwingen rauschten. Martin sah ihnen nach und stellte fest, dass weitere Wolken aufzogen. Offenbar änderte sich das Wetter hier schnell, denn es wurde nun ziemlich windig.

Der Salzgehalt im See sorgte für eine spezielle Tier- und Pflanzenwelt, wusste er. Er suchte mit den Augen die Trockenrasenfläche mit dem typischen Silbergras ab. Er hoffte auf Dünenstiefmütterchen. Vielleicht wuchs in der Nähe sogar Meerkohl. Fotografien dieser Pflanzen hätte er gern in seiner Foto-Sammlung gehabt. Am meisten hoffte er jedoch auf eine Stranddistel. Sie kam nur hier in Hohwacht vor.

Bei seiner Suche geriet er ein wenig vom Weg ab. Keine Menschenseele weit und breit. Herrlich. Am Horizont entdeckte er Strandhafer. Und dahinter, er traute erst seinen Augen nicht, leuchtete tatsächlich etwas Blaues: Ja wirklich, er jauchzte innerlich über seinen Fund, dort wuchsen Stranddisteln!

Diese wunderschönen ledrigen Blätter! Martin nestelte an seiner Fototasche. Er hatte das Reisestativ dabei, das mit den kurzen Beinen und dem Kugelkopf aus Aluminium. Er bohrte die Beine geschickt in den Boden. So würde ihm eine gute Nahaufnahme gelingen.

Erst ging er vor der Distel in die Hocke. So funktionierte das nicht. Er musste auf die Knie gehen und sich mit einer Hand abstützen, um durch das winzige Sichtfenster der Kamera zu sehen. Ja, perfekt. Er betätigte den Auslöser.

»He, Sie da«, rief eine raue Frauenstimme hinter ihm. Martin sprang erschrocken hoch. Gab es etwa ein Verbot, in den Dünen zu fotografieren? Sein Herz klopfte heftig gegen sein Hemd.

Blitzschnell drehte sich Martin zu der Stimme um, um zu sehen, wer überhaupt hinter ihm stand. Er blinzelte. Das, was er sah, konnte unmöglich real sein: eine splitternackte Frau. Sie trug nichts außer einem roten Wanderrucksack auf dem Rücken und Wanderschuhen an den Füßen.

Die Nackte musste über 60 sein, schätzte er, und sie hatte eine Begleitung dabei: An einer Leine führte sie einen Hund mit sich. Der Hund knurrte bedrohlich.

»Herrje, haben Sie mich erschreckt«, stellte Martin fest.

Die Fremde reagierte nicht sofort, sondern blickte ihn ernst an, als versuchte sie zu ergründen, was genau er hier machte. Sie hatte mittellanges Haar, das ihn von der Farbe her an die silbrigen Gräser am Strand erinnerte. Ihre Haut war das, was man landläufig als wettergegerbt bezeichnete. Keine Frage: Vor ihm stand eine Küstenbewohnerin, dessen war er sich sicher.

»Was machen Sie da?«, fragte die Fremde. Sie klang misstrauisch. Langsam kam sie näher. So als wäre Martin das wilde Tier und nicht der gefährlich knurrende Hund an ihrer Leine. Der Hund hatte buschiges Fell und fletschte sehr weiße und sehr spitze Zähne.

»Ich – ich fotografiere nur diese Distel«, rief er zu ihr hinüber, wobei er darauf achtete, ein möglichst harmlos aussehendes Gesicht aufzusetzen und an ihrer Blöße vorbeizusehen. Er hatte wenig Erfahrung mit verrückten Nackten, die mit scharfen Hunden durchs Naturschutzgebiet liefen.

Es schwang eine Spur Neugier in ihrer Stimme mit, als sie fragte: »Und warum?«

»Wie bitte?«

»Warum fotografieren Sie die Blume?«

Er erklärte ihr geduldig, dass es sich bei Eryngium maritimum um eine Pflanzenart aus der Familie der Doldenblüter handelte. »Diese Art, man nennt sie auch Meer-Mannstreu, ist inzwischen sehr selten geworden«, rief er gegen eine Windbö an.

»Selten?«, schrie sie mit schriller Stimme zurück. »Die wächst hier überall.« Sie zeigte mit dem Finger in verschiedene Richtungen.

»Ja, das stimmt. Früher wuchs die Stranddistel tatsächlich überall. An der Nord- und an der Ostseeküste. Die blauen Blüten sind ihr zum Verhängnis geworden. Spaziergänger haben sie als Reiseandenken mitgenommen. Dazu kam Kaninchenverbiss.«

»Was haben Sie gesagt?« Der Wind hatte offenbar einen Teil seiner Erklärung geschluckt.

Martin deutete auf die Blüten vor ihm: »Sie kommt heute ausschließlich in Hohwacht in größeren Beständen vor und selbst hier nicht mehr überall.«

Es strengte ihn an, so gegen den Wind anzureden. Immer stärkere Böen fegten übers Meer. Die Wolken bildeten inzwischen fast eine durchgehende graue Decke am Himmel. Die Frau schien auf weitere Erklärungen zu warten.

»Diese Salzwiese ist äußerst interessant«, fügte Martin deshalb etwas matt an.

»Wiederholen Sie das – das mit der Distel, meine ich«, bat die Fremde. Ihr Gesichtsausdruck kam ihm sonderbar vor. Und er registrierte den angespannten Unterton in ihrer Stimme.

»Die Stranddistel ist ein Doldenblüter. Im Prinzip nicht anders als eine Möhre«, wiederholte er müde seinen Vortrag. Dabei wünschte er sich weit weg von der Distel, der Frau und ihrem Hund. Wäre er bloß am Strand bei seiner Familie geblieben.

»Nein, nein, das meine ich nicht. Ich meine den Teil, als Sie sagten, die Stranddistel sei selten geworden. Sie wächst nur hier? In Hohwacht? Stimmt das wirklich?«

Martin schaute sich um. Vielleicht wollte ihn hier jemand auf den Arm nehmen.

»Hören Sie mal. Ich bin Mitglied im Hamburger Naturschutzbund und ich fotografiere seit Jahrzehnten Pflanzen. Ich sage Ihnen, die Stranddistel gibt es heute fast nirgends mehr in Deutschland – außer hier in Hohwacht.«

Die Frau stieß mehrere schnell aufeinanderfolgende Laute aus, die ihn an Kriegsgeschrei erinnerten. Dabei stürmte sie mit ausgebreiteten Armen auf ihn zu und trampelte mit ihren braunen Wanderschuhen über den Strandhafer hinweg. Unbeholfen schloss sie ihn in die Arme.

Martin wich zurück. Die Frau machte ihm eindeutig Angst. Er sah sich um, ob von irgendwoher Hilfe nahte. Das war leider nicht der Fall.

»Ach, Sie sind so ein Schatz«, rief sie überschwänglich und küsste ihn unvermittelt auf die Wange. Ihre Lippen fühlten sich trocken an auf seiner Haut. Er wischte sich perplex mit dem Handrücken über die Stelle, die leicht nachkribbelte. Es gab Frauen, die Männer vergewaltigten, dachte er erschrocken.

»Kommen Sie«, rief sie und packte ihn mit einem überraschend festen Griff am Handgelenk. »Kommen Sie mit.«

Martin überlegte, ob er es schaffte, sich von der irren Nudistin loszureißen und wegzulaufen. Er glaubte es nicht. Seine Beine fühlten sich plötzlich schwer an. Schwer vorstellbar, dass er schnell genug wäre. Vor allem nicht für den Hund, der gerade nach ihm geschnappt, ihn aber verfehlt hatte.

Geistesgegenwärtig packte er Fototasche und Reisestativ, als sie ihn hochriss und mit sich zog. Er fühlte sich wie eine leere Dose an einem Hochzeitswagen. Hätte er wenigstens das große Stativ dabeigehabt. Er hätte die Metallbeine wie einen Anker in den Boden gerammt, um zumindest das Tempo seiner Entführung zu drosseln.

Kurz bevor sie die Strandpromenade erreichten, ließ ihn die Frau abrupt los. Da er nicht damit gerechnet hatte, taumelte er ein Stück vorwärts. Dann beobachtete er verwirrt, wie sie ihren Rucksack öffnete und ein Bündel Klamotten hervorzog. Sie rollte eine Jeanshose und eine rote Regenjacke auseinander.

»Ich gehe oft nackt in die Dünen, senkt den Stresslevel«, berichtete sie nun gesprächig, während sie sich auf die Erde setzte, um ihre Wanderschuhe aufzuschnüren und die Unterhose anzuziehen.

Als sie bekleidet war, streckte ihm die Frau die linke Hand hin: »Ich bin übrigens Wencke Husmann. Uns gehört das Fischhus«, stellte sie sich vor. Sie wirkte nun beinahe normal auf ihn, was ihn noch mehr verwirrte. »Und das ist Wolfgang«, fügte sie hinzu und deutete auf das Fellbündel, das geifernd an der Leine zerrte. Freundschaft würde er mit Wolfgang nicht schließen. Nicht in diesem Leben.

CARMEN

Ein flinkes Tier. Sie beobachtete den Strandläufer schon eine Weile. Oder hieß dieser Vogel anders? Er hatte ein gräulich braunes Federkleid, einen grauen Kopf und einen hellen Streifen über den Augen. Die ganze Zeit über flitzte er auf dem harten, nassen Sand herum und stocherte mit dem Schnabel zwischen Muscheln und Seetang.

Es blies ein kräftiger Wind und dichte Wolken verdeckten die Sonne. Sie hüllte sich in ihre blaue Lieblingsstrickjacke und zog beiden Kindern nacheinander warme Pullover über die Köpfe. »Mir ist nicht kalt!«, beschwerte sich Cedrik und Carla behauptete: »Mir ist sogar heiß!«

Der Mann von der Frau mit dem Stoppelhaarschnitt kam von seinem Strandspaziergang zurück. Er begann, eine Windschutzmatte aufzubauen. Die Frau dirigierte ihn vom Liegestuhl aus. Wie gern würde sie Martin mal zeigen, wo es langging.

MARTIN

Wencke Husmann und Wolfgang trieben ihn nun weiter vor sich her. Er traute sich weder stehen zu bleiben noch seitlich auszubrechen. Sehnsüchtig schielte er zu den Strandkörben, die in Sicht kamen. Vielleicht wurde Carmen auf ihn aufmerksam, wenn er winkte? Aber er sah sie nicht.

Als ihn eine warme Wolke Frittenfett im Fischhus empfing, fühlte er sich wie nach einem Triathlon: einem Kollaps nahe. Martin sah sich blinzelnd um und stellte mit Entsetzen fest, dass Wencke Husmann, die ungefähr in der Mitte des Vorzeltes stand, auf ihn zeigte. Sie wollte offenbar die Aufmerksamkeit aller Anwesenden erregen, denn sie rief theatralisch: »Alle zuhören! Darf ich vorstellen: unser Retter!«

Viele Gäste betrachteten ihn neugierig. »Hä? Wieso denn Retter?«, fragte ein untersetzter Mittfünfziger mit Halbglatze und Backenbart. Neben dem Mann stand der Strandkorbvermieter. Jedenfalls glaubte Martin, dass es sich bei dem Herrn um den Strandkorbvermieter handelte. Der Mann hob prompt die Hand: »Moin. Richtig erkannt: Kreyenborg. Ich habe Ihnen den Strandkorb vermietet. Bitte erzählen Sie, vor wem Sie uns retten.«

Das hätte Martin selbst gern gewusst. Er wollte gerade den Mund öffnen, um zu sagen, dass er nicht wisse, was vor sich gehe. Doch er brachte kein Wort heraus, denn für einen schrecklichen Augenblick lang hatte er die Frau neben dem Strandkorbvermieter für seine Schwiegermutter gehalten.

Die Größe stimmte ungefähr und schätzungsweise war sie genauso alt. Überhaupt sah sie seiner Schwiegermutter zum Verwechseln ähnlich: Sie hatte das gleiche wellige Haar und sorgfältig gezupfte Brauen. Sie trug ein Poloshirt, das exakt zu ihrem roséfarbenen Lippenstift passte. Und sie fütterte gerade einen Yorkshire Terrier auf ihrem Arm – und zwar mit Scampi, die sie zuvor in Knoblauchsauce eintunkte. Ihm schwindelte. Der Hund sah aus wie …

»Filou und ich wollten uns nur kurz stärken und euch dann am Strand suchen. Wo ist Carmen? Wo sind die Kinder?«

Martin schloss die Augen. Niemand anderes als Maria stand neben dem Strandkorbvermieter.

»Guten Tag, Schwiegermama«, sagte er matt. Marias Augen blitzten streitlustig. »Hallo, Schwiegersohn.« Ein Satz und schon hatte er das sichere Gefühl, die Situation würde gleich eskalieren.

»Das ist ja mal eine schöne Überraschung«, erwiderte er deshalb lahm. Dann blieb sein Blick an den beiden großen Rollkoffern hängen, die neben Maria standen, und er musste sich setzen. Er fühlte sich wie ein angezählter Boxer in der sechsten Runde.

CARMEN

Der Wind trieb den Sand über den Strand, sodass er sie an den nackten Armen und Beinen pikste. Verärgert stieß Carmen die grüne Plastikschaufel in den Sand. Wie lange wollte Martin eigentlich wegbleiben? Bis zum Ende der Ferien?

Sie hatten bereits eine Handvoll Bernsteine gesammelt. Ob echte oder unechte, wusste Carmen nicht. Und nun hatten sie eine drei Meter lange Burg aus dem Boden gestampft. Gerade schaufelte sie ein tiefes Loch. »Das wird der Kerker«, sagte sie zu sich selbst. Sie wusste schon, wen sie hineinschubsen wollte.

Sie hob den Blick zur Steilküste. Und wenn er bei seinem Ausflug in die Botanik von der Klippe gestürzt war? Sie prüfte, wie sich dieser Gedanke anfühlte, und kam zu keinem rechten Entschluss.

Eine Haarsträhne kitzelte sie an der Nase. Der Wind hatte sie ihr ins Gesicht geweht. Sie strich die Strähne energisch hinters Ohr zurück und marschierte Richtung Strandkorb. Sie würde einpacken. Sie würde nicht warten. Er konnte sehen, wo er blieb. Schwer beladen wankte sie die Strandpromenade zum Hotel zurück.

Die Kinder liefen vorneweg. Cedrik trug die Luftmatratze und trat seinen neongelben Plastikball vor sich her. Der Ball kullerte, angetrieben von einer Windbö, über die Promenade geradewegs auf die Fischbude zu. Cedriks nächster Schuss beförderte den Ball direkt durch die Lücke in der Plane ins Vorzelt der Bude. »Ich hol ihn«, rief er.

Sie wartete einen Moment. Als Cedrik nicht wiederkam, ging sie mit Carla hinterher. Im Vorzelt verweilte sie einen Augenblick orientierungslos. So viele Leute standen oder saßen da und redeten miteinander. Sie versuchte, Cedrik zwischen den ganzen Menschen ausfindig zu machen. Ihre Augen suchten in der Menge nach ihm und blieben an einer anderen Person hängen, die sie ebenfalls sehr gut kannte: »Mama!« Sie fiel ihrer Mutter um den Hals: »Nicht dein Ernst, oder?«

»Na, da sind ja meine Goldschätze«, antwortete Maria fröhlich und breitete die Arme für Carla aus, die lauthals »Oma« schrie.

»Ich musste unbedingt wissen, was meine kleine Carmen hat. Ich habe sofort an deiner Stimme gehört, dass etwas passiert sein muss«, wisperte Maria ihrer Tochter ins Ohr. Sie drückte ihre Mutter fest. Die kleine, schmale Gestalt zu umarmen, fühlte sich tröstlich an. Wenn ihre Mutter wüsste, in welche Lage sie sich gebracht hatte. Sie würde ihr davon berichten. Später.

»Und wo willst du übernachten?«, fragte sie. Ihre Mutter zuckte die Achseln. »Du hast nicht reserviert?« Ihre Mutter winkte ab. »Sei nicht immer so kompliziert. Es wird sich schon etwas finden.«

Zur Not, dachte sie, könnte ihre Mutter mit den Kindern im Ehebett schlafen. Dann würde sie zu Martin ins Etagenbett umziehen.

Apropos Martin – auch ihn erblickte sie zwischen den Gästen. Er blickte seltsam verwirrt drein. Sie setzte sich neben ihn.

Barhocker scharrten über den Holzboden. Gäste rückten zusammen, sodass für Carla und Cedrik zwei Plätze an einem Stehtisch frei wurden. »Komm hier rauf, Kleiner«, forderte der mit dem Backenbart Cedrik auf. Ihr Junge hatte Schwierigkeiten, auf den Barhocker zu klettern, und der Backenbärtige half ein wenig nach. Als Cedrik schließlich oben saß, ließ er die Beine baumeln. Stolz wie Bolle.

Carmen sah sich um. Trotz oder gerade wegen des Gedränges in der Fischbude wirkte es gemütlich. Die Besitzer hatten Lampions unter der Decke befestigt. In zarten Farben leuchteten sie von oben herab.

Der Mann, den sie neulich schon vor der Bude begrüßt hatte, kam auf sie zu. Er reichte beiden Kindern Schleckmuscheln: »Hier ihr zwei, Muscheln frisch aus dem Watt.« Carla durchschaute den Scherz und grinste schief. Sie beobachtete, wie Cedrik ernst die durchsichtige Folie von der Muschel pulte.

Sie erinnerte sich daran, dass sie Schleckmuscheln als Kind geliebt hatte. Wegen des süßen Geschmacks und weil sie die Zunge so schön verfärbten. Ein kräftiger Schlag auf Martins Schulter neben ihr riss sie aus den Gedanken.

»Mensch, Bachmann, alter Knabe. Sie und ein Retter. Wenn ich das meiner Frau erzähle …« Sie sah zur Decke mit den Lampions: Horst Wieczorek, der nervigste Nachbar der Welt. Verfolgte er sie etwa? Sie sah, dass Martin das Gesicht verzog. Er wirkte so verzweifelt, als hätte er im Lotto gewonnen und den Schein in der offenen Ostsee verloren.

Sie entschied sich dafür, Horst Wieczorek zu ignorieren, und tat so, als sähe sie ihn nicht. »Seit wann bist du ein Retter? Hab ich was verpasst?«, fragte sie mit aufmunternder Stimme.

Jan Husmann, der bei ihnen stand, schaltete sich ein.

»Dass Sie so viel über die Distel wissen, ist echt ein toller Zufall.« Sie verstand nicht.

»Was für eine Distel, was für ein toller Zufall?«

»Ihr Mann hat einen Schatz entdeckt, den wir stets vor Augen hatten, aber dessen Wert wir nicht kannten.« Sie starrte erst Jan, dann Martin, dann wieder Jan Husmann an. Was redete der für ein kryptisches Zeug?

»Ich rede von der Stranddistel, eine wunderschöne Blume, blau, wächst in den Dünen am Strand«, erklärte Jan. Sie hörte interessiert zu. »Diese Stranddisteln sind inzwischen rar, eine echte Seltenheit – sagte uns Ihr Mann«, berichtete ihr Gegenüber, dessen makellos weiße Küchenschürze in seltsamem Kontrast zu seinen wild tätowierten Unterarmen und den Dreadlocks stand. Jan Husmann schien ein nicht leicht einzuordnender Mann zu sein. Irgendwie wollte er in keine Schublade passen.

Carmen lächelte. »Na, wenn Martin das sagt, dann ist das so – er kennt sich wirklich gut aus mit Pflanzen. Und wieso Zufall und warum ist Martin ein Retter?«

Jan Husmann beugte sich vor: »Weil ein Münchner Konzern in unserem Naturschutzgebiet Appartements bauen will. Und Ihr Mann uns das beste Argument dagegen geliefert hat. Damit konnte wirklich keiner rechnen.« Sie verstand nun. Husmann wollte einen Baustopp erwirken. »Wir dachten, dass wir nichts machen können. Dass sie unser Fischhus für diesen hässlichen Klotz wirklich plattmachen würden. Das hier ist eine echte Chance für uns Hohwachter: Eine Rote-Liste-Art wird alles verändern. Da kann der Bürgermeister nichts gegen tun.«

»Klotz? Ich dachte, hier dürfe kein Haus höher sein als ein Baum«, wandte sie nachdenklich ein.

Jan Husmann sah sie von der Seite an. »Sie wissen ja Bescheid! Ja, wir haben hier eine alte Verordnung, die besagt, dass kein Haus höher sein darf als ein Baum. Das stimmt. Unseren Bürgermeister interessiert das nicht. Er sagt, nach Aktenlage gebe es keine Rechtsbindung für diese Verordnung des alten Gemeinderats. Es gibt hier nicht mal einen Bebauungsplan … Außerdem, sagt er, wachsen manche Bäume sehr hoch …« Man hörte eine gewisse Müdigkeit in Jans Stimme. Er schien diese Argumente schon hundertfach durchgekaut zu haben. Ihr Blick wanderte wieder zu dem Anker auf seinem Arm, der einerseits zu ihm passte und andererseits auch nicht. Sie konnte ihn schwer einschätzen.

Der stille, freundlich aussehende Mann neben ihrer Mutter räusperte sich. »Den meisten unserer Politiker ist es egal, ob diese ultramodernen Appartements hierher passen. Sie sehen nur das Geld der Investoren und hoffen, dass die Türkeiurlauber bald zu uns kommen.« Dann wandte er sich an Jan Husmann: »Ihr hättet den armen Kohlgruber vorhin trotzdem nicht so in die Mangel nehmen dürfen. Er persönlich kann nichts dafür, dass B-Projekt hier so einen Bau hochziehen will.« Sie verstand nicht, was er meinte, schwieg aber, weil der Besitzer des Fischhuses den Einwand energisch mit einer Geste beiseitewischte.

Carmen sah sich den älteren Mann neben ihrer Mutter genauer an. Er musste um die 70 sein und hatte olivfarbene Haut. Nur um die Augen waren weiße Kerben zu sehen. Er trug Jeans und Leinenschuhe und sah genau so aus, wie sie sich einen Mann von der Küste vorstellte. Könnte Strandkorbvermieter sein, dachte sie.

Er hatte ihren neugierigen Blick offenbar registriert: »Darf ich mich vorstellen? Kreyenborg, Johann-Magnus Kreyenborg. Ich bin der Besitzer der Strandkorb-vermietung.« Sie hätte fast gelacht, als sie sich die Hände über den Tisch reichten. »Warum grinsen Sie?«, fragte er irritiert.

Sie lachte und sagte: »Weil ich gerade eben gedacht habe, dass Sie Strandkorbvermieter sein könnten.«

Martin nickte Kreyenborg zu. »Wir haben bei ihm den Strandkorb gemietet – für die ganze Woche«, fügte er hinzu.

Einen Augenblick schwiegen sie. Dann verdüsterte sich Kreyenborgs Miene: »Hoffen wir, dass Ihre Distel uns wirklich rettet. Falls nicht, werde ich nämlich dem-nächst arbeitslos sein. Denn es wird kein Tourist mehr bis zu mir durchkommen. Ich werde von meinen Kun-den regelrecht abgeschnitten sein …«

Sie sah ihn an. Die bunten Lampions, die von der Decke leuchteten, warfen ein sanftes Licht auf sein Gesicht, das nun traurig aussah. Es blieb keine Zeit, sich über Kreyen-borgs Gemütszustand oder dessen geschäftliche Zukunft Gedanken zu machen. Eine Frau mit Wischmopp-Frisur steuerte mit einem Tablett geradewegs auf sie zu. Dar-auf standen hohe Wassergläser, bis zum Rand mit einer moosgrünen Flüssigkeit gefüllt.

»Einen Giersch-Smoothie auf unseren Distelhelden!«, rief die Frau fröhlich. Martin stellte sie ihr vor: »Das ist Wencke Husmann«, sagte er mit unergründlichem Blick.

»Eigentlich hätten Sie etwas anderes verdient: den bes-ten Sanddornlikör«, flüsterte Jan Husmann Martin zu. Er wirkte ein wenig verlegen, als er sagte: »Kann ihn nur nicht ausschenken. Wencke ist leider gerade auf einem Gesundheitstrip.«

Dann nahm er die Smoothies vom Tablett und ließ

sie auf die Tischplatte krachen: »Ran an den Feind! Mit Empfehlung des Hauses.« Es entstand eine kleine Pause, in der Martin misstrauisch die grüne Flüssigkeit beäugte, daran schnupperte und das Glas abstellte, ohne zu trinken. Jan Husmann griente.

»Nur zu. Wencke will Ihnen nichts Böses. Im Gegenteil: Sie retten mit Ihrer Entdeckung wahrscheinlich unsere Existenz und B-Projekt kann einpacken.« Er machte ein verächtliches Geräusch. »Ich hasse diese Leute.« Er schaute Martin an, hob den Smoothie und sagte: »Auf Sie.« Dann setzte er das Wasserglas mit dem grünen Gebräu an die Lippen und legte den Kopf in den Nacken. Als handelte es sich um einen Küstenklaren, leerte er es in einem Zug. Jan Husmann lächelte bitter, als er es abstellte. »Sie sind dran«, forderte er Martin auf. Er klang, als wollte er ihn zu einer Mutprobe herausfordern.

Martin tat es ihm gleich und zog eine Grimasse: »Für mich etwas zu gesund.«

Jan Husmann schlug ihm auf die Schulter und lachte. »Sie sind gut!«

Sie redeten eine ganze Weile über Pflanzen, wegen deren Vorkommen Bauprojekte in der Bundesrepublik gestoppt worden waren. Martins Augen leuchteten. Mit kerzengeradem Rücken stand er am Tisch und diskutierte lebhaft mit einigen Hohwachtern. So hatte sie ihn lange nicht gesehen.

Manchmal trafen sich ihre Blicke. Immer wieder tranken Küstenbewohner, die meisten Stammgäste im Fischhus, auf ihn, den Distelfinder und Hohwacht-Retter. Sie betrachtete ihren Mann wieder und wieder, sein leicht wirres Haar, die hohe Denkerstirn, die ungewöhnlich gerade Nase, die buschigen Augenbrauen und seine ernsten Augen. Fast perplex stellte sie fest, dass sie ihn sehr anziehend fand. Erfolg machte wohl tatsächlich sexy.

Während die Kinder inzwischen zu Fischbrötchen übergingen, die Oma geordert hatte, dachte Carmen darüber nach, dass die vermeintlich langweilige Pflanzenleidenschaft ihres Mannes plötzlich etwas in dieser Fischbude ausgelöst hatte, was sie alle zu verbinden schien. Sogar ihre Mutter unterhielt sich angeregt mit ihrem Schwiegersohn. Unglaublich!

Sie überlegten, wie die Hohwachter weiter verfahren sollten. »Natürlich eine Bürgerinitiative gründen«, schlug Maria gerade vor. Sie hatte sich so postiert, dass Horst Wieczorek keinen Platz mehr am Tisch fand. Sie hätte ihre Mutter küssen können. »Eine Bürgerinitiative könnte vor Gericht klagen«, erläuterte Maria.

Kreyenborg hob seinen Smoothie an: »Auf die heilige Maria!«

Irgendjemand schlug gerade vor, Martins Distelfoto gleich an eine Zeitung zu schicken. Martin zeigte auf seine Kamera: »Geht nicht. Ich fotografiere richtig – mit Film«, sagte er mit einem charmanten Lächeln.

Sie sah ihn wieder von der Seite an. Sie hatte ihn schon lange nicht mehr so gut gelaunt erlebt. Vorsichtig berührte sie ihn am Arm: »Du könntest ausnahmsweise einmal mit meinem Handy fotografieren und dann schickst du das Bild in die weite Welt ...«

Bevor er protestieren konnte, meldete sich Maria zu Wort: »Carmen, dann schreib du gleich einen Text für die Presse dazu. Das ist dein Metier.« Carmen sah seufzend ihre Mutter an. Typisch, kaum angekommen, übernahm sie das Kommando.

XAVER

Er beugte sich über den metallisch glänzenden Hartschalenkoffer und holte seine Socken heraus. Alles handliche Bündel, die er im obersten Regalfach des verspiegelten Schranks verstaute. Er dachte kurz an seine Mutter.

Sie hatte ihm eine äußerst praktische Methode des Sockenfaltens beigebracht: Zuerst legte man zwei Socken aufeinander, sodass es aussah, als sei es nur eine Socke. Dann strich man sie glatt, nahm eins der Bündchen und faltete es über den oberen Teil der anderen Socke. Dann zog man den gefalteten Teil nach unten. So und nicht anders machte er es seit seiner Kindheit.

Es beruhigte seine angespannten Nerven, die Socken so geordnet im Schrank liegen zu sehen. Behutsam hängte er nun die graue Anzugjacke auf einen Bügel. Er wandte sich wieder dem Koffer auf dem Boxspringbett zu. Das Bett schien sehr bequem. Überhaupt gefiel ihm das Hotel mit seinen wertigen Möbeln und den goldglänzenden Tapeten. Das war es nicht, was ihn keine Ruhe finden ließ.

Er warf einen neuerlichen Blick aus dem Fenster. Die Strandkörbe schimmerten vor der dunklen Ostsee sehr weiß im Mondlicht. Es war niemand zu sehen. Dennoch wurde er den Eindruck nicht los, dass er beobachtet wurde. Schon die ganze Zeit quälte ihn eine böse Vorahnung. Nicht erst seit dem Zwischenfall im Fischhus.

Sein Atem ging schnell und flach.

Er versuchte bewusst, besonders tief zu atmen. Er hatte mal irgendwo gelesen, dass das gegen akuten Stress vorbeugte. Es gab da so eine Methode, vier, sechs, acht. Man sollte durch die Nase Luft holen und bis vier zählen, dann die Luft anhalten und bis sechs zählen und durch den Mund ausatmen und bis acht zählen. Er probierte es aus und hatte den Eindruck, dass die Lungen brannten, er aber ein wenig ruhiger geworden war. Auf keinen Fall würde er sich von den Dorfbewohnern Angst einjagen lassen. Erneut widmete er sich seinem Koffer, diesmal ohne aus dem Fenster zu schauen.

Nach dem Auspacken in festgelegter Reihenfolge kam bei seinen Dienstreisen immer der Anruf bei seiner Schwester in Scharnitz. »Grüß Gott, Fanny, der Xaver is da.« Ja, er sei gut im Hotel angekommen. Wie immer.

Nur, dass ihm heuer so ein saubläder Sauhund auf dem Supermarktplatz den Außenspiegel des Dienstwagens abgefahren hatte, als er sich Rasierschaum besorgte. Einfach abgehauen sei der Sauhund. Zefix halleluja. Fahrerflucht sei das. Freilich, er müsse sich bei der Polizei melden. Die hatte schon bei B-Projekt angerufen. Jemand hatte gesehen, wie sein Außenspiegel abgefahren worden war. Ein Augenzeuge. Die Sekretärin hatte ihn sofort benachrichtigt. Er würde morgen auf der Wache vorbeifahren.

Er erzählte ihr von seinem Zimmer mit der sagenhaften Aussicht auf den Strand und die Ostsee. Dass Hohwacht seit 1986 ein Heilbad sei und nicht mal 1.000 Einwohner habe. Das alte Fischerdorf in den Dünen sei scho moalerisch, schwärmte er. »Da legst di nieda, Fanny.«

Von dem Streit im Fischhus berichtete er nichts. Sie würde sich nur wieder Gedanken machen. Sie machte sich ja immer Gedanken um ihn. Die Gute.

Fanny klang etwas müde, fand er. Das beunruhigte

ihn wiederum. Sie war nicht mehr die Jüngste. Vielleicht wurde die Hausarbeit langsam zu viel für sie. Er würde eine Haushaltshilfe einstellen, sobald er zurück war.

Er müsse zusehen, dass sie mit den Appartements zügig vorankamen, berichtete er ihr. Sein Chef Karl-Josef Mayer habe Angst, dass irgendeine merkwürdige Verordnung für Schwierigkeiten sorgen könnte. Es gebe Beschwerden aus dem Ort. Ein paar Geschäftsleute pochten darauf, dass die Häuser in Hohwacht nicht höher als Bäume sein dürften. Der Bürgermeister habe ihm bereits telefonisch signalisiert, dass die Verwaltung die Appartements so schnell als möglich durchsteuern würde. Kohlgruber gab sich gegenüber seiner Schwester überzeugt, dass am Ende alles glattlaufen würde: »Des is a gmahde Wiesn. Dasch passt nachher scho.«

Was in nächster Zeit anstände? Kohlgruber lehnte sich in den weichen Polstersessel vor dem bodentiefen Fenster zurück. Er hatte sich ein wenig beruhigt und genoss das Telefonat mit seiner Schwester. Er sagte, dass er bald nach Italien fahren würde. Mayer habe da so eine verrückte Idee. Hatte er das noch nicht erzählt? Sein Chef wolle die Touristenströme auf der Gardesana neu lenken. Die Urlauber sollten ihr Auto in Limone stehen lassen und mit der Bimmelbahn einmal um den See fahren können. Sie gluckste. »Des wead nix gscheids ned«, sagte er.

Fanny hatte vergessen, dass er erst kürzlich im Süden gewesen war. Sie wurde wirklich alt, dachte er besorgt. Er habe ihr vom Besuch in der Arena di Verona erzählt, erinnerte er sie.

Sie redeten weiter über Mayers Pläne. Dessen Maxime lautete Minimierung des CO_2-Ausstoßes. Mayer wollte, dass er Bimmelbahnen am See aufkaufte: Sakradi! Man müsste sogar Berge versetzen für diesen saubläden Plan.

»Wos sogst?«, fragte Fanny verwundert. Er nahm ihre Nachfrage als Bestätigung seiner Ansichten: »So a Schmarrn, gell?«

Er hatte das Gefühl, am Rande seines Blickfelds hätte sich etwas bewegt. Halb hievte er sich aus dem Sessel hoch und starrte angestrengt durch die Scheibe. Er versuchte, draußen etwas oder jemanden zu erkennen. Die alte Unsicherheit überfiel ihn wie ein Grippevirus. Der Strand war fast leer. Bis auf einen Mann, der sich langsam aus dem Schatten eines Strandkorbes löste. War der Kerl schon die ganze Zeit da gewesen? Er versuchte, sich wieder auf das Telefonat zu konzentrieren: Er fing wirklich an, Gespenster zu sehen.

Er wollte Fanny nichts versprechen, hoffte jedoch insgeheim, er könnte auf dem Rückweg von Italien einen Zwischenstopp in Scharnitz einlegen.

Als die Geschwister Servus gesagt hatten, putzte er sich die Zähne und spuckte den Schaum in das marmorierte Waschbecken. Anschließend stellte er sich unter die Regendusche, erschauerte beim ersten kalten Strahl und stellte das Wasser dann so heiß, dass er vor lauter Dampf seine Hände nicht mehr sah.

Blindlings griff er nach dem vorgewärmten Handtuch und presste sich das duftende Frottee kurz gegen Augen und Stirn. Der Geruch erinnerte ihn an das alte Heißmangelgeschäft in Scharnitz. Er hatte seine Mutter oft dorthin begleitet. Warum war er nicht einfach in Scharnitz geblieben?

Duschwasser tropfte aus seinen Haaren, während er mit feuchten Sohlen über den weichen Teppich zurück zum Bett tappte. Hier hatte er seinen Schlafanzug abgelegt, den er nun etwas umständlich anzog.

Er hasste das Gefühl, Wasser im Ohr zu haben. Auf einem Bein und mit schiefgelegtem Kopf hüpfte er durchs Hotelzimmer. Er hätte ein Ohrenstäbchen benutzen können. In einer Schale auf einer gekachelten Ablage im Bad hatte er welche liegen sehen. Doch er tat es nicht. »Is doch ghupft wia gesprunga.«

MARIA

Gut, dass sie hergekommen war. Carmen wirkte zwar relativ normal, aber irgendwas schien im Busch zu sein. Außerdem war es ohne die Kinder viel zu langweilig in Hamburg. Da fand sie es hier viel netter. Diese Reetdachkate – einfach bezaubernd. Das war das erste Wort, das ihr zu seinem Haus einfiel.

»Ich hätte ein kleines Appartement anzubieten«, hatte Johann-Magnus Kreyenborg zurückhaltend gemeint, als er in Jans Fischhus mitbekam, dass sie bei »Malgorzatas Zimmervermietung und Meer« kein Zimmer bekommen hatte. Sie hatte dagestanden, mit Filou auf dem Arm, und nicht recht gewusst, wo sie nun unterkommen sollte. Bei Carmen und Martin im Zimmer konnte sie unmöglich schlafen.

»Das Appartement ist nicht besonders groß«, hatte Magnus erklärt. Seine Stimme hatte warm geklungen, nicht zweideutig. Deshalb hatte sie das Angebot höflich dankend angenommen. Gemeinsam waren sie von der Fischbude aus herübergegangen. Es war nur ein Katzensprung gewesen. Der Wind war wieder abgeflacht und hier und da blitzte sogar ein Zipfel blauen Himmels hervor.

Als Erstes stachen ihr die leuchtend roten Blüten der Kapuzinerkresse ins Auge, die sich keck unter dem Lattenzaun vor der Kate hindurchschoben. Der ganze Vorgarten quoll über vor duftenden Blumen. Er war wie ein wogendes, rosarotes Meer: Hier blühten Rosen, Phlox und Indianernesseln um die Wette. Versonnen beobachtete sie eine Hummel, die summend auf die Staubfäden einer Kartoffelrose zusteuerte. Die Kartoffelrose war seit jeher ihre Lieblingsrose. Sie kannte sie von Sylt. Ihrer Lieblingsinsel. Eigentlich ist es hier genauso schön. Oder schöner. Der Gedanke überraschte sie selbst.

Sie kannte längst nicht alle Pflanzen mit Namen, genoss dennoch ein Weilchen die Pracht zu ihren Füßen. Filou blieb ebenfalls stehen, hob allerdings dabei sein Bein. Verlegen blickte sie zu ihrem neuen Vermieter.

»Kein Problem«, winkte er ab. »Er muss wohl sein neues Revier markieren.«

Als sie etwas später ein mit Antiquitäten aus der Zeit der Jahrhundertwende möbliertes Zimmer betrat, war sie vollends überzeugt, dass sie sich am schönsten Fleck auf Erden befand: Das Fenster gab den Blick frei auf einen knorrigen Apfelbaum. Flechten überzogen den Stamm, und an den Zweigen hingen kleine, rotbackige Äpfel. Und unter dem Baum stand ein ergrauter Teakliegestuhl.

Am Horizont schimmerte das Meer. Für diesen Blick würden andere Leute töten, dachte sie gerade, als sich ihr Vermieter nach einem leisen Klopfen vernehmen ließ.

»Maria«, rief er durch die Tür, »ich würde Ihnen gern etwas zeigen, wenn Sie mögen.«

Maria überlegte. »Was denn?«, fragte sie und trat dabei schon vor die Tür. Er hatte einen kleinen Picknickkorb in der einen und eine Wolldecke in der anderen Hand. »Wenn Sie Lust auf einen kleinen Ausflug haben«, sagte er geheimnisvoll und hob den Korb etwas an. Er hatte sie zum Strand geführt, vorbei an ausladenden Sanddornbüschen mit den langen, harten Dornen und Trauben voller orangefarbener Früchte. Dann tauchte eine Reihe kleiner Häuschen auf, die historischen Badehütten Hohwachts.

Beide saßen nun mit einer dunkelblauen Wolldecke auf den Knien davor und genossen das Rauschen der Ostsee. Sie betrachtete die Wellen, die kamen und gingen, und er schenkte ihr ein kleines Glas Sanddornschnaps aus dem Korb ein.

Sie nahm einen Schluck. Er schmeckte süß und brannte zugleich in der Kehle. Ihr Vermieter versuchte, eine Zigarre zu entzünden, was wegen des Windes nicht gelang.

Sein Vater habe diese Hütte 1912 gebaut, berichtete er, während er Zigarre und Feuerzeug wieder im Korb verstaute. »Rauchen ist sowieso ungesund«, meinte er wie zu sich selbst.

»Es ist toll hier«, sagte Maria. Sie war ehrlich beeindruckt. »Was für eine schöne Idee, kleine Häuschen an den Strand zu setzen, in denen man nach dem Bad ein wenig ausruhen kann.«

Er nickte. »Es gibt etwa 50 dieser Badehütten an der Steilküste. Leider besteht die Kreisverwaltung in Plön darauf, dass die Hütten versetzt werden. Der Strand soll den Touristen vorbehalten bleiben. Es geht immer nur ums Geschäft.« Johann-Magnus Kreyenborg klang bitter. Er kippte den Schnaps mit einer energischen Bewegung hinunter. »Ich erkenne meine Heimat bald nicht wieder«, sagte er. Sie hätte gern zum Trost die Hand auf seinen Arm gelegt, ließ es dann sein. Beide beobachteten still, wie Filou mit seinen kleinen, spitzen Zähnen einen Stock zerbiss.

Sie sprachen ein wenig über Kunst, denn sie fand, das wäre ein leichteres Thema. Außerdem interessierte sie sich tatsächlich ein wenig für Malerei. Sie redeten über Schmidt-Rottluff und Heinrich Vogeler, die beide nach dem Ende des Zweiten Weltkriegs nach Hohwacht gekommen waren. »Schade, dass es hier nie eine richtige Künstlerkolonie gab«, bedauerte er.

Er führte sie auch in die Hütte. Filou schnüffelte an einer Staffelei. »Ich male gern hier am Strand«, erzählte er. Und zog genießerisch an seiner Zigarre. In der Strandhütte hatte er sie endlich anzünden können.

Sie könnten zusammen malen, schlug er vor. Natürlich nicht mehr heute. Es war zu spät dafür. Es würde bald dunkel sein. Vielleicht am nächsten Tag. »Was halten Sie davon?«

Sie sah ihn an und sagte, ohne direkt auf seine Frage einzugehen: »Vielleicht lasse ich sogar Sylt mal eine Weile Sylt sein und komme stattdessen hierher, wenn ich Urlaub machen will.«

»Maria«, hörte sie ihn antworten, »Maria, darf ich Ihnen vielleicht das Du anbieten?«

XAVER

Aus der Nachtschwärze schälte sich ein Mond heraus, der die Büschel Strandhafer in mystisch-silbrigen Glanz tauchte. Er schaute genauer hin. War da wieder ein Schatten? Mit einem Ruck zog er die Vorhänge zu.

Er würde hier in diesem bequemen Sessel sitzen bleiben, seine Musik hören und dabei ein Sudoku lösen, sobald die Arbeit erledigt war. Er würde nicht runter in die Hotellobby gehen. Heute nicht. Maximilian wäre sicher bald wieder sturzbetrunken. Er hatte die Minibar schon am Vormittag geplündert und war dann hier in Hohwacht verkehrt herum in eine Einbahnstraße gefahren, hatte er erfahren. Er wusste, wenn er sich mit Max und den anderen heute Abend an die Bar setzte, würde er nicht nüchtern ins Bett kommen. Das wollte er nicht riskieren. Zu viel stand morgen bei dem Gespräch mit dem Bürgermeister auf dem Spiel. Es reichte, wenn Max seinen Ruf weghatte. Der Hundbua.

Er stand auf, holte seinen geliebten Montblanc aus dem schwarzen Aktenkoffer und zog den Textentwurf für die geplante Zeitungsanzeige aus seiner Aktentasche. Er wollte die Zeilen am nächsten Tag an das Hamburger Abendblatt, die Kieler Nachrichten, die Lübecker Nachrichten, den Ostholsteiner Anzeiger und den Bremer Weser-Kurier mailen. Grunzend ließ er sich auf das dezent gemusterte Polster sinken und las den Text laut vor: »Hohwacht, das liegt genau da, wo die Hügel der Holsteinischen Schweiz auf die Weite des Meeres treffen. Genießen Sie den rauen Charme des einstigen Fischerdorfes mit seinen originalen Reet-dachkaten.«

Den letzten Satz strich er wieder durch. Es war nicht gut, die Aufmerksamkeit auf alte Bauernkaten zu lenken, wenn man diese abreißen lassen wollte.

Er rollte den schweren Füller zwischen den Fingern, schaute blicklos in Richtung des Fensters und schrieb stattdessen: »Genießen Sie den spektakulären Blick aus unseren 48 Luxusappartements auf die unvergleichliche Ostsee. Besuchen Sie eines der zahlreichen Fortbildungsseminare in unserem neuen Kongresszentrum.«

MARIA

Sie ging über den knarzenden Dielenboden zum Fenster, um die kleine Leuchte auf der Fensterbank anzuknipsen. Es handelte sich um eine alte Banker-Lampe mit einem Fuß aus Messing und grünem Schirm. Johann-Magnus Kreyenborg war ein Mann von erlesenem Geschmack.

Erst wollte sie die schweren, brokatenen Vorhänge zuziehen. Als sie hörte, wie er in seiner Wohnung nebenan die Dusche aufdrehte, überlegte sie es sich anders. Sie knipste die Lampe aus und versuchte, nach draußen zu sehen. Sie hätte Hohwacht gern bei Nacht genossen. Es war mittlerweile zu dunkel. Wolkenfetzen hatten sich vor die Mondsichel geschoben und sie erkannte die Umrisse der bewaldeten Dünen hinter dem Gärtchen nur schemenhaft.

Sie nestelte an dem Griff, um das Fenster zu öffnen. Sie wollte das Meer rauschen hören. Johann-Magnus pfiff unter der Dusche. Sie kannte die Melodie nicht, fand sie jedoch schön. Maria lächelte. Nie hätte sie für möglich gehalten, dass sie sich mit 66 Jahren verlieben würde. Dazu in Hohwacht. Dennoch glaubte sie, dass genau das gerade mit ihr passierte.

Der Fenstergriff schien so alt wie das Haus zu sein. Filou, der eben begierig Wasser aus einem Napf geschlabbert hatte, begann zu knurren. Ganz leise zwar, aber trotzdem. Stöhnend ließ sie vom Griff ab. Sie schaffte es nicht, ihn nach unten zu drücken oder sonst wie zu bewegen. Das Knurren wurde lauter. »Was hast du gehört, Filou?« Sie ging dichter an die Fensterscheibe, bis das kühle Glas ihre Stirn berührte, und schreckte zusammen. Da draußen war etwas.

Beim Sanddornbusch. Gab es hier Einbrecher? Ihr Herz begann, vor Furcht zu flattern. Selbst Filous Knurren machte ihr in diesem Augenblick Angst. Es war das einzige Geräusch, das sie wahrnahm. Das Rauschen aus der Dusche war verstummt. Falls jemand dort draußen in der Dunkelheit ums Haus schlich, konnte der sie im erleuchteten Zimmer sehen, fiel ihr ein. Sofort wich sie zurück, versteckte sich halb hinter dem Vorhang und starrte dabei weiter angestrengt ins Dunkle. Als eine Wolke den Mond freigab, hielt sie die Luft an: Keine 100 Meter vom Haus entfernt stand eine Gestalt.

Es war, erkannte sie erstaunt, eine Frau. Könnte es eine Urlauberin sein, die sich verlaufen hatte? Das, dachte

Maria irritiert, erklärte nicht, warum die Frau keine Kleidung trug.

Die Frau war splitterfasernackt. Von dem Rucksack auf ihrem Rücken einmal abgesehen. In der Hand hielt die seltsame Fremde einen Strick oder, nein, es war eine Leine. Es musste also irgendwo ein Hund herumlaufen. Vielleicht war Filou deshalb so nervös.

Maria stellte sich auf Zehenspitzen, um besser sehen zu können, und brachte damit den Fußboden zum Knarren. Filou knurrte lauter. »Schscht«, machte sie leise. Vorsichtig spähte sie wieder hinaus. Das Mondlicht fiel direkt auf das Gesicht der nächtlichen Besucherin. Sie kam ihr bekannt vor.

Filou knurrte lauter. Es störte sie erheblich in ihrer Konzentration. »Sei leise«, wisperte sie ungehalten.

Denn sie hatte den Hund entdeckt. Dieser fremde Köter hob tatsächlich ein Bein am Teakstuhl. Das war ja wohl die Höhe!

Und was sagte die Nackte dazu? Nichts, sie nahm ihren Rucksack ab. Was hatte sie vor? Ein dumpfes Klopfen an der Tür ließ sie herumfahren. Filou vergaß das Knurren und lief schwanzwedelnd durchs Zimmer. Seine Krallen machten leise Kratzgeräusche auf dem Holz. Johann-Magnus Kreyenborg steckte den Kopf zur Tür herein. Sein Haar war feucht. »Darf ich?« Sie nickte.

Sie sog den Geruch seines Aftershaves ein, während er sich nach ihrem Hündchen bückte, um es hochzuheben. Sie kannte den Männerduft. Es war eine bekannte Marke. Er stellte sich neben sie. »Vorsicht, da ist eine Irre unterwegs«, flüsterte sie und kicherte nervös.

Er brachte sein Gesicht näher an die Scheibe und

lächelte nachsichtig, sodass seine Grübchen deutlicher hervortraten: »Das ist bestimmt Wencke.«

Maria war verwirrt. Wieso kannte er Frauen, die nachts nackt durch die Dünen liefen? »Wencke?« Sie schaute sein glatt rasiertes Kinn an, als läge darin die Antwort. »Aus der Fischbude. Du hast sie kennengelernt.«

Maria nickte, obwohl sie nichts kapierte. »Und was macht sie hier – nackt?«

Er zuckte die Achseln und führte sie am Arm vom Fenster fort. »Frag mich nicht … Sie hat dieses ungewöhnliche Hobby – Nacktwandern. Oder Wolfgang musste einfach mal raus.«

XAVER

Kofferauspacken, Atmen, es hatte alles nichts genutzt. Er brauchte zur Beruhigung etwas Stärkeres aus der Minibar. Irgendetwas Unheimliches passierte hier, er wusste nur nicht, was. Er fummelte die Kopfhörer aus seiner Tasche. Vielleicht half Musik? Müde schloss er die schweren, blaugeäderten Augenlider und genoss den Moment, in dem die Musik anschwoll. Verdi! In seiner Vorstellung tauchte die großartige Arena di Verona mit ihren 2.000 Jahre alten, ausgetretenen Steintreppen auf. Er dachte an das nervöse Flirren der Fächer der schönen Veroneserinnen, das das Auditorium an diesem Abend erfüllt hatte. Er selbst war mit einer außergewöhnlich hübschen Frau dort gewesen, an deren Namen er sich allerdings gerade nicht erinnerte. Nur an ihr schwarzes Kleid mit den im Abendlicht blinkenden Pailletten. Und an ihre lachenden roten Lippen.

Der Dirigent hob den Taktstock und ließ ihn durch die Luft schwirren. Immer und immer wieder. Xaver Kohlgrubers massiver Oberkörper wiegte im Rhythmus der klingenden Instrumente hin und her.

An dieser Stelle von Nabucco kamen die Soldaten auf die Bühne gerannt, wusste er. Weil er just an dieser Stelle seiner Begleitung an den Hintern gefasst hatte. Wie hatte sie geheißen? Tamara? Chiara?

Donnernder Hufschlag der Pferde, Kampfgetümmel, Säbelrasseln. Sein Kopf ruckte im Takt der Musik, die so laut aus den Kopfhörern drang, dass er taub für alle anderen Geräusche im Zimmer war.

Er dachte an all die Kämpfe, die er für B-Projekt führen musste und die ihn immer wieder fort von zu Hause führten. Wie einsam er in diesen Hotelzimmern war. Wie das Insekt, das in jener Nacht in der Arena di Verona, von einem Scheinwerfer erfasst, ziellos umhergeflattert war.

Der Schmerz kam unerwartet. Er war plötzlich über ihn hereingebrochen. Es fühlte sich an, als risse ihn der Schmerz in Stücke. Er schrie auf, wand sich, wollte diesen nie gekannten Qualen entgehen. Ein heißes Brennen breitete sich vom Nacken aus, strahlte überall hin, raubte ihm fast die Besinnung. Er beugte sich vor, versuchte aufzustehen, dem Schmerz zu entkommen. Dann überrollte ihn die nächste Schmerzwelle. Und noch eine.

Mit weit aufgerissenen Augen drehte er den Kopf und erkannte ein blutiges Messer, das hinabsauste. Wieder und wieder. Schreien, er musste schreien. Doch er hörte seine Stimme selbst nicht. So dünn war sie. Aufstehen, sich wehren oder weglaufen, er musste aufstehen. Aber er schaffte es nicht. Zitternd tasteten seine Finger nach hinten, verhedderten sich im Kabel seines Kopfhörers. Dann fühlte er etwas Klebriges. Blut. Einer Ohnmacht nahe, hörte er den Gefangenenchor, der leise in sein rechtes Ohr sang: »Flieg, Gedanke, getragen von Sehnsucht, lass dich nieder.«

TAG 4, DIENSTAG

HORST

Seine Brustwarzen fühlten sich steinhart an. Dunkel-
rote Kegel auf einer behaarten Brust. Gerade hatte er
ein Morgenbad in den 16 Grad kalten Wellen der Ostsee genommen und dieses als äußerst prickelnd empfunden. Äußerst prickelnd.

Kurzzeitig musste er seinen Gang über die Strandpromenade unterbrechen, wozu ihn die Flip-Flops zwangen,
die er versehentlich ein paar Nummern zu groß gekauft
hatte. Er wechselte das blau-weiß gestreifte Handtuch
auf die andere Schulter, als ein Schrei die Stille zerriss.
Das war doch nicht der Schrei einer Möwe gewesen?
Das konnte nichts Gutes bedeuten. Gar nichts Gutes.

Der Wind hatte den Schrei aus Richtung des Strandlopers herübergetragen. Das war das Hotel, in das ein-
gebrochen worden war. So schnell das in den vermale-
deiten Badeschuhen ging, stolperte er in Richtung des
Hotels. Vielleicht konnte er der Polizei helfen und die
Gaffer verscheuchen.

LEVKE

Sie musste ohnmächtig geworden sein und hatte Glück gehabt, dass Paula in der richtigen Sekunde ins Zimmer kam, um sie aufzufangen.

Um 6.30 Uhr hätte sie den Geschäftsführer der B-Gruppe wecken sollen. Hatte sie aber nicht. Offenbar hatte er ihre Weckanrufe nicht gehört, denn er kam nicht zum Frühstück. Sie wusste das genau, denn jeder Gast musste die Halle durchqueren, um zum Schlemmerbüfett zu gelangen. Sie wurde immer unruhiger. Ihre Mutter hatte ihr die Stelle gerade erst besorgt. Wegen ihrer schlechten Noten hätte der Direktor sie fast nicht eingestellt. Das hatte ihr sein Gesicht verraten, als er ihr Abschlusszeugnis studiert hatte. Dann hatte er den Blick über ihr frisch mit Henna gefärbtes Haar schweifen lassen. Sie hatte viel Zeit darauf verwendet, damit es an diesem Tag nicht wie sonst schlapp herunterhing, sondern sich in sanften Wellen um ihren Kopf legte. Und zum Schluss hatte er lange ihre Mutter angesehen, die bei dem Gespräch neben ihr gesessen hatte. Die beiden kannten sich von früher. Das wusste sie. Dann hatte er gesagt: »In Ordnung, sie hat die Stelle. Versuchen wir es.«

Sie musste den Job unbedingt behalten. Sie konnte es sich nicht leisten, dass Gäste wegen ihr verschliefen. Und nur aus diesem Grund verließ sie ihren Platz am Empfangstresen und nahm so schnell sie konnte, die Marmortreppe in den ersten Stock. Oben traf sie Paula, die hier schon im vergangenen Sommer als Zimmermädchen angefangen hatte. »Ich soll den Gast in der 13 wecken, aber er steht nicht auf«, erklärte sie Paula. »Was soll ich denn machen?« Sie wusste nicht, ob Paula ihre Verzweiflung verstand, denn Paula schaute sie nur durch ihre eckige Brille an.

Immerhin kam sie mit zu der dunklen Holztür mit der Ziffer 13. Levke klopfte. Erst zaghaft, dann lauter. Nichts geschah. Sie sah Paula an, die nur die Achseln zuckte. Der Gast war nicht Paulas Problem.

Obwohl sie das Ohr gegen das dunkel gemaserte Türblatt presste, hörte sie rein gar nichts. Die Türen im Hotel waren massiv. Selbst wenn ein Gast im Zimmer schreien würde, wäre dies im Flur nicht zu hören. Mit allem Mut, den sie aufbringen konnte, drückte sie langsam die Klinke hinunter.

Zu ihrer Überraschung ließ sich die Tür öffnen. Sehr vorsichtig und jede Sekunde bereit, die Tür sofort wieder zu schließen, sollte der Mann im Zimmer auf den Beinen sein, schob sie sie einen Spaltbreit auf.

»Verzeihung, Herr Kohlgruber? Sind Sie wach?« Keine Antwort. Sie wäre gerne wieder hinuntergegangen. Pflichtbewusst blieb sie stehen. Sie sollte ihn schließlich wecken. Warum hatte sie niemand darauf vorbereitet, dass so etwas passieren konnte? Was, wenn er nicht angezogen war? Er hatte sie schon beim Einchecken so merkwürdig angesehen. Irgendwie lüstern.

Sie biss die Zähne aufeinander und ging ein paar Schritte ins Zimmer hinein. Der Teppichboden schluckte das Geräusch ihrer flachen Schuhe. Der Flur ging ins eigentliche Zimmer über. Ihr Blick blieb an dem Sessel vor dem Fenster hängen. Die Ritze zwischen Sitzpolster und Lehne war rot, blutrot. Auf dem Teppich entdeckte sie eine feuchtglänzende Lache.

Ihr Schrei gellte in ihren eigenen Ohren. Sie wollte weglaufen. Weg von dem Blut, dem roten, widerwärtigen, stinkenden Blut.

Doch sie schaffte es nicht einmal, sich wegzudrehen, sondern starrte weiter auf die rote Pfütze unter dem Sessel. Sie fragte sich, ob es sich vielleicht nur um Tomatensaft handelte? Tomatensaft roch jedoch ganz anders. Erst wurde ihr schlecht, dann schwarz vor Augen. Das musste der Augenblick gewesen sein, in dem sie in Paulas kräftigen Armen gelandet war.

OKE

Was für ein Geschenk. Er öffnete die Folie und wickelte das weiche Papier ab, das er um Krallen und Schnabel gebunden hatte, damit diese nicht das Plastik durchlöcherten und der Vogel im Froster austrocknete. Sorgsam strich er die Federn glatt. Einmal zerschlissen, könnte er sie nie wieder in ihre schöne Form bringen.

Er würde sich viel Zeit lassen. Oke Oltmanns griff nach einem Vogelbuch im Regal, blies den Staub vom Einband und fing an, darin zu blättern.

Es konnte nicht schaden, etwas über diesen Burschen zu erfahren, wenn er ihn mithilfe von Schaumstoff, Draht und einer Menge Kleber möglichst lebensecht darstellen wollte. Gute Präparatoren arbeiteten an der Schnittstelle von Wissenschaft und Handwerk. Ein bisschen künstlerisches Geschick gehörte auch dazu. Er grunzte zufrieden. Genau das Richtige für einen freien Tag.

Er hatte wenig Erfahrung mit dem Präparieren von Vögeln. Einmal hatte er eine Amsel auf seinem Werktisch gehabt. In der Erinnerung daran verzog er die Lippen zu einem schmalen Strich. Das Ergebnis hatte ihn nicht unbedingt stolz gemacht. Nichts für die Europameisterschaft der Präparatoren.

Oke Oltmanns knipste die Werkstattleuchte an, um im dämmrigen Schuppen besser lesen zu können. Staubflusen tanzten durch den hellen Lichtstrahl. Die Lesebrille nervte. Entweder sein Nasenrücken war zu breit oder die Brille zu schmal. Sie saß nie so, dass es angenehm war. Er ruckelte das Brillengestell zurecht.

»Seeadler, Haliaeetus albicilla, gehört zu den großen Greifvögeln Mitteleuropas, erreicht eine Körperlänge von bis zu 92 cm und eine Spannweite bis 240 cm. Geierähnlicher Adler mit breiten Flügeln und kurzem Schwanz«, las er. Den Rest überflog er. »Greift Fische im Flug aus dem Wasser. Ruffreudig.« Er las das letzte Wort ein zweites Mal, als hätte er sich beim ersten Mal verlesen. Richtig, da stand: »ruffreudig«. Na, dieser Vertreter ist es nicht mehr, dachte er und schaute auf den Vogel vor sich.

»Rufreihen heiser gestoßen: Klü, Klü«, las er gerade weiter, als sein Handy vibrierte. Irritiert griff er danach.

»Wer stört?«, fragte er gereizt.

»'tschuldigung, Chef.« Jana Schmidts Stimme vibrierte. »Ich dachte, ich informiere Sie besser gleich. Eben hat Thomas Poppenburg vom Strandloper angerufen. Er meinte, wir müssten sofort kommen. In einem der Zimmer sei alles voller Blut …«

Er sprang so rasch auf, dass die Brille auf den Boden fiel. Er bückte sich. Ein Glas war zerbrochen: »Düvel ok«, brüllte er. Und dann: »Nichts anfassen. Bin schon unterwegs.«

Es bereitete ihm immer Vergnügen, wenn er mit eingeschaltetem Martinshorn durch die Straßen jagen konnte. Wie der Zufall wollte, spielte der CD-Player Queens »We Will Rock You«, als er den Zündschlüssel im Schloss drehte. Der Song passte: Wer weiß, vielleicht würde er heute seinen ersten Mord rocken …

Das Hotel erinnerte an ein vornehmes Landhaus. Schon der Eingang mit den beiden Löwenstatuen davor war das, was er als nobel bezeichnen würde. Die Lobby mit überdimensionierten Sesseln und winzigen Glastischchen erstrahlte im Glanz funkelnder Kristalllüster. Den Empfangstresen schmückten riesige Amphoren aus Bronze. Darin steckten irgendwelche weißen, langstieligen, entsetzlich riechenden Blumen.

Am marmornen Tresen stand ein Geschäftsmann, der auschecken wollte. Oke Oltmanns Blick glitt an einer perfekten Bügelfalte hinab und fiel auf sorgfältig geputzte, schwarz glänzende Schuhe.

Während er darauf wartete, dass der Mann an der Rezeption endlich fertig wurde, hatte er Gelegenheit, sich selbst in einem mannshohen, goldgerahmten Spiegel neben dem Tresen zu betrachten.

Sein Spiegelbild zeigte einen unrasierten Mann in fleckiger Jogginghose, der fadenscheinige Filzschlappen trug. Er hätte sich umziehen sollen.

In dem Moment erschienen Jana Schmidt und der Hoteldirektor im Foyer. »Ich möchte Sie bitten, alles, was Sie hier in diesem Hotel sehen, absolut vertraulich zu behandeln. Es darf nichts an die Presse gehen. Wenn Sie verstehen, was ich meine …«, sagte Poppenburg, schütteres Haar, schmaler Mund, gelbe Krawatte, gerade zu Jana Schmidt. Dann musterte er Oltmanns mit einem seltsamen Gesichtsausdruck. Lange verweilte sein Blick auf den Filzschlappen.

»Frau Schmidt, ich will sofort den Tatort sehen«, schnauzte Oke ungehalten. Und mit etwas Verspätung erkundigte er sich: »Ist schon ein Arzt da?«

Der Hoteldirektor zog die dünnen Brauen hoch. »Ein Arzt?«

Oke Oltmanns verdrehte die Augen: »Ich denke, da oben ist alles voller Blut?«

Der Direktor knetete seine geröteten Hände. »Es war bisher niemand außer Levke Johannsen im Zimmer und Levke ist sehr mitgenommen.« Er zeigte auf eine zweite Rezeptionistin, die kalkweiß und mit leerem Blick auf einer Stuhlkante hockte. »Wir wollten keine Spuren verwischen. Ich habe Ihre Kollegin nur kurz in mein Büro gebeten, um …«, stotterte Poppenburg weiter. Er bemühte sich weiter um einen möglichst diskreten Ton.

Oke Oltmanns raufte sich die Stoppeln auf dem Kopf. War er von Idioten umzingelt? »Und wenn da oben jemand verblutet? Dann sind Sie wegen unterlassener Hilfeleistung dran. Zeigen Sie mir endlich das verdammte Zimmer!« Der Direktor hastete auf eine Steintreppe zu. Er vergaß sogar, Jana Schmidt vorangehen zu lassen. Oke Oltmanns bemerkte, wie sich automatisch eines der Zimmermädchen in Bewegung setzte. Nur Levke verharrte zusammengesunken auf dem Stuhl am Empfangstresen. Sie sah so aus, als sei alles Leben aus ihr gewichen.

Vor der Suite stand ein junger Mann stocksteif mit Namensschild am Revers. »Hummel«, las Oke Oltmanns. Hummel schien abbestellt worden zu sein, um vor der Tür Wache zu halten. Der Miene nach zu urteilen, nahm er seine Aufgabe sehr ernst. Mit einer raschen Bewegung verscheuchte Oke Oltmanns den Mann und stürmte das Zimmer. Am Sessel stoppte er. Da war niemand. Er ging zu einer angrenzenden Zimmertür, dahinter vermutete er das Bad. Als er die angelehnte Tür aufstieß, fiel sein Blick auf ein zusammengeknülltes, weißes Handtuch vor der gläsernen Duschwand. »Hier ist niemand«, rief er Jana Schmidt zu, die irgendwo hinter ihm stehen musste.

Seine Augen suchten das Zimmer ab. Ein Kopfhörer und ein Sudoku-Heft lagen auf dem Teppich zwischen Fenster und Bett. Und dann sah er etwas, was ihm aufsteigende Hitze verursachte: rote Fußspuren. »Schiet!«, murmelte er, und hob prüfend einen seiner Filzschlappen an. Er stöhnte. »So 'n Schiet.«

Die Kollegen von der Spurensicherung würden ihn killen. Auf jeden Fall hatte er erst mal genug gesehen: Das Zimmer war leer.

Oke Oltmanns kratzte sich am Hinterkopf. »Wir brauchen die Spurensicherung. Ruf mal in Plön an«, wies er seine Kollegin an, die sich sofort in Bewegung setzte. Es ging ihm zwar gegen den Strich: sein Dorf, sein Fall. Wenn später jedoch herauskam, dass er den Fall hatte allein lösen wollen, gäbe es richtig Ärger mit Hallbohm.

An den Hoteldirektor gewandt fragte er: »Wer ist dieser Gast überhaupt?«

»Ich bin nicht sicher, ob ich hier gegen Datenschutzbestimmungen verstoßen darf«, antwortete dieser geziert und befingerte die gelbe Krawatte. Oke Oltmanns schwoll der Kamm. Scharf sah er Poppenburg so lange an, bis dieser antwortete: »Xaver Kohlgruber. Der Herr arbeitet für B-Projekt. Der Konzern hat die Suite für Kohlgruber gebucht – und weitere Zimmer für dessen Kollegen. Eine ganze Gruppe ist auf diesem Stockwerk untergebracht.«

Er wusste natürlich über B-Projekt Bescheid. Das halbe Dorf sprach seit Wochen über nichts anderes, als den Münchner Konzern, der alles plattmachen wollte, um seine Appartements zu bauen. Mit wem hatte er erst neulich darüber geredet?

Es fiel ihm nicht ein. Vermutlich, weil sein Magen rumorte. Immer, wenn er nervös war, musste er essen. Inse meinte, er sei ein Stress-Esser. Er überlegte kurz, ob er diesen Poppenburg um einen kleinen Imbiss bitten könnte, entschied sich dann dagegen. Der Mann ging ihm mit seinem nervösen Getue ohnehin auf die Nerven.

Das Bild einer saftigen Fischfrikadelle im Fischhus kam ihm in den Sinn. Ein Kaffee danach und er wäre der glücklichste Mensch unter der Sonne. Erst die Statistik, dann die Bulette. »Wir müssen das ganze Hotel absperren und die Gäste befragen. Wir fangen mit diesem Stockwerk an. Holen Sie die Leute aus den Zimmern«, kommandierte er. Poppenburg sah ihn an, als hätte er vorgeschlagen, das Hotel anzuzünden. Als Poppenburg sah, dass er es ernst gemeint hatte, ließ er vor Schreck sogar seine Krawatte los.

Bevor Poppenburg loslaufen konnte, bekam er ihn an der Schulter zu fassen. »Könnten Sie mir vielleicht ein Paar von ihren Einweg-Pantoffeln besorgen?« Er blickte in ein verständnisloses Gesicht. »Ihr habt in den Hotels immer diese weißen Frottee-Slipper für Gäste.« Poppenburg hatte offensichtlich keinen Schimmer, warum er ihm Schuhe bringen sollte. Doch er nickte nur schicksalsergeben und machte sich kopfschüttelnd auf den Weg, die Angestellten zusammenzutrommeln.

Langsam erschienen auf dem Flur die ersten Hotelgäste, angesichts der frühen Stunde nur dürftig oder zumindest nicht vollständig bekleidet. Es interessierte ihn nicht im Mindesten, dass er Chaos ausgelöst hatte, indem er die Anweisung erteilt hatte, die Angestellten sollten die Gäste aus den Zimmern holen. Zaghaft sah man das Personal an Zimmertüren klopfen und in gedämpftem Ton mit verwunderten und zum Teil sichtlich verärgerten Gästen sprechen.

Er registrierte, wie Thomas Poppenburg auf dem langen, schmalen Flur hin und her lief und sich ein ums andere Mal für die Unannehmlichkeiten entschuldigte. »Polizeiroutine, nichts Besorgniserregendes«, erklärte er gerade einer älteren Dame im weißen Bademantel.

»Routine?«, kam es schrill zurück. »Sie wollen uns wohl für dumm verkaufen!« Die empörte Frau wandte sich ihm zu: »Wissen Sie, ob es sich hier um einen Terrorangriff handelt?«

Oke Oltmanns konnte nicht anders, er sagte: »Ja, verdammig, lauter Irre in weißen Bademänteln …« Die Frau und der Direktor starrten ihn fassungslos an.

Oke Oltmanns ließ beide wortlos stehen und hämmerte an eine andere Zimmertür: »Aufmachen – hier ist die Polizei.«

Als die Tür kurz darauf geöffnet wurde, stand ein Mann mit rotem, zerzaustem Haar vor ihm. Seine Tränensäcke und körperliche Ausdünstungen verrieten, dass er eine durchzechte Nacht hinter sich hatte. Der Mann gähnte. »Hauptkommissar Oke Oltmanns. Und wer sind Sie?«

Der Mann unterdrückte ein erneutes Gähnen. »Woas iss 'n hia los? Is naocha was passiert?«

Es dauerte eine Weile, bis Oke Oltmanns ein paar brauchbare Informationen aus dem Mann herausgeholt hatte. Dieser hieß Maximilian Huber und arbeitete als Architekt bei B-Projekt. Oke Oltmanns bat ihn in Poppenburgs Büro, das er damit kurzzeitig zum Vernehmungsort umfunktionierte. »Wussten Sie, dass Ihr Kollege verschwunden ist?«

Huber schaute ihn ungläubig an.

Im weiteren Verlauf des Gesprächs erfuhr Oke Oltmanns, dass Kohlgruber zusammen mit Huber, einer Ingenieurin und zwei weiteren Mitarbeitern hergekommen war. Vom Konzernchef Mayer hatten sie offenbar den Auftrag erhalten, Geschäftsleute aus Hohwacht zu beruhigen, die sich mit einer Beschwerdemail an den Konzern gewandt hatten. Ein Gespräch mit dem Bürgermeister war ebenso verabredet gewesen. Mayer habe Angst gehabt, dass man ihm letztlich nicht gestatten würde, die Appartements zu bauen.

Der Bürgermeister sollte helfen, das Projekt durchzusetzen, berichtete Huber. Inzwischen wirkte er etwas wacher. »Deifi no amoi. Der Bürgermeister is net af da Brennsupp daheagschwomma.«

»Wie bitte?« Oke Oltmanns verstand kein Bayerisch.

Maximilian Huber bemühte sich, auf Hochdeutsch zu antworten: »Das heißt, der Mann kennt sich aus. Der ist nicht auf den Kopf gefallen.«

Das konnte Oke Oltmanns bestätigen. Der Bürgermeister war plietsch. So viel stand fest. »Haben Sie den gestrigen Abend gemeinsam mit Ihrem Kollegen verbracht?« Huber schüttelte den Kopf. Xaver Kohlgruber habe nicht mitkommen wollen, sondern sich auf sein Zimmer zurückgezogen. »Des woar schoa bisserl komisch.«

Oke Oltmanns rümpfte die Nase. Dieser Bajuware roch wirklich übel. »Wohin sollte er mitkommen?«

»Wos drinkn doa im Hotel.«

»Trinken Sie immer so viel?«

Der Architekt grinste schief. »Also mei Lieblingstier is da Zapfhahn …«

20 Minuten später hatte Oke Oltmanns ein ungefähres Bild des Vermissten. Xaver Kohlgruber lebte allein im Münchner Zentrum, hin und wieder fuhr er zu seiner Schwester Fanny nach Scharnitz. Er war ein guter Geschäftsmann und etwas, was er selbst Schürzenheld nennen würde.

»Pfiat euch«, sagte Huber zum Abschied.

Die Befragung der übrigen Gäste brachte keine Erkenntnisse. Niemand hatte etwas gesehen oder gehört. Was an den schweren Eichentüren liegen konnte.

Jana Schmidt steckte gerade den Kopf ins Büro des Direktors. Sie sah auf den Schreibtisch, wo er eine Plastiktüte mit seinen blutigen Filzschlappen abgelegt hatte.

»Was ist?«, fragte er gereizt, als er ihren Blick bemerkte.

Sie räusperte sich: »Kohlgrubers Wagen steht auf dem Hotelparkplatz. Die Kollegen sind schon dran. Wollen Sie ihn sich ansehen?«

Er wuchtete sich stöhnend aus Poppenburgs Bürostuhl, der bedenklich unter seinem Gewicht knarrte. »Klaro.« Er schielte zu seinen Filzschlappen und überlegte, ob er diese der SpuSi würde aushändigen müssen.

Er entschied sich dafür. Nicht, dass die Kollegen später einem Phantom in Schlappen nachjagten ...

Er schnappte sich die Tüte vom Tisch und folgte Jana Schmidt bekümmert nach draußen.

Er kam nicht drauf, wer sich kürzlich besonders über B-Projekt aufgeregt hatte. War es Jan Husmann gewesen? Oder Wencke? Oder jemand ganz anderes?

Er wischte den Gedanken beiseite. Erst mal wollte er einen Blick auf Kohlgrubers Wagen werfen.

Die Sonne blendete ihn. Er legte schützend die Hand über die Brauen und beobachtete, wie sich Jana Schmidt zu einem jungen Kollegen der Spurensicherung hinunterbeugte. Der Kriminaltechniker, ein Typ mit auf den Haaransatz geschobener Ray-Ban-Brille, machte sich gerade am Innenraum der Seitentür zu schaffen. Als er hinzukam, stand er auf und sah Oke Oltmanns abwartend an.

»Moin«, dröhnte Oke über die Distanz von anderthalb Metern hinweg. Dann hielt er die durchsichtige Plastiktüte hoch: »Da können Sie nachher mal reingucken.«

Der junge Kollege runzelte die Stirn. Ratlos sah er zu Jana Schmidt: »Wer ist denn dieser Typ?« Sie stellte ihn vor: »Philipp, das hier ist mein Chef, Oke Oltmanns.«

Philipp nickte ihm zu. »Gehören die Filzschlappen dem Opfer?«

Oke Oltmanns sah kurz zum Himmel, bevor er zugab: »Ne, das sind meine.«

»Warum soll ich denn Ihre Schuhe angucken?« Der junge Kollege klang nun ungehalten.

Oke Oltmanns richtete sich zu seiner vollen Größe auf: »Klemm sie dir einfach unters Mikroskop, klar? Ich bin da im Zimmer aus Versehen in was reingetreten ...«

Der Mann am Wagen sah aus, als hielte er ihn für einen Vollidioten.

Jana Schmidt wollte ihn am Arm wegziehen. Doch Oke Oltmanns besah sich den Wagen genauer. Dafür war er schließlich herausgekommen. Ein schönes Auto, dachte er. Nur der Außenspiegel sah schlimm aus. War abgerissen. Abgerissen?

Jana riss ihn aus den Gedanken. »Erinnern Sie sich, Chef, dass es erst neulich im Strandloper einen versuchten Einbruch gab?«

Richtig, fiel ihm ein. Könnte durchaus mit dem Vermisstenfall zusammenhängen. Es war natürlich unprofessionell von ihr gewesen, nicht gleich das Hotelzimmer zu kontrollieren. Er wollte ihr das nachsehen. Die Schmidt war schließlich neu im Geschäft. Und einen Zusammenhang zum Einbruch konnte es tatsächlich geben.

Wie sich herausstellte, war die Nebeneingangstür diesmal ganz aufgebrochen worden. Die Dichtung war beiseitegeschoben worden und im Kunststoffrahmen befand sich eine deutliche Delle. Hier konnte sich die Spurensicherung gleich austoben. »Wie passt das zusammen?« Jana Schmidt räusperte sich: »Ist er entführt worden? Dann haben die Täter ihn vielleicht hier heraus geschafft. Und der versuchte Einbruch könnte darauf hindeuten, dass sie schon früher zuschlagen wollten«, schlussfolgerte sie. Er sah sie aufmunternd an. Sie machte eine Kunstpause: »Vielleicht besteht zwischen dem Einbruch und diesem Fall gar keine Verbindung.«

Oke Oltmanns machte auf dem Absatz kehrt. Er wollte unbedingt mit der Rezeptionistin sprechen. Danach, schwor er sich, würde er eine Mittagspause einlegen. In Jans Fischhus. Der Magen hing ihm mittlerweile bis zu den Knien. Luke auf, zehn Fischbrötchen rein, zehn Liter Kaffee drauf. So sah sein Plan aus.

»Düvel ok!« Oke Oltmanns wäre beinahe in eine vollbusige Brünette im moosgrünen Kleid gelaufen, als er in die Hotellobby trat. Ein Hauch Veilchenduft wehte ihn an, sodass ihm leicht schummrig wurde.

Levke Johannsen saß noch auf ihrem Stuhl hinter der Rezeption. Sie hatte ihre Haltung überhaupt nicht verändert. Aufmerksam betrachtete er die spitzen Schulterknochen, die sich deutlich unter der dünnen Bluse abzeichneten. Ihr gelbes Halstuch hing auf halb acht. Entfernt erinnerte sie ihn an ein aus dem Nest gefallenes Vogeljunges.

»Nein«, sagte Levke Johannsen, als er mit der Befragung begann, und schüttelte langsam ihr glänzendes hennarotes Haar. Sie könne nichts über Xaver Kohlgruber sagen. Sie kenne ihn gar nicht. Sie habe lediglich den Auftrag gehabt, ihn zu wecken.

»Als er dann nicht zum Frühstück erschien …« Sie ließ den Satz in der Luft hängen. »Ich wollte nichts falsch machen«, flüsterte sie mit piepsiger Stimme, »deshalb bin ich da überhaupt rein … Wissen Sie zufällig, ob … also, behalte ich meine Stelle?«

Empathie fiel nicht in sein Fachgebiet. Selten zeigte er Mitgefühl. Bei diesem aufgelösten Mädchen schien es ihm angebracht. So sanft wie möglich sagte er: »Maak di ruhig vun'n Acker, Deern. Hau man af!«

Jana Schmidt sah ihn an. »Sie wollen die Zeugin schon gehen lassen?«

Sein Magen meldete sich deutlich hörbar und das entband ihn von einer Antwort. Er sah auf die Uhr: Mittagszeit. Allerhöchste Eisenbahn für einen Happen.

Er ließ sich schwer auf den von der Sonne aufgeheizten Fahrersitz fallen. Mit Wucht zog er die Fahrertür hinter sich zu und fuhr mit quietschenden Reifen los. Er schob wirklich Kohldampf.

»… I did it my way«, sang er auf dem Weg mit Frank Sinatra. Er war heute nicht richtig bei der Sache. Irgendetwas geisterte da in seinem Hinterkopf herum, irgendeine Information, und er kam nicht drauf, was ihn quälte. Er hoffte, es würde ihm bald einfallen.

Kurze Zeit später schob ihm Jan Husmann einen Porzellanteller über den Tresen. Wencke hätte nicht zugelassen, dass Pappteller im Fischhus benutzt wurden. Beide wählten seit Jahren grün. Es gab Jan Husmanns Meinung nach zu wenige Grüne in Hohwacht. »Na, Oschi, heute schon einen Schwerverbrecher geschnappt?«, frotzelte er.

Er kaute auf einer Fischfrikadelle herum, als er mit vollem Mund antwortete: »Klei mi an'n Mors. Lass mich bloß in Ruhe.« Er schaute zu den beiden Bauarbeitern hinüber, die schweigend an einem Stehtisch im Vorzelt aßen. Einer las dabei die Bild-Zeitung. Der andere starrte Löcher in die Zeltplane.

Jan Husmann wischte sich die Hände an der weißen Schürze ab und schob ihm ein Blatt Papier über den Tresen. »Hier, Oschi, du kannst der Erste sein, der für die Stranddistel unterschreibt.«

Er verstand nicht. »Welche Stranddistel?«

Jan erzählte ihm vom Distelfund durch den Urlauber Martin Bachmann, und davon, dass B-Projekt nicht in einem Gebiet bauen könne, in dem eine seltene Pflanze wuchs. Sie hätten eine Bürgerinitiative gegründet und wollten Unterschriften pro Distel sammeln.

Nun fiel ihm wieder ein, mit wem er über B-Projekt

gesprochen hatte. »Sag mal, Jan«, fing er an und fingerte dann umständlich nach dem Zwiebelring, der aus dem Fischbrötchen auf seine Schuhspitze gefallen war, »habe ich das neulich richtig verstanden? Dass deine Fischbude abgerissen wird, wenn die neue Ferienanlage auf der Düne gebaut wird?«

Jan Husmann blickte konzentriert auf einen Salzstreuer, den er hin- und herdrehte und schließlich neben dem Zapfhahn abstellte. Seine Antwort kam gedehnt: »Das hatten die Leute von B-Projekt so vorgehabt.« Der Fischbudenbesitzer schob eine Ketchupflasche neben den Salzstreuer. Das Plastik verursachte ein schabendes Geräusch auf dem Tresen. »Gut möglich, dass es nun anders kommt«, fügte er mit rätselhaftem Gesichtsausdruck hinzu. Interessant.

»Wieso?«, fragte Oke Oltmanns.

»Na, wegen der Stranddistel! Wenn sie nicht bauen, bleibe ich hier.«

Er beobachtete, wie Jan Husmanns Augen unsicher hin und her huschten. »Wieso fragst du eigentlich so komisch, Oschi? Von wegen, ob meine Bude abgerissen werden soll?«

Er wischte mit dem letzten Stück Brötchen einen Rest Remoulade vom Teller. »Ich würde gern wissen, wie gut du diese Leute von B-Projekt kennst.«

Jan Husmann zuckte die Achseln. »Nicht besonders gut. Wir hatten nur Schriftverkehr. Wencke und ich haben eine E-Mail hingeschickt, als wir hörten, dass wir hier wegsollen. Die haben nur knapp geantwortet. Ein gewisser Xaver Kohlgruber würde alles vor Ort mit uns besprechen. Und der stand dann plötzlich sogar hier im Fischhus. Kurz nachdem du gegangen bist.«

Oke Oltmanns stutzte. »Und dann?«

»Nix und dann! Kann sein, dass wir etwas gnaddelig waren. Was denkt der sich? Hier einfach aufzukreuzen – ohne vorherige Ankündigung und so? Wir haben uns nur ein bisschen mit ihm unterhalten. Er war dann irgendwann weg.«

Oke Oltmanns stellte seinen leeren Teller auf den Tresen: »Und deshalb bin ich hier: Er ist weg.«

Jan starrte ihn verwirrt an. »Wie? Er ist weg?«

Oltmanns stellte eine Gegenfrage: »Was hast du eigentlich gestern Abend gemacht, Jan?«

Statt sofort zu antworten, drückte Jan Husmann offensichtlich zerstreut den Ein-Schalter seiner Kaffeemaschine. »Möchtest du einen Lupinenkaffee?«

Er überlegte. »Was ist das?«

Jan Husmann setzte zu einer Erklärung an: »Die gesunde, koffeinfreie Alternative zu Bohnenkaffee. Anderen darf ich nicht mehr verkaufen.«

Oke zuckte kurz zusammen. »Du verkaufst keinen echten Kaffee mehr?« Er konnte nicht entscheiden, was er schlimmer fand: die Vorstellung, dass Jan Husmann etwas mit dem verschwundenen Münchner zu tun haben könnte, oder den Gedanken, dass er im Fischhus ab sofort Kaffee aus Lupinen bekam. Was auch immer Lupinen waren. »Wir verkaufen Lupinenkaffee, Oschi. Das ist Kaffee, aber eben aus anderen Pflanzen«, antwortete Jan knapp auf seine unausgesprochene Frage, »und um auf deine andere Frage zurückzukommen: Ich war im Surferparadies – bei meinem Bruder.«

»Und Wencke?«

Jan Husmann schaute ihn an und zog die Augenbrauen hoch. Dann sagte er mit gequälter Stimme: »Die war wieder unterwegs. Ich sage nur: Luna Yoga.« Oke Oltmanns hatte keinen Schimmer, was das sein sollte: Luna Yoga.

CARLA

Sie standen nebeneinander vor der großen Schwingtür der Hotelküche. Sie hielt einen Block, Cedrik hatte sie den Kugelschreiber überlassen. Er wollte unbedingt beides halten, aber das wäre nicht gerecht gewesen. Also hatte es erst Streit gegeben. Deshalb hatte sie ihm erlaubt vorzugehen.

Sie wollten in die Küche, um von Frau Rieken eine Unterschrift für diese Petition oder so ähnlich zu kriegen. Je mehr Unterschriften sie zusammenbekämen, hatte Oma Maria gesagt, desto besser für die Distel und die Tiere in den Dünen. Und sie liebte Tiere. Und Cedrik auch. Jedenfalls alle außer Spinnen. Sie mochte Spinnen ebenfalls nicht so gern. Trotzdem hatte sie keine Angst vor ihnen.

»Geh du lieber erst«, flüsterte er nun. Carla hielt ihm ihre ausgestreckte Hand vor die Nase: »Leise, du Dulli. Hör mal. Die streiten da drin.« Carla hielt ungeniert ihr Ohr an die Tür.

MALGORZATA

»Ein Mord?«, fragte sie ungläubig und schrie dann auf, weil heißes Fett über den Pfannenrand auf ihren Unterarm gespritzt war. Sie briet gerade die Bratkartoffeln fürs Abendessen. Ihre Küchenhilfe versuchte unterdessen, das Glas saure Gurken aufzubekommen. »Nimm ein Geschirrtuch.«

Die Gurken waren fürs Matjesfilet, das sie auf sahnigem Schmand mit Äpfeln, Zwiebeln und den Gurken anrichten wollte. Das bekamen die Hotelgäste, die regulär bezahlt hatten, Bratkartoffeln aus den Resten vom Vortag mit TK-Scholle bereitete sie für die Gratis-Gäste vor. Sie fand das richtig.

Antje verzog das Gesicht und presste die Hand auf ihren Lendenwirbel. »Hexenschuss«, jammerte sie stöhnend. »Muss beim Aufdrehen passiert sein.«

Malgorzata Rieken schnappte sich das Glas. »Lass mich mal. Erzähl mir lieber, wer im Strandloper ermordet worden ist.«

Die alte Frau stöhnte ein weiteres Mal und ließ sich dann schwer auf den Hocker sinken. Die Schmerzen konnten nicht so schlimm sein, denn sie riss die Augen theatralisch auf und wisperte mit brüchiger Stimme: »Niemand weiß, ob der Mann wirklich tot ist. Man vermutet es nur.« Sie machte eine Kunstpause, in der sie den grauen Knoten richtete, zu dem sie ihre strähnigen Haare zusammengebunden hatte. Sie sah aus wie eine Kräuterhexe aus dem Wald, dachte Malgorzata Rieken. »Weil sein Zimmer voller Blut war.«

Sie starrte Antje an, die nun die ungeteilte Aufmerksamkeit genoss. »Es gibt keine Leiche. Die ist verschwunden.« Lautes Gepolter vor der Tür ließ sie beide zusammenfahren. »Jesses!«, rief Antje und fasste sich ans Herz, während zwei Kinder durch die Schwingtür polterten. Es waren die Hamburger, die da übereinander purzelten. Carla und Cedrik, erinnerte sie sich.

»Aua«, sagte das Mädchen und rieb ihr Knie, während sie sich aufrappelte. Der Junge blieb liegen, stocksteif wie ein Zinnsoldat. Er sagte keinen Ton. Er hatte sich offenbar mehr erschrocken als sie.

»Was macht ihr denn da?«, fragte sie – mehr verdutzt als verärgert und streckte dem Jungen die Hand hin. »Seid ihr verletzt?« Carla schüttelte den Kopf. Sie blickte wieder zu dem Jungen, der langsam allein aufstand: »Weiß eure Mutter, wo ihr euch rumtreibt?«

»Nö, aber unsere Oma hat gesagt, wir sollen Unterschriften sammeln für eine Petition«, erklärte Carla.

In diesem Augenblick kam der Vater der beiden in die Küche gestürzt. Er sah auf die blinkenden Töpfe, Pfannen, den riesigen Herd, dann auf die Kinder, dann wieder zum Herd. Er rümpfte die Nase und fragte: »Brennt hier was an?« Sie hatte die Bratkartoffeln vergessen, bei diesem Tohuwabohu. Während sie den Topf von der Flamme wuchtete, hörte sie ihn mit seinen Kindern schimpfen.

»Ihr könnt nicht einfach in eine Hotelküche spazieren. Wir hatten abgemacht, dass ihr nach dem Frühstück aufs Zimmer geht, um eure Zähne zu putzen!«

Sie drehte sich um. »Ach, lassen Sie man. Es sind Kinder.«

Der Hamburger wollte seine Tochter nach draußen

schieben. Das Mädchen machte sich los und stampfte mit dem Fuß auf. »Ich brauche erst die Unterschrift.«

Es waren schließlich einige Erklärungen notwendig, bis sie kapierte, dass die Familie offenbar eine Petition zur Erhaltung der Hohwachter Dünen einreichen wollte. Eine Petition wegen einer Distel!

Sie kam aus dem Staunen nicht mehr heraus: Urlauber waren ihr bisher als notwendiges Übel erschienen. Ihr wurde ganz warm ums Herz, als ihr dämmerte, dass sich die fremden Kinder für Hohwacht einsetzen wollten. Langsam strich sie mit ihren von den Küchenarbeiten aufgesprungenen Händen über Cedriks Schopf. Der Junge hatte feines, weiches Haar. Die beiden Kinder wollten also verhindern, dass das alte Seebad von einem börsennotierten Konzern zerstört wurde, der nur an Renditen interessiert war.

Malgorzata Rieken hatte sich selbst nie groß Gedanken über die Stranddistel gemacht. Sie konnte sich allerdings an keinen einzigen Sommer seit ihrem Wegzug aus Polen erinnern, in dem sie sich nicht bei Strandspaziergängen mit Hermann an den blauen Blüten erfreut hätte. Als Hermann noch lebte. Ach, als er lebte.

»Natürlich unterschreibe ich eure Petition. Wo ist der Zettel, wo ein Stift?«

OKE

Feierabend. Für heute. Er öffnete die Kühltruhe. Er griff nach dem eingewickelten Seeadler. Weit war er nicht mit ihm gekommen. Und auch heute war er nicht bei der Sache. Seine Gedanken kreisten weiter um den Fall. Xaver Kohlgruber wurde nun gesucht. Die Kripo aus Plön kümmerte sich darum. Klar, das war ihr Job. Die richteten immer gleich eine Soko ein. Er hatte das erwartet.

Gedankenverloren wanderte er mit dem Adler im Arm durch seine Werkstatt. Düvel ok. Schmerz fuhr durch seinen Zeh und das Bein hinauf, als er sich im Halbdunkel am Tischbein gestoßen hatte. Er fluchte wie sein Großvater, dachte er. Vielleicht brauchte er langsam eine Gleitsichtbrille.

Jan Husmann hatte an den Konzern geschrieben. Oke Oltmanns hatte sich die Mails zeigen lassen. In unfreundlichem Tonfall hatten die Fischbudenbesitzer die Konzernleitung aufgefordert zu bleiben, wo der Pfeffer wächst. Der Konzern werde andernfalls sehen, mit wem er sich anlegte. Es gebe Mittel und Wege, B-Projekt zu stoppen. Mittel und Wege. War Gewalt ein Mittel, das die beiden wählen würden?

Er hatte immer gedacht, er würde Jan kennen. Aber man steckte nicht drin. War Jan Husmann eventuell ein weiteres Mal mit dem Geschäftsmann aneinandergeraten? Fühlte er sich so unter Druck gesetzt, dass er handgreiflich geworden war? Jan hatte angegeben, in der Nacht, in der Xaver Kohlgruber verschwand, bei seinem Bruder gewesen zu sein. Das musste er überprüfen. Wenn man in diese Richtung dachte, war Wencke ebenfalls verdächtig.

Zweifellos würde Wencke die Fischbude retten, wenn sie könnte. Und alle Disteln dieser Welt. Waren diese Ökos nicht alle fanatische Naturschützer? Wencke schien ihm kräftig genug zu sein, um es mit einem Mann aufzunehmen. Blieb nur die Frage, ob sie jemanden so mit dem Messer bearbeiten würde, dass ein Polstersessel und ein 1,80 mal 2,30 Meter großer Teppich mit Blut getränkt waren? Er schüttelte gedankenverloren den Kopf.

Andererseits: War Luna Yoga ein ernstzunehmendes Alibi? Was war das überhaupt? Das wollte er herausbekommen.

Kohlgrubers Kollegen erschienen ihm auf den ersten Blick uninteressant. Bei den Befragungen war nichts herausgekommen, was ihn misstrauisch gemacht hätte. Andererseits stellte Konkurrenz immer ein Motiv dar. Wer wusste schon, unter welchem Erfolgsdruck die Mitarbeiter standen? Ob man Kohlgruber wegen einer ganz anderen Sache hatte loswerden wollen?

Vielleicht hatte diese Ingenieurin, die die ganze Zeit über so nervös mit den Augen geblinkert hatte, etwas zu verbergen. Er jedenfalls wurde das Gefühl nicht los, dass sie etwas verschwieg. Vielleicht hatte sie ein Verhältnis mit Kohlgruber gehabt. Er hatte es ja angeblich auf Frauen abgesehen. Gut, Jana Schmidt sollte die Ingenieurin morgen ein weiteres Mal befragen.

Auf dem Hotelnachtschrank hatten sie zudem eine Tasse entdeckt, die Kohlgruber gehören musste. Blaues Zwiebelmuster auf weißem Grund. Warum brachte sich jemand eine eigene Tasse mit? Wollte er die Gläser im Hotel nicht benutzen? Hatte er einen Spleen? Angst vor Bazillen? Oder steckte mehr hinter der geheimnisvollen Tasse? Fragen über Fragen.

Er sah auf den Seeadler hinab. Der Schein der Werkstattleuchte brachte das Gefieder unter der Folie zum Glänzen. Er betrachtete die kräftigen Krallen, die früher Beute gepackt hatten. Das Opfer hatte den Vogel vielleicht gar nicht kommen sehen. Plötzlich war er da gewesen, und hatte die fette Ratte gepackt und …

Die Hohwachter betrachteten Kohlgruber als Feind. Der Bajuware war derjenige, der Unheil über ihre kleine Welt brachte. Was war zum Beispiel mit dem Strandkorbvermieter? Oke Oltmanns hatte sich von dem Architekten Pläne zeigen lassen: Die neuen Appartements würden die Strandkorbvermittlung von ihren Kunden komplett abschneiden.

Er stellte sein Werkstattradio an, es erklang eine alte Liebesschnulze.

Etwas spukte ihm im Kopf herum. Leider kam er nicht darauf, was. Er stützte die Hände unters Kinn und starrte eine Weile in die Luft. Dann strich er über sein Kinn. Er musste sich unbedingt rasieren.

Was ließ ihm bloß keine Ruhe? Es hatte mit dieser Unglücksfahrerin zu tun, dieser Carmen Bachmann aus Hamburg, dachte er. Und dann, gerade als er nach der Klebstofflasche im Regal über der Werkbank griff, um festzustellen, ob er genug Kleber für den großen Vogel hatte, fiel es ihm ein: der Außenspiegel!

Der hatte beim Kombi des Geschäftsführers gefehlt. Und das hatte Carmen Bachmann verursacht.

Es fiel ihm wieder ein. Natürlich. Es war Kohlgrubers

Wagen gewesen, den sie ramponiert hatte. Er würde das Nummernschild überprüfen, aber zwei Münchner Kombis mit abgefahrenem Außenspiegel, das wäre wohl des Zufalls zu viel. Was, wenn dies kein Zufall gewesen war? Wenn sich die beiden kannten? Welchen Grund hätte diese Bachmann haben sollen, dem Münchner den Außenspiegel abzufahren? Er konnte sich keinen vernünftigen vorstellen.

Er hielt die Klebstoffflasche über Kopf. Leer. Ein Anflug von Ärger überkam ihn. Wahrscheinlich hatte seine Frau den Kleber aufgebraucht. Hatte Inse nicht kürzlich Fotos eingeklebt? Immer kam sie in seine Werkstatt und borgte sich seine Sachen.

Wenn Kohlgruber ein Schürzenjäger war, hätte er etwas mit der Hamburgerin haben können. En Düvelswief. Mit dieser Figur! Vielleicht hatte Kohlgruber sie aus irgendeinem Grund abblitzen lassen und sie wollte sich an ihm rächen. Und machte sein Auto kaputt …

Oke Oltmanns rieb sich den Schädel. So toll war die Theorie nicht, München und Hamburg. Die beiden Städte lagen nicht gerade nebeneinander – woher sollten sich die beiden kennen?

Er würde sich die Dame von der Elbe trotzdem vornehmen. Vorsichtshalber. Er wollte nicht das kleinste Detail in diesem Fall übersehen.

Mit Schwung öffnete er den Deckel des Frosters und wuchtete den Seeadler wieder hinein. Es hatte heute Abend keinen Sinn. Er war zu zerstreut, um zu präparieren. Er würde stattdessen sehen, ob es etwas Leckeres im Kühlschrank gab. Mann, hatte er Hunger! Das kam von dem ganzen Stress. Er rief nach Inse, als er zur Hintertür ins Haus kam. Bestimmt blätterte sie im

Wohnzimmer in irgendeinem Ausstellungskatalog und könnte ihm sogar sagen, was Luna Yoga war.

TAG 5, MITTWOCH

OKE

Die Türglocke bimmelte, als er den Laden betrat. Es war ein kleines Geschäft mit altmodischen Gardinen an den Fenstern. Die abgetretenen Fliesen auf dem Fußboden zierte ein Schachbrettmuster. Er liebte den Geruch frischer Brötchen, der ihn umfing.

»Moin, wo geiht di dat, Oschi!«, begrüßte ihn Edeltraut fröhlich. Sie stand wie immer lächelnd und mit einer Frisur, die ihn an ein Sahnehäubchen denken ließ, hinter der gläsernen Theke.

»Geiht so!«, antwortete er up Platt, wie sich das gehörte, wenn man auf Plattdeutsch angesprochen wurde.

»Magst en Kaffee to go?« Er nickte heftig. In harten Zeiten wie diesen durfte man keinen echten starken Schwarzen ablehnen. Während sie einen Pappbecher unter einen verchromten Vollautomaten stellte, der so gar nicht zu dem Laden zu passen schien, warf er einen Blick auf den Zeitungsständer.

Eine Überschrift sprang ihm förmlich ins Gesicht: »Hotelgast verschwunden«.

Oke Oltmanns überflog den kurzen Text. Dort stand, dass ein Geschäftsmann aus München aus ungeklärter Ursache verschwunden sei. Es wurden Zeugen gesucht, die Xaver Kohlgruber gesehen hatten. Es folgte die Personenbeschreibung: 55 Jahre, 1,80 Meter groß, graue Haare, gepflegte Erscheinung. Kurz und knapp. Mehr hatte die Mitteilung der Pressestelle der Polizei nicht für die Journaille hergegeben. Oke Oltmanns wusste um die

Marschrichtung der Heeresleitung: Nie zu viel verraten. Die wollten nur die Leute nicht scheu machen. Wer so viel Blut verloren hatte, weilte sicher nicht mehr unter den Lebenden.

Die Türglocke bimmelte erneut. Ein Jogger mit verschwitztem Haar trat über die Schwelle und stellte sich hinter ihn. »Moin, Dieter«, grüßte Edeltraut. Oke Oltmanns Blick schweifte zu der Auslage hinter dem Glas. Sein Blick glitt über klebrig-glänzende Donuts, zuckrige Berliner und Edeltrauts Apfelkuchen. Hmm.

»Wullt du en Brötchen oder en Donut, Oschi?«, fragte Edeltraut. Er hatte sie gar nicht gehört. Ein Blatt Papier, das auf dem Glastresen lag, hatte seine Aufmerksamkeit auf sich gezogen. Es war eine Unterschriftenliste. »Kannst mi dat mol wiesen?«, fragte er.

Sie schob ihm das Blatt rüber. »Pro Distel«, stand darauf. Oke Oltmanns überflog die Namen. Ganz oben stand der von Johann-Magnus Kreyenborg. »Oschi, nu kumm mol in de Puschen, wullt du lever en Brötchen oder en Donut?«, hörte er wieder Edeltrauts Stimme.

Als er nicht reagierte, informierte sie ihren zweiten Kunden über die Bürgerinitiative. »Goh mi af«, murrte Dieter.

Edeltraut ließ ihn damit nicht durchkommen. »Dat is keen Tüddelkram«, schimpfte sie und das tortenähnliche Haargebinde auf ihrem Kopf wackelte mit ihrem Doppelkinn um die Wette. Sie vertrat die These, dass sich der Bürgermeister von B-Projekt schmieren ließ. Anders sei wohl nicht zu erklären, dass der Konzern eine Baugenehmigung bekommen hatte. Hatte man etwa nicht mit der Verordnung, kein Haus dürfe höher als der Wipfel eines Baumes sein, dem Bauboom der Sechziger und Siebziger getrotzt? Und nun so was? Die Hohwachter müssten endlich anfangen, sich zu wehren!

Edeltrauts Hals zierten nach dieser für sie ungewöhnlich heftigen Rede hektische rote Flecken. Sie reichte Oke Oltmanns den Stift mit einem Blick, der keine Widerrede gelten ließ. Dann streifte sie sich einen Plastikhandschuh über, griff ins Regal mit den krossen Brötchen und schmierte ihm ungefragt eine dicke Schicht Butter auf eines davon. Sie hatte für ihn entschieden. »Hackepeter wie immer? Oder wullt du en Bismarck-Hering? Wegen dissen Weltfischbrötchen-Dag.«

Er winkte ab. »Nö«, sagte er und kritzelte seine Unterschrift auf die Liste, was Edeltraut mit zufriedenem Gesichtsausdruck zur Kenntnis nahm.

»Denn man to«, rief ihm Edeltraut hinterher, als er den Laden verließ. »Mook goot«, rief er über die Schulter. Dieter drehte sich ebenfalls zu ihm um: »Hool di fruchtig.«

Die Türglocke bimmelte, dann stand Oke Oltmanns wieder auf der Straße. Die Sonne schien warm auf ihn herab. Er stellte den Kaffeebecher auf einen Mauervorsprung, zog das duftende Brötchen aus der Tüte und biss genüsslich hinein. In solchen Momenten konnte man es besonders gut aushalten in Hohwacht: »Dat is min Dörp.«

Er würde als Erstes mit Kreyenborg sprechen. Hatte der Strandkorbvermieter Kohlgruber bereits persönlich zur Rede gestellt? Waren die beiden Männer aneinandergeraten?

Das Gartentor quietschte leise, als er es aufdrückte. Ein widerlicher süßer Duft wehte ihn an. Musste von diesen Rosen kommen. Es waren die mit den vielen Stacheln. Die hasste er besonders.

Er drückte auf den Klingelknopf. Lauschte. Nichts rührte sich. Hoffentlich war Kreyenborg zu Hause, sonst musste er später wiederkommen. Da näherten sich bereits Schritte. Die Tür wurde geöffnet. Im Rahmen stand nicht der Hausherr, sondern eine Frau, die er nie im Leben gesehen hatte.

Mit Damenbesuch hatte er nicht gerechnet. Solange er Kreyenborg kannte, lebte der Witwer allein. Hatte Inse ihm gar nicht erzählt, dass Kreyenborg wieder liiert war.

Die Dame blinzelte ihn aus zusammengekniffenen Augen an. Sie sah so aus, als wolle sie gleich segeln gehen. Abgesehen davon, dass sie einen winzigen Hund auf dem Arm hielt. Eine Haushälterin war die bestimmt nicht.

»Kommissar Oke Oltmanns, Polizei Hohwacht«, stellte er sich vor. »Ist Johann-Magnus Kreyenborg zu sprechen?«

Kaum hatte er den Satz beendet, erschien der Hausherr persönlich. Er trug ein strahlend weißes Poloshirt und eine Jeanshose. Er schien bestens gelaunt zu sein und war barfuß.

»Herr Hauptkommissar«, begrüßte ihn Kreyenborg. »Kommen Sie herein. Wir frühstücken gerade. Trinken Sie ein Tässchen Kaffee mit uns?«

Oke Oltmanns dachte an Edeltrauts duftende Brötchen und den Kaffee, den er auf der Fahrt getrunken hatte: »Hhm.«

Der Frühstückstisch im Esszimmer war für zwei gedeckt. Unter dem Bleikristall-Lüster war trotz der Tageszeit eine Kerze entzündet worden. Oke Oltmanns sah zwei Sektgläser und hatte plötzlich das unangenehme Gefühl, da in etwas Romantisches hineinzuplatzen. Er würde sich auf keinen Fall setzen.

Also blieben sie stehen. Er sah sich in dem Raum um. Viele Antiquitäten standen dort. Eine Standvitrine, eine Kommode mit einer dunkelroten Tischleuchte, dahinter hing eins von Kreyenborgs Ölgemälden. Es zeigte ein herrschaftliches Gut. Ein historisches, strahlend weißes Gebäude mit sorgfältig gestutzten Buchshecken davor. Wahrscheinlich war dies Gut Panker, überlegte er. Wie oft hatte ihn Inse an den Wochenenden in das Gutsdorf der Familie von Hessen schleppen wollen. Sie schwärmte von dem malerischen Park, den kleinen Geschäften der Künstler und Handwerker und dem Gourmetrestaurant auf dem Anwesen. Er interessierte sich allenfalls für das Trakehner Gestüt. Wegen der Pferde. Obwohl die alle lebten …

Er räusperte sich. »Ich muss Sie fragen, was Sie gestern Nacht gemacht haben.«

Kreyenborg wurde verlegen. Die fremde Frau, die ihm die Tür geöffnet hatte, legte den Arm um Kreyenborgs Hüfte: »Er war mit mir zusammen – genau hier.«

»Hier?«, fragte Oke Oltmanns, starrte den großen Tisch an und kam sich dabei ziemlich blöd vor.

»Nicht hier. Wir waren im Gästezimmer auf der anderen Seite des Hauses«, sagte sie schnell.

»Aha«, sagte Oke Oltmanns. »Und wer sind Sie?«

»Maria Müller. Ich mache hier Urlaub.«

Als er sich 20 Minuten später wieder in den Wagen setzte, war er überzeugt, bei der Lösung des Falls einen Schritt weitergekommen zu sein.

Zumindest Kreyenborg hatte nichts mit dem Verschwinden dieses Münchners zu tun. Davon war er überzeugt. Kreyenborg hatte Geld, er war nicht auf die Strandkorbvermietung angewiesen. Es schien eher eine Art Zeitvertreib für ihn zu sein.

Außerdem war Kreyenborg gar nicht so arrogant, wie er immer gedacht hatte. Ganz netter Kerl eigentlich und intelligent. Wenn er Feinde hätte, dann würde er die gewiss anders abservieren, als sie abzustechen.

Diese Idee mit der Bürgerinitiative war so schlecht nicht, musste er zugeben. Auch, wenn die von Kreyenborgs neuer Freundin stammte. Maria Müller. Das Gesicht kam ihm entfernt bekannt vor. Vor allem die Augenpartie.

Er drehte den Zündschlüssel und schob seine Lieblings-CD in den Rekorder. Adriano Celentano sang: »Azzurro, il pomeriggio è troppo azzurro …« Oke Oltmanns stimmte mit ein. Es passte genau: Der Tag war viel zu blau und er würde nichts mehr auf die Reihe bekommen – ohne sie. In dem Fall dachte er jedoch nicht an seine Frau, sondern an Wencke Husmann. Er hatte nämlich soeben von Kreyenborg und dessen neuer Partnerin erfahren, dass sich Wencke gestern Nacht in den Dünen von Hohwacht herumgetrieben hatte. Nicht weit vom Strandloper entfernt. Sehr verdächtig! Zeit für eine Erklärung.

Ein frischer Geruch zog durch das Vorzelt. Wencke Husmann stand hinter dem Tresen der Fischbude und schälte eine Salatgurke. Ihr drahtiges Haar stand wie immer in alle Himmelsrichtungen ab. Oke Oltmanns räusperte sich. Sie waren offensichtlich allein im Fischhus. Ein seltener Zufall. Er überlegte, wie er das Verhör beginnen sollte. Immerhin waren er und Wencke so etwas wie Geschäftspartner.

»Moin, Oschi, wie geht es Götz?«, fragte sie.

»Er macht sich«, antwortete Oke Oltmanns ausweichend. Er hielt den Blick auf die dunkelgrüne Gurkenschale gerichtet, die in dünnen Streifen auf ein Holzbrett herabsegelte.

Götz' Fell weichte gerade in einer Lösung aus Wasser, einer Kappe Desinfektionsmittel und einer Menge Tafelsalz ein. Er wusste nicht, wie seine Gesprächspartnerin auf diese Information reagieren würde. Auf keinen Fall wollte er heute den Preis für seine Leistungen aushandeln. Das hier war immerhin eine offizielle polizeiliche Befragung.

»Was schnippelst du denn da?«, fragte er, weil ihm kein passender Anfang für das Verhör einfallen wollte.

Sie lächelte. »Ich mache einen Gurken-Smoothie«, antwortete sie, während sie die Gurke in zwei Hälften zerteilte. »Steht seit Neuestem auf unserer Karte. Viel gesünder als Jans Fritten.«

Das überraschte ihn. Nicht, dass Gurken gesünder waren als Pommes frites. Das lag auf der Hand. Es überraschte ihn, dass sie die Karte geändert hatten. Er wäre nie auf die Idee gekommen, Jans Fritten gegen Gurken einzutauschen. Hohwachter waren schließlich keine Kaninchen. Aber beim Kaffee hatte Wencke ja auch kurzen Prozess mit ihren Kunden gemacht. »Was ist ein Smoothie?«, wollte er wissen.

»Ein Getränk, das man nicht trinkt«, sagte sie etwas abwesend, weil sie gerade zwei Bananen aus einem Obstkorb hinter sich holte, der auf einer selbstgebauten Ablage stand. Er wartete auf weitere Erklärungen.

»Man speichelt es ein«, erläuterte Wencke, während sie die Banane schälte.

»Einspeicheln?«, fragte er nach, obwohl er das Thema da am liebsten beendet hätte.

Wencke schnitt die Banane in Scheiben. »Durch längeres Kauen mit Speichel gut vermischen«, erklärte sie. Dann schaute sie hoch und musterte ihn aufmerksam. »Alles in Ordnung mit dir, Oschi?«

»Was soll nicht in Ordnung mit mir sein?«

»Du wirkst irgendwie, als würdest du dich unwohl fühlen.« Sie nahm Eiswürfel aus dem Kühlschrank, kickte die Tür mit dem Fuß zu und ließ das Eis klirrend in den Mixer fallen.

Bei der Vorstellung, dass jemand mit grünem Gurkenschleim gurgelte, kam ihm fast das Hackepeter-Brötchen hoch. Es wurde wirklich höchste Zeit, seine Fragen zu stellen: »Wencke, wo warst du gestern Abend?«

Sie hatte sich eben eine Knolle Ingwer aus dem Korb genommen, um diese zu reiben, und sah ihn nun ihrerseits verdutzt an: »Was ist das wieder für eine Frage, Oschi? Sag mal, kann es sein, dass du überarbeitet bist? Lass mal deine Augen sehen.«

Sie reckte ihr Kinn etwas vor. »Deine Augäpfel sind gelblich«, meinte sie nachdenklich. »Wenn du morgens aufwachst, fühlst du dich dann bereits ausgelaugt?«

Das Verhör verlief anders als geplant. Düvel ok. Konnten sich die Leute nicht wie normale Verdächtige benehmen und nicht wie verliebte Turteltauben oder Gesundheitsfanatiker?

»Wencke, lenk nicht ab. Du wurdest gestern in den Dünen gesehen. Du hast merkwürdige Sachen gemacht, und zwar ausgerechnet um die Zeit, als ganz in der Nähe ein Mensch verschwunden ist.«

Statt eine Antwort zu geben, stellte die Besitzerin der Fischbude und seit Neuestem Anhängerin veganer Küche ihren Mixer auf höchste Stufe. Dies verursachte einen Höllenlärm.

Erst als Wencke den Inhalt des Mixers in die bereitgestellten Gläser kippte, sprach sie wieder. »Was du brauchst, Oschi, ist ein neues Lebensgefühl. Du solltest etwas für dich tun. Schon mal was von Quandalinani-Chukramyana gehört?«

Er holte tief Luft. Er rief sich in Erinnerung, was seine Frau ihm über Wenckes merkwürdiges Hobby gesagt hatte: »Luna Yoga ist der sanfte Weg zu Fruchtbarkeit und Lebenskraft.« Luna Yoga war also so etwas wie ein Fruchtbarkeitstanz.

Wenn sie sich nun sehnlichst ein Kind wünschte? Selbst in ihrem fortgeschrittenen Alter gab es da sicher Möglichkeiten. War sie wegen der bevorstehenden Zerstörung ihres Geschäftes und der Hohwachter Natur durch B-Projekt besorgt – und sah damit die Zukunft des noch Ungeborenen in Gefahr? Würde sie da nicht alles in ihrer Macht Stehende tun, um Kohlgruber aus dem Weg zu räumen?

Er sah Wencke als Löwenmutter, die um ihr Junges kämpfte. Und jemand, der Gurkenschleim unters Volk brachte, war sicher nicht allzu zimperlich.

Oke Oltmanns straffte die Schultern und ging zum Angriff über: »Wencke, sag mir die Wahrheit: Willst du ein Kind?«

Sie stellte das Glas Gurken-Smoothie auf die Platte, blickte ihm lange in die Augen und tippte sich dann an die Stirn. »Von dir?« Sie brach in ein albernes Lachen aus. »Oschi, du solltest wirklich mal zum Arzt gehen …«

Er fummelte seinen Autoschlüssel aus der Jackentasche. Er würde das Verhör Jana Schmidt übertragen. Er konnte sagen, dass er sich wegen Götz befangen fühlte oder etwas in der Art. Eigentlich hätten sie sowieso zu zweit im Wagen sitzen sollen. Vier Augen sahen mehr als zwei. Er wollte diesen Fall lösen – so schnell es ging. Das würde eventuell Extrapunkte bei Hallbohm geben.

Als er durch die Lücke im Vorzelt trat, fiel ihm auf, dass er den Gurken-Smoothie nicht angerührt hatte.

Das Surferparadies war ein riegelförmiges Gebäude, eine Art Schuhschachtel aus ergrautem Lerchenholz. Auf dem Dach wuchs eine Menge Grünzeug.

Auf dem ungepflegten Rasenstück davor standen Möbel aus Palettenholz, die grau gestrichen waren. Die schwarzen Polster sahen weich und einladend aus. Es wirkte alles sehr modern, fand er. An der Wand lehnte ein halbes Dutzend Surfbretter. Auf einem Schild dazwischen stand: »SUP-Board, 8 Euro je 30 min«. Oke Oltmanns konnte mit dieser Information nichts anfangen.

Er würde seine Frau nach »SUP« fragen. Es war erstaunlich, was die alles wusste. Er sah sich auf dem Platz vor der Surfschule um, ob er Jans Bruder Fiete irgendwo entdecken konnte. Dabei fielen ihm die mit Tüchern und Laken verhängten Fenster im hinteren Bereich des Gebäudes auf.

Er ging hinüber und näherte sich einem unauffälligen Nebeneingang. Langsam drückte er den Griff der Tür hinunter und öffnete sie einen Spalt. Ein abgedunkelter Raum tat sich vor ihm auf, in dem eine Strandbar auf Rollen stand. In einer Ecke befanden sich ein Stapel Klappstühle und weitere Surfbretter. An einigen hingen Spinnenweben.

Dies war offensichtlich eine Art Abstellkammer. Fietes Geschäft fand überwiegend im Freien statt, dachte er. Natürlich. Fiete musste schließlich den Urlaubern zeigen, wie sie die Wellen zu nehmen hatten. Doch draußen hatte er auf dem gesamten Gelände eben niemanden gesehen. Vielleicht war es zu früh zum Surfen.

Er durchquerte den Raum und die Holzdielen knackten unter seinen schweren Schritten, als er plötzlich ein Geräusch hörte. Seine Rechte wanderte automatisch zur Dienstwaffe. Diese ganze Kohlgruber-Geschichte machte ihn ziemlich nervös. Etwas zu nervös vielleicht. Das Metall fühlte sich kühl an. Nur ruhig, ermahnte er sich.

Es klang so, als hantierte jemand im Nebenraum mit Glasflaschen.

Scherbenklirren. Ein leises Fluchen. Unter der Tür bildete sich eine Lache dunkler Flüssigkeit. Oke Oltmanns schnüffelte: Alkohol.

Er riss die Tür mit einem Ruck auf und hielt die Waffe auf die Männer im Zimmer gerichtet. Es waren Jan, dessen Bruder Fiete und ein weiterer Bursche. Alle wirkten wie erstarrt. »Hast du uns erschreckt, Herr Hauptkommissar!«, fand Jan Husmann als Erster die Sprache wieder.

Oke Oltmanns ließ die Waffe sinken. Er sagte nur ein Wort: »Sanddornlikör.« Triumph schwang in seiner Feststellung mit.

Jan sah ihn erschrocken an. »Oschi, mach da jetzt keine große Sache draus. Das hier ist nur Privatvergnügen.«

»Verkauft ihr das Zeug im Fischhus?« Seine Stimme klang drohend.

Jetzt wirkten die Männer betreten. »'türlich nicht! Das würde Wencke nie erlauben«, meinte Jan Husmann.

Oke Oltmanns Blick glitt über die beiden Fässer. »Fürs Privatvergnügen ist das ziemlich viel«, meinte er gedehnt.

Jan Husmann sackte in sich zusammen. »Ernsthaft, Oschi. Es gibt keine anderen Abnehmer als uns! Und ich wäre dir sehr dankbar, wenn Wencke hiervon nichts erfahren würde!«

Was sollte er tun? Wenn er die illegale Likörküche offiziell meldete, machte sich das wunderbar in seiner Statistik. Oder übertrieb er hier nicht vielleicht etwas? Er durfte sich nicht von seinem eigenen Ehrgeiz überrollen lassen. Denn mal ehrlich: Reich werden konnten die Jungs mit zwei Fässern Sanddornlikör sowieso nicht, oder? Und irgendwie tat ihm Jan leid. Wenn er immer Smoothies trinken müsste, würde er auch zu Verzweiflungstaten neigen. Er würde die Entscheidung vertagen.

CARMEN

Ihr ging allerhand durch den Kopf. Es war kurz nach acht, als sie und der Rest der Familie am Katzentisch im Hotelrestaurant Platz nahmen. Das leise Stimmengemurmel und Geschirrgeklapper der Gäste registrierte sie kaum. Für die zu kurz abgeschnittene Rose in dem Eierbecher vor ihr hatte sie ebenfalls nur einen kurzen Blick über. Sie aßen schweigend.

Als sie das nächste Mal aufschaute, stellte sie fest, dass sich Cedrik großflächig mit Schokolade beschmiert hatte. Sie faltete mechanisch eine Serviette auseinander und wischte ihm den Mund ab. Er zog eine Schnute. »Woher hast du denn auf einmal Schokocreme?«

Cedrik strahlte. »Von Frau Rieken, extra nur für uns.« Seitdem sie mit ihrer Oma und Johann-Magnus Kreyenborg auf Feldzug für die Distel waren, waren sie offenbar in der Gunst der Hotelchefin gestiegen. Carmen steckte sich das letzte Stück ihres Mohnbrötchens in den Mund. Langsam kaute sie darauf herum. Sie hatte ihren Führerschein bisher nicht zurück. Die Zeit zerrann ihr zwischen den Fingern. Sie hatte keine Ahnung, wann sie ihren Schlamassel in Ordnung bringen würde.

Ein paar Mohnkrümel steckten offenbar in ihren Zahnzwischenräumen. Suchend sah sie sich auf dem Tisch um. Zahnstocher gab es in dieser Pension weiterhin nicht. Ob sie nun Gründungsmitglieder von »Pro Distel« waren oder nicht. Sie fuhr mit der Zunge immer wieder über die Unebenheit in der Lücke.

»Moin, Frau Bachmann«, dröhnte eine Stimme hinter ihrem Rücken. Carmen fuhr entsetzt herum. Sie musste nicht hinsehen, um zu wissen, wem die Stimme gehörte.

»Äh, Herr Oltmanns«, sagte sie im Gegensatz zu ihren aufwallenden Gefühlen langsam, »was machen Sie denn hier?« Neben dem Katzentisch wirkte der Hauptkommissar besonders groß.

»Mami, ist das ein echter Polizist?«, wollte Carla wissen. Sie sah sehr aufgeregt aus. Sie schaute sich kurz im Raum um, wer hier gerade Zeuge dieser unangenehmen Szene würde. Nicht nur Cedriks Mund stand offen.

Horst Wieczorek saß schräg links von ihnen und gaffte wieder mal. Die nette Dänin versuchte hingegen krampfhaft, ein zwangloses Gespräch mit ihrer eigenen Familie in Gang zu bringen. Trotzdem schienen die langbeinigen Mädchen von der Erscheinung des riesenhaften Beamten im Restaurant gefesselt zu sein. Sie brannten offensichtlich darauf zu erfahren, was die Polizei von Carmen wollte.

Carla schnipste. Sie hatte den dünnen Arm hoch über ihren Kopf gehoben. Wie in der Schule. Allerdings wartete sie nicht darauf, dass sie drangenommen wurde. »Ich weiß, warum der Polizist hier ist«, sagte sie so laut, dass alle im Raum es hören konnten. »Weil er die Leiche sucht.«

Sie traute sich nicht, Martin anzusehen. Er schien Carla als Einziger überhaupt nicht gehört zu haben, denn er sagte: »Meine Frau hat es nicht mit Absicht getan. Sie können ihn leicht finden. Sie hat ihn im Blumenpott versteckt. Dem großen, der hier vor dem Eingang steht. Wie gesagt, es war ein Versehen – sie wollte keine Schwierigkeiten. Deshalb hat sie niemandem etwas darüber gesagt.«

Carmen schlug die Hand vor den Mund. Wieso war sie bloß so dumm gewesen, Martin von dem Türklopfer zu erzählen? Sie hatten sich so gut verstanden seit seinem Distelfund. Nur hätte sie ihm, der sich lieber die Zunge abbeißen würde, als zu lügen, das nie sagen dürfen. Und dann musste er ausgerechnet jetzt mit dieser Wahrheit herausrücken.

Der Polizist schien aus dem Konzept gebracht zu sein. Er sagte erst mal gar nichts.

OKE

Er hatte das Gefühl, das Zimmer würde schwanken. Sie hatte die Leiche also im Blumenpott versteckt? Und das in Hohwacht! Moment, im Blumenpott? Da hätte Kohlgruber niemals reingepasst! Jedenfalls nicht in einem Stück. Wie brutal konnte es werden? Kohlgruber war ein normal großer Mann gewesen, sie musste ihn mindestens halbiert haben. In diesem Augenblick machte sich erneut das Hackepeter-Brötchen bemerkbar. Es wollte nach oben.

Er musste sich wieder fangen. Schnell. Er war der Hauptkommissar und hier waren Menschen in Gefahr. Diese Frau sah zwar auf den ersten Blick harmlos aus, aber er wusste es besser. Sie war ein Düvelswief – en Düvelswief in Rot!

»Am besten«, sagte er, leckte sich über die trockenen Lippen und zog Handschellen hervor, »Sie begleiten mich sofort auf die Wache.«

CARMEN

Sie vernahm die Worte wie durch Watte. Wie das Raunen der übrigen Hotelgäste. Ihre Beine fühlten sich butterweich an, als sie aufstand, um dem Uniformierten zu folgen.

Carla und Cedrik sprangen auf. Sie wollten hinterher. Cedrik riss dabei ein Glas Orangensaft vom Nachbartisch um. Der gelbe Saft spritzte nach allen Seiten.

Sie schaute im Gehen zurück. Martin, der sich deutlich langsamer erhoben hatte, versuchte, die Sauerei mit einer Serviette aufzutupfen. Er kniete auf dem Fußboden, während sie abgeführt wurde. Sie war diesem Beamten ausgeliefert. Einmal noch drehte sie sich zu den Kindern um, die neben ihrem Vater standen. Einen ängstlichen Ausdruck im Gesicht. Sie sah alles wie durch ein Vergrößerungsglas. Bemerkte sogar, dass die gelbe Papierserviette beim Rubbeln hässliche Fusseln auf der Auslegeware hinterließ.

Eine aufgelöste Malgorzata Rieken erschien an der Türschwelle. Oke Oltmanns zeigte mit hochrotem Kopf auf den Blumentopf am Eingang. »Hier geht keiner ran!« Ihre Hand schoss vor, zupfte rasch eine vertrocknete Blüte ab. Da donnerte er schon: »Ich sagte keiner!« Er zückte sein Sprechgerät: »Brauche dringend Verstärkung! Leichenfund bei ›Malgorzatas Zimmervermietung und Meer‹.«

Nach wenigen Minuten stoppte ein weiterer Streifenwagen auf dem Parkplatz. »Ihr wartet genau hier auf die Spurensicherung«, befahl Oke Oltmanns.

Carmen zitterte heftig, als der Polizist ihr die Tür zum Streifenwagen öffnete.

Sie hoffte, sie würde Martin und die Kinder bald wiedersehen.

OKE

Er war zu dem Schluss gekommen, dass er diese hübsche Frau vollkommen falsch eingeschätzt hatte. Sie war nicht nur mit Charme bewaffnet.

Er hätte gern als Erstes die Kinder getrennt befragt. Kindermund tut Wahrheit kund. Das konnte jedoch Ärger geben, rechnete er sich aus. Er würde eine Kinderpsychologin aus Kiel anfordern müssen. Sie würde die Kinder dann mit in diesen speziell ausgestatteten Verhörraum nehmen, wo es lauter kuschelige Teddys gab.

Er überlegte. Warum warten? Er kannte Jana Schmidt als eine einfühlsame Frau und in seiner Wache gab es jede Menge Tiere. Es handelte sich zwar nicht direkt um Stofftiere, aber ihr Fell fühlte sich ebenfalls sehr weich an.

Eben kam der Vater mit den Kindern zur Tür der Wache herein. Er nahm sie alle mit ins Verhörzimmer. Der Blick des Mädchens ruhte auf den schwarzen Knopfaugen eines Marders. Er hatte ihn vor Jahren präpariert, nun schaute das kleine Raubtier neben einem ausgestopften Dachs von einem Regal auf sie herab. Auf dem Regalbrett darunter lag die verunglückte Amsel. Sie konnte nicht stehen. Ein Bein stand zu schräg ab.

»Ist der echt?«

»Der Marder? Natürlich. Ich habe ihn selbst präpariert.« Er freute sich über das Interesse des Mädchens. Das verschaffte ihm einen schönen Übergang.

»Du hast gesagt, du wüsstest, warum ich da sei, nämlich wegen der Leiche«, begann er.

Carla musterte ihn. »Was ist präpariert?«

Er seufzte. »Präparieren heißt, einen toten Organismus haltbar zu machen. Und jetzt sag schon, wo du die Leiche gesehen hast!«

Die Deern zog einen Flunsch. »Ich habe nicht gesagt, dass ich eine Leiche gesehen habe. Das weiß ich genau.«

Der Vater Martin, der mit dem Sohn auf dem Schoß auf einem Plastikstuhl Platz genommen hatte, verlagerte hörbar sein Gewicht von einer Pobacke auf die andere. Cedrik hatte sich den Daumen in den Mund gesteckt. Oke Oltmanns atmete durch die Nase ein. Er sah zu Jana Schmidt hinüber, die bei der Verdächtigen stand. Sie nickte ihm begütigend zu. Mit Kindern musste man Geduld haben, sollte das wohl heißen.

»Nein, du sagtest, du wüsstest, warum ich da bin. Nämlich wegen der Leiche. Welche Leiche meintest du da?«

Carla schien zu überlegen. »Das weiß ich gar nicht.«

Er würde sich die Zähne an dieser Göre ausbeißen. »Wieso weißt du das nicht?«

Carla zuckte die Achseln. »Keine Ahnung. Frag mal Frau Rieken. Die hat das mit der Leiche gesagt. Stimmt's, Cedrik?« Cedrik antwortete nicht.

Oke Oltmanns schürzte die Lippen. Was hatte Malgorzata Rieken mit seinem Fall zu tun? Was für ein

Kuddelmuddel. »Wie hast du das eigentlich geschafft?«, stellte Carla eine weitere Frage.

»Was?«

»Na, dass der tote Marder sitzen kann.«

Oke Oltmanns konnte nicht widerstehen, ihr sein Hobby näher zu erläutern. »Also das funktioniert so. Ich habe da gerade einen Seeadler in meiner Werkstatt, bei dem werde ich erst mal das Gehirn, die Augen und die Zunge entfernen …«

Der Vater machte eine unkontrollierte Bewegung, gleichzeitig unterdrückte Carmen Bachmann einen Schrei. »Hören Sie bitte damit auf«, ließ sich der Vater vernehmen, »das … das verstehen die Kinder nicht.«

Schade. Oke Oltmanns kniff die Augen zusammen und rieb sein stoppeliges Kinn. »Sie haben gesagt, Ihre Frau habe Xaver Kohlgruber im Blumenpott versteckt. Waren Sie dabei?« Dieser Bachmann wurde zusehends blasser. »Antworten Sie bitte auf meine Fragen.«

»Meine Frau soll was getan haben?« Der Hamburger schien außer sich. »Wir kennen überhaupt keinen Xaver Kohlgruber. Moment! Ist das etwa der mit den Appartements?«

Er bestätigte dies. »Sie haben ihn nie gesehen?«

»Nein!«, rief Martin Bachmann verzweifelt aus. Er wollte sich nicht so leicht geschlagen geben: »Sie kennen Xaver Kohlgruber vielleicht nicht, Ihre Frau schon!«

Bachmann sah irritiert zu seiner Gattin hinüber. Er war mittlerweile grün im Gesicht. Hatten sie eigentlich irgendwo einen Eimer? Er konnte schlecht das Verhör unterbrechen, um einen zu suchen.

Er wandte sich an Carmen Bachmann. »Erklären Sie uns, in welcher Verbindung Sie zu Kohlgruber standen!«

Rote Flecken überzogen ihren Hals. Bebend erklärte sie: »Ich kenne diesen Herrn nur vom Hörensagen. Wegen der Bürgerinitiative.«

Oke Oltmanns musterte sie aufmerksam. »Sie wissen schon, dass Sie ihm den Außenspiegel abgefahren haben?« Er forschte nach einer Regung in ihrem Gesicht. Erschrocken zog sie die Brauen hoch.

»Und als er sich darüber aufregte, dass Sie ihm den Wagen demoliert haben, gerieten sie in einen Streit und später brachten Sie ihn um.« Oke Oltmanns merkte gleich, dass die Pferde mit ihm durchgingen, als er die Kinder ansah. Es nützte nichts. Er versuchte hier, einer Verdächtigen gerade ein Geständnis zu entlocken. »Und weil Sie nicht wussten, wohin mit ihm, haben Sie ihn in den Blumenkasten befördert. Ihr Mann hat es vorhin selbst gesagt.«

Er nickte zu Jana Schmidt hinüber: »Unsere Kollegen sind in dieser Minute am Hotel und sichern den Inhalt des Blumenkastens, also das, was von Xaver Kohlgruber übrig ist.«

Er sah vor seinem inneren Auge die Schlagzeile: »Hohwachter Polizei klärt grausames Verbrechen in Rekordzeit«.

Carmen Bachmanns Mund stand offen. Das Mädchen weinte, die Lippe des kleinen Jungen zuckte verdächtig. Jana Schmidt sagte nichts.

Martin Bachmann sprach als Erster. Er stotterte dabei. »Ent-schuldi-gung, ich bin überzeugt, hier liegt – ähm – ein schreckliches Missverständnis vor. Ich meinte nur, dass sie, also meine Frau, den Türklopfer im Blumentopf versteckt hat.«

»Welchen Türklopfer?«

Die Verdächtige erklärte: »Der Türklopfer ist mir bei unserer Ankunft aus der Verankerung gebrochen. Furchtbar peinlich. Ich habe ihn dann in Frau Riekens Blumenkasten gelegt. Es war nur ein Türklopfer. Keine – Leiche.«

Ihre Stimme zitterte, als sie sagte, dass es ihr schrecklich leidtue, falls sie dem Herrn Kohlgruber den Außenspiegel abgefahren habe. Sie hätte keine Ahnung gehabt, wem der Wagen gehörte. »Natürlich würde es mir bei jedem anderen ebenfalls leidtun«, beeilte sie sich zu sagen. Sie würde den Schaden selbstverständlich bezahlen.

Es klang alles einleuchtend. Dennoch entschied er, Carmen Bachmann vorerst hier zu behalten. In einer der beiden Zellen im Keller des Gebäudes. Bis die SpuSi den Blumenkasten inspiziert hatte.

»Es riecht da drin leider ein wenig unschön«, hörte er Jana Schmidt kurz darauf am unteren Ende der Wendeltreppe zu Carmen Bachmann sagen, »wir haben die beiden Räume bisher nur als Ausnüchterungszellen genutzt.«

CARMEN

Sie zitterte. Es war ein unkontrolliertes Zittern. Es hatte in den Schultern angefangen und erfasste nun den gesamten Körper. Ob sie vor Angst zitterte oder vor Wut, konnte sie nicht mal sagen. Sie schleuderte ihre Sandalen von den Füßen. Sie blieben umgedreht auf dem nackten Betonboden liegen. Die Riemchen hatten rote Striemen an ihren Fesseln hinterlassen. Sie rieb sich die schmerzhaften Stellen. Sie war dem Weinen nahe.

Wer war ein größerer Hornochse? Dieser idiotische Polizist, der alles verdrehte, oder ihr Mann, der nicht ein einziges Mal für sie nach einem Anwalt gefragt hatte. Nicht ein einziges Mal. Nur belämmert geguckt hatte er. Konnte er ihr nicht einmal zeigen, dass er die Situation im Griff hatte? Es mit den Widrigkeiten des Lebens aufnehmen konnte? Es kam schließlich nicht jeden Tag vor, dass die eigene Ehefrau unter Mordverdacht stand. Da konnte man von seinem Gatten wohl erwarten, dass er sich mal dazu räusperte. Oder etwa nicht?

Sie hörte die Kinder oben in der Wache schluchzen und es brach ihr das Herz. Sie hatte keine Ahnung, wie lange sie in diesem Raum zubringen würde. Es gab hier drinnen nur eine schmale Pritsche. Keinen Fernseher, registrierte sie. Hatte sie nicht neulich erst einen Bericht gesehen, in dem es hieß, dass Gefängnisinsassen ein Recht auf einen Fernseher hatten? Sie hatte sogar ihr Smartphone abgeben müssen.

Sie überlegte, ob Giovanni ihr in diesem Augenblick wieder eine WhatsApp schickte. Er bombardierte sie inzwischen regelrecht mit Liebesbotschaften.

Von oben vernahm sie gedämpftes Stimmengemurmel. Sie hörte den Polizisten und Martin sprechen, sie verstand jedoch nicht, was sie sagten. Vielleicht fragte er ja doch nach einem Anwalt. Ihr Wutausbruch tat ihr schon wieder leid. Immerhin hatte er Partei für sie ergriffen.

Was genau wurde ihr denn eigentlich vorgeworfen?

1. Sie hatte angeblich einen Mann umgebracht, weil der sich darüber geärgert hatte, dass sie ihm den Außenspiegel abgefahren hatte. Das war ja totaler Blödsinn. So verrückt konnte niemand sein. Außerdem hatte der Besitzer des Wagens gar nicht bemerkt, dass sie seinen Wagen demoliert hatte, weil er nicht da gewesen war. Sie hatte es ja nicht mal selbst mitbekommen.

2. Sie hatte angeblich ihr Mordopfer zerstückelt. Genau! Sie, Carmen Bachmann, treusorgende Mutter zweier Kinder, Fachfrau für Heizungslacke in Neles PR-Agentur, sollte mitten auf dem Supermarktparkplatz von Hohwacht Hackfleisch aus einem Autofahrer gemacht haben? Bei der Vorstellung lachte sie bitter auf.

3. Sie hatte angeblich die Leichenteile im Pflanzkasten unter Begonien versteckt. Auf so etwas Wahnsinniges musste man erst mal kommen!

Sie sah sich um. Vielleicht hatte Hohwacht eine eigene Ausgabe von »Verstehen Sie Spaß?«

Sie betrachtete die fleckigen Zellenwände. Nein, da war keine Kamera. Es hing überhaupt nichts an den Wänden.

Sie konnte es nicht glauben: Sie hatten sie tatsächlich eingesperrt. Durften sie das überhaupt? Irgendwo musste der echte Mörder herumlaufen. Ein mulmiges Gefühl beschlich sie. Wie sicher waren sie überhaupt in Hohwacht?

Angst und Wut wichen Verzweiflung. Tränen quollen aus ihren Augen, ohne dass sie dies hätte verhindern können. Sie strich mit dem Handrücken unter ihrer Nase vorbei. Schniefend ließ sie sich auf die äußerste Kante der harten Pritsche sinken. Immerhin hatte der Polizist Martin nichts von dem Unfall mit Giovanni erzählt.

Ob sie die ganze Nacht auf dem brettharten Ding verbringen musste?

Schritte auf der Treppe. Es war die Polizistin mit dem Pferdeschwanz. Das erkannte sie am Geräusch der Schritte. »Sie dürfen gehen.«

Unsicher stand sie auf, schleppte sich wie in Trance die Stufen hoch. Der Kommissar hielt ihr oben sogar die Glastür auf. Eine zuvorkommende Geste, die gar nicht zu ihm passte. Er verzog den breiten Mund. Wahrscheinlich sollte dies ein Lächeln darstellen: »Kloke Lüüd pissen ok mol an'n Pott vörbi.« Carla kam dazu und wollte wissen, was das bedeutete. »Große Gelehrte machen auch mal Fehler«, sagte er. Und dann an sie gewandt: »Die Kollegen haben den Türklopfer sichergestellt.«

Er wartete, ob sie etwas dazu sagen würde. Aber was sollte sie sagen? »Malgorzata Rieken hat übrigens bestätigt, dass sie mit ihrer Küchenhilfe über den verschwundenen Kohlgruber gesprochen hat. Sie ist auch nicht böse wegen des Türklopfers, ein altes Ding. Sie hat nur gefragt, welche Haftpflichtversicherung Sie haben.«

Ihr fiel nichts zu alledem ein. Stattdessen zog sie Cedrik an sich, der jetzt mit Martin auf der Bildfläche erschien. Er weinte nicht mehr. Im Gegenteil, er schien wie ihre Tochter ziemlich aufgekratzt zu sein.

Carla zog gerade an Oltmanns Jackenärmel. »Und warum kann deine Amsel nicht stehen?«

»Ach, weißt du«, hörte sie den Mann in Uniform antworten, »Amseln sind am schwierigsten zu präparieren. Die Haut ist verdammt schwer abzuziehen. Wie feuchtes Toilettenpapier und die Beine brechen ganz leicht ab, wenn man sie vorher einfriert.«

Während sie unten in der Kellerzelle ausgeharrt hatte, schien man sich oben bestens unterhalten zu haben. Sie erhaschte einen Blick, den die Beamtin mit dem Pferdeschwanz, diese Jana Schmidt, Martin zuwarf. Die klimperte richtig mit den Wimpern.

»Sie waren das mit der Stranddistel. Klasse Aktion, echt!«, sagte sie anerkennend. »Obwohl ich ja finde, dass wir hier in der Bucht gut ein paar moderne Hotels gebrauchen könnten. Natürlich nicht im Naturschutzgebiet …«

Das reichte. Sie griff Martin hart am Arm und zog ihn mit sich raus. Unverschämtheit: sie einsperren und dann den Ehemann abschleppen.

MARTIN

Sie liefen zu Fuß zum Hotel zurück. Sie ging dicht neben ihm, Carla und Cedrik trabten voraus. Er hatte die Fäuste tief in die Hosentaschen gegraben. Gern hätte er auf diesen Ausflug zur Wache verzichtet. »Das nennt sich nun Urlaub«, sagte er mürrisch. Sie schwieg. »Und den Außenspiegel müssen wir auch bezahlen!«, fing er nach einer Weile wieder an. Sie schwieg weiter. »Den du abgefahren hast. Wieso hast du mir nichts davon erzählt?« Und als sie wieder nicht antwortete, fragte er: »Was hast du dir eigentlich dabei gedacht?«

Sie blies sich energisch eine Haarsträhne aus dem Gesicht, sagte aber nichts.

Er fragte sich, warum ausgerechnet sie wütend sein sollte. Sie sorgte mit ihren Massenkarambolagen auf Supermarktplätzen schließlich dafür, dass sie kein Geld übrig hatten.

Sie öffnete den Mund, schloss ihn und öffnete ihn wieder. Dann holte Carmen tief Luft und plusterte sich geradezu auf: »Was ich mir dabei gedacht habe, dass ich den Außenspiegel abgefahren habe?« Sie schleuderte ihm die Frage regelrecht an den Kopf. »Das fragst du dich?« Sie schrie so laut, dass sich die Kinder und ein Rollstuhlfahrer nach ihnen umdrehten. »Ja, was glaubst du denn, was ich mir gedacht habe?«

Er wollte gerade antworten, da zeterte sie schon weiter: »Vielleicht, dass Autos mit zwei Außenspiegeln hässlich sind?«

Sie schnappte erneut nach Luft und keifte dann: »Es soll Leute geben, die streifen beim Einparken versehentlich andere Wagen. Zu denen zähle ich sicher nicht!« Sie holte wieder Luft: »Ich gehöre zu denen, die absichtlich Autos schrotten und Männer in Stücke hacken. Also überleg dir in Zukunft, wie du mit mir sprichst.«

Was für ein Ausbruch. Das mussten die Hormone sein. Die Kinder sahen ihn aus einiger Entfernung groß an. Er hätte sie beschwichtigen sollen, konnte dies aber nicht. Ihm schwoll der Kamm.

»Und deine Mutter!«, setzte er an. »Warum ist die eigentlich hier? Könnt ihr etwa nicht mehr eine Minute ohne einander? Was ist denn mit mir? Spiele ich irgendeine Rolle für dich?«

Carmens Miene wirkte wie versteinert. Er ärgerte sich.

Sein Verhältnis zu ihrer Mutter war eine Sache für sich. Er hätte diesen Nebenkriegsschauplatz nicht eröffnen sollen. Zumal Maria dieser Tage richtig nett zu ihm war. Seitdem er die Distel fotografiert hatte, war ja alle Welt nett zu ihm. Alle, bis auf seine eigene Frau.

Sehr leise sagte sie: »Und ich? Welche Rolle spiele ich für dich? Du fragst nicht mal nach einem Anwalt für mich! Und du behältst dieses bescheuerte Fotogeschäft, obwohl du weißt, dass es uns ruinieren wird!«

Die Kinder kamen in ihre Richtung zurückgetrottet, beide mit herabhängenden Schultern. »Cedrik hat Angst, dass Mami ihn auch bald in Stücke hackt«, erklärte Carla.

GIOVANNI

Es war eine sternenklare Nacht. Der Mond beleuchtete den Hafen. »Musstest du so eine Sauerei veranstalten?« Matteo Manchetti war stinkwütend. So kannte er ihn nicht.

Er wollte es sich nicht mit seinem Cousin verscherzen. Giovanni brauchte ihn auf seiner Seite im undurchschaubaren Machtgefüge der Familie.

»Sei nicht wütend, Matteo. Ich dachte, es müssten fünf Dolchstöße in den Rücken sein.«

Sein Vetter schüttelte den Kopf, was er eher ahnte, als dass er es sah. »Du bist so bescheuert.«

Sie lehnten an der Reling und pafften eine Weile vor sich hin. Der Rauch wirkte fast mystisch im fahlen Mondlicht. Das Hafenbüro im Jachthafen Lippe war zu dieser späten Stunde verwaist. Alle schliefen. Auch er würde längst in der Koje liegen, wäre Matteo nicht so ein Weichei.

Matteo beschäftigte sich gedanklich mit einer Sache, die er als abgeschlossen betrachtete. »Das macht man nur, wenn einer sein Versprechen nicht hält. Glaub ich jedenfalls. Ich weiß über so etwas nichts. Woher denn auch? Ich helfe dir gern mit den Mobil-Homes, Giovanni. Mit Mord will ich nichts zu tun haben!«

Es blieb einen Augenblick still. Matteo ließ einen fahren. »Ich will mit so was einfach nix zu tun haben«, wiederholte sein Vetter. »Das ist mir alles zu …« Er suchte nach dem richtigen Wort: »Oldschool. Und außerdem: Ich will nicht in den Knast.«

»Es ist erledigt«, meinte Giovanni. »B-Projekt weiß nun, dass es sich aus unseren Geschäften heraushalten muss. Wir reisen morgen ab.«

Sein Vetter zweiten Grades grummelte vor sich hin. »Der hat den ganzen Mietwagen vollgeblutet. So viele Plastiktüten hatte ich gar nicht. Hättest du ihn nicht einfach erwürgen können?«

Matteo konnte sich offenbar nicht beruhigen. Er steckte sich mit der alten Zigarette die nächste an. »Alter, ich will mit so was nichts zu tun haben«, wiederholte er. »Warum hast du mich mit reingezogen? Außerdem«, er nahm einen hektischen Zug, »außerdem ist das alles Quatsch: Wieso sollte B-Projekt wegen dieses toten Geschäftsführers auf Tutti-Train verzichten?«

Der Gedanke, dass sein Plan fehlschlagen könnte, behagte Giovanni ganz und gar nicht. Er würde versuchen, den Ankauf von Tutti-Train so schnell wie möglich über die Bühne zu bringen. Er rechnete sich gute Chancen für die Verhandlungen aus, da es aktuell keine Konkurrenz gab: B-Projekt würde Kohlgruber nicht so schnell ersetzen können, glaubte er.

Sein Handy summte. Eine neue WhatsApp-Nachricht. Statt seinem Vetter eine Antwort zu geben, schaute er aufs Handydisplay.

Carmen. Die Pflicht hatte er erledigt, nun konnte er sich voll und ganz auf das Vergnügen konzentrieren. Morgen würde er sie auf dem Aussichtsturm wiedersehen. Ein letztes Mal. Dieses Versprechen hatte sie ihm eben gegeben.

TAG 6, DONNERSTAG

CARMEN

»Huhu.« Ihre Mutter – weißes Poloshirt, weiße Jeans, goldener Lidschatten – stand vor der Zimmertür. Gut sah sie aus. Glücklich. Beim Näherkommen erkannte sie, dass Johann-Magnus Kreyenborg neben ihrer Mutter stand. Die beiden hielten Händchen. Sie war sich nicht ganz sicher, ob sie das peinlich finden sollte.

»Wir wollten eure Unterschriften abholen, mein Schatz«, sagte ihre Mutter. Carla tauchte auf. Natürlich mit Cedrik im Schlepptau. Die beiden waren in diesem Urlaub wirklich unzertrennlich.

»Wir haben bereits so viele Unterschriften, dass wir zur Stadtverwaltung nach Lütjenburg wollen, um die Petition einzureichen«, berichtete ihre Mutter weiter. Sie machte eine Kunstpause, in der womöglich Beifall angebracht gewesen wäre. Sie wusste nicht genau, ob ihre Mutter welchen erwartete.

»Und dann will Johann-Magnus mir das Plöner Schloss zeigen«, ergänzte sie und warf ihm ein charmantes Lächeln zu. »Es hat sogar einen Rittersaal.«

Carla sprang aufgeregt auf und ab. »Kann ich mit?« Cedrik fiel ein: »Und ich?«

Johann-Magnus Kreyenborg lachte. »Also wenn das so ist. Von mir aus kann die ganze Familie mit. Dann gehen wir anschließend ein Eis essen.«

»Hervorragende Idee.« Das war Martin. Er kam aus dem Bad. »Dann kann ich mit der Kamera los. Wer weiß, welche Pflanzen ich heute finde.« Er zwinkerte ihrer Mutter zu. »Dann könnt ihr gleich die nächste Petition einreichen!«

Carmen stutzte. Sie spielte seit der letzten Funkstille offenbar keine Rolle.

Na, dann bräuchte sie kein schlechtes Gewissen haben, wenn sie Giovanni traf. Jedes Mal, wenn Giovanni ihr geschrieben hatte, war sie froh gewesen, dass sich Martin nicht für Smartphones interessierte. Zuletzt hatte Giovanni gefragt: »Wiedersehen am Hessenstein?«

Hessenstein? Sie musste den Treffpunkt googeln. Der Hessenstein war ein 17 Meter hoher Aussichtsturm auf dem 128 Meter hohen Pilsberg und lag ganz in der Nähe.

Oder sollte sie lieber mit ihrer Mutter mitfahren? Sie würde endlich die Gegend zu sehen bekommen. Das hatte sie sich schließlich gewünscht. Der Besuch eines Schlosses wäre eine gute Gelegenheit, mit einem Reiseblog anzufangen. Und wesentlich ungefährlicher, als sich mit dem Ex zu treffen …

OKE

Er betrachtete das Glas. Es war eine pampige Flüssigkeit darin. Sie hatte Farbe und Konsistenz von frisch Erbrochenem. Am Rand des Glases hatten sich braune Blasen gebildet. Obenauf schwamm etwas Grünes. Argwöhnisch inspizierte er sein Frühstück. »Das ist ein Fitness-Cocktail mit Möhrensaft, Joghurt und rohen Eiern«, informierte ihn Inse, »und sehr gesund.«

Er fokussierte das Blatt. Es versank langsam in der Pampe. »Da schwimmt etwas«, sagt er. »Das ist Zitronenmelisse, frisch aus unserem Garten«, erläuterte seine Gattin fröhlich.

Sie stand an die neue Küchenzeile gelehnt, die er nur wegen seines Geschicks als Präparator hatte bezahlen können, und schälte eine Avocado. »Superfood«, sagte sie und meinte offenbar das Grünzeug in ihrer Hand. Inse sah äußerst chic aus in ihrem blauen Hosenanzug. Sie hatte zudem feuerroten Nagellack aufgetragen. Bei der Aufmachung, das war ihm klar, wollte sie ausgehen.

»Was machst du da?«, fragte er alarmiert und starrte auf das Glas, das sie in diesem Augenblick aus dem Küchenschrank nahm. Ihm schwante Böses. »Ich bereite nur schnell dein Abendessen vor: einen Avocado-Smoothie. Ich will mit Heidrun in die Kunsthalle, in die neue Ausstellung. Dann gehen wir zu ›Toni's‹. Wir kommen nicht vor neun zurück.« Er hatte keine Ahnung, von welcher Ausstellung sie redete. Es gab andauernd Ausstellungen in Kiel, die man offenbar als Frau besuchen musste. Dies war nichts, was ihn interessierte. Viel spannender hätte er die Antwort auf die Frage gefunden, warum sie ihm nichts Vernünftiges kochte? Und wieso bekam er diesen Horrortrunk und sie durfte bei »Toni's« Porchetta essen?

Er sah ihr in die wasserblauen Augen und hatte den Eindruck, es machte ihr Spaß, ihn zu quälen. »Warum kann ich nicht normales Essen haben? Heute Morgen zum Beispiel hätte ich sehr gerne ein Ei – gebraten und mit Speck«, schlug er vor.

Sie machte einen Schritt auf ihn zu, klopfte ihm lachend auf den Bauch: »Lieber nicht …«

Hatte er sich also nicht geirrt. Seit Tagen hatte er das Gefühl, sie hätte ihn auf Diät gesetzt. Hatte sie ihm nicht erst gestern diese scheußliche Weizenkleie serviert? Und am Morgen diesen fürchterlichen Porridge mit Apfelstücken? Er bekam Gänsehaut, wenn er nur an den grauen Schleim dachte. Woher sie nur die Ideen für derartiges Zeug nahm. »Bist du dir sicher, dass man das überhaupt trinken kann? Woher hast du eigentlich das Rezept für dieses Gebräu?«

Sie lächelte ihn an. »Von Wencke. Sie meinte, du seist etwas überarbeitet. Was wolltest du eigentlich neulich von ihr? Sie meinte, du wärst ganz komisch drauf gewesen und solltest mal eine Smoothie-Kur machen. Das würde dir guttun.«

Er stöhnte. »Wencke ist eine Verdächtige«, sagte er grimmig und erschauerte bei einem erneuten Blick auf die Flüssigkeit vor ihm. »Gut möglich, dass sie versucht, mich durch dich zu vergiften, damit sie ohne Strafe davonkommt.«

»Sei nicht albern.« Inse lachte. Da hatte er es wieder. Sie nahm ihn nicht ernst. »Was hat sie denn verbrochen?«, fragte Inse belustigt und drückte sich an ihn. Ihre Gesichter waren sich jetzt so nah, dass er jede einzelne Pore ihrer rosafarbenen Apfelwangen sah. Er liebte ihr Parfum. Er schenkte es ihr jedes Jahr zum Geburtstag. Dann küsste er sie schnell auf den gespitzten Mund. »Dienstgeheimnis.«

Eine Viertelstunde später verdrückte er an seinem Schreibtisch in der Wache zwei von Edeltraut mit Liebe geschmierte Hackepeter-Brötchen. Die Welt sah damit schon wieder etwas besser aus. »Hätte Edeltraut heiraten sollen«, murmelte er vor sich hin.

»Haben Sie was gesagt, Chef?«, ließ sich Jana Schmidt vernehmen.

Sie nahm den Wasserbehälter der Kaffeepad-Maschine und füllte ihn. »Ach, nichts«, winkte er ab. So vertraut, dass er mit ihr über Inse reden könnte, waren er und die Schmidt lange nicht. Er wusste nicht mal, ob sie überhaupt einen Freund hatte. Er knüllte die Bäckertüte zusammen und warf sie in Richtung des Papierkorbs. Daneben.

Sie sah ihn mitfühlend an. »Viel haben wir bisher nicht erreicht, oder?«

Während sie ein neues Kaffeepad in die Maschine einlegte und ihre Tasse in die dafür vorgesehene Halterung stellte, nickte er frustriert. »Korrekt.«

»Glauben Sie, dass er tot ist, dieser Kohlgruber?«, fragte sie.

Er überlegte. »Bei dem Blutverlust?« Wäre ein Wunder, wenn er überlebt hätte ... »Würden Sie mir einen Kaffee machen?« Es war das erste Mal, dass er sich eine solche Bitte erlaubte. Er versuchte ein Lächeln und kam sich linkisch vor. Er war sich unsicher, ob sie sich dadurch als Frau herabgesetzt fühlte, deshalb setzte er schnell hinzu: »Das ist mir mit der Maschine zu vieggeliensch.«

Sie lachte. »Klaro. Mach ich gern. So kompliziert sind die Pad-Maschinen nicht. Trotzdem habe ich schon überlegt, ob wir vielleicht zum Filterkaffee zurückkehren – der Umwelt zuliebe.«

Er nickte nur. Sie wirkte gesprächiger als früher, dachte er. Sie gewöhnten sich aneinander. Er wusste wirklich wenig über sie. Sie entfernte ihr benutztes Kaffeepad aus der Maschine und warf es weg. »Sie glauben also, er wurde umgebracht? Ich meine, er könnte ja entführt worden sein. Das hatten wir schon mal überlegt.«

»Entführt«, sagte er und ließ diesen Gedanken auf sich wirken. »Dann müssten sich seine Entführer mal melden.«

»Wohl wahr«, meinte sie und nahm den Becher aus der Halterung. »Wer könnte ein Interesse daran haben, dass er stirbt?«, fragte sie und legte dabei ein neues Kaffeepad für ihn ein. Sorgfältig stellte sie seinen Becher in die Halterung. Dann goss sie Milch in ihren Kaffee. Sie hatte die Milchtüte mit zu viel Schwung angehoben. Ein schmales Rinnsal Milch lief an der Kante der Küchenzeile hinab.

Oke Oltmanns stand nicht auf, um einen Lappen zu holen. Er dachte nach. »Natürlich diejenigen Hohwachter, die ihre Existenz durch die Appartements bedroht sehen. Angeblich stehen die Chancen nicht so schlecht, dass der Konzern endgültig abrücken muss.«

Während Jana Schmidt den Fleck wegwischte, schaute sie überrascht auf. »Tatsächlich?«

Er ließ den blinkenden Knopf nicht aus den Augen, der anzeigte, wann die Maschine aufgeheizt war. »Ich habe gehört, dass zwei Disteln ganz in der Nähe des Fischhuses gefunden wurden«, berichtete er. Sie drückte auf den Startknopf. Die Maschine begann zu brummen. Es war ein gleichmäßiger, fast meditativer Brummton, der nichts mit einem gurgelnden Meerschwein gemein hatte.

Oke Oltmanns machte ein wissendes Gesicht: »Das behalten wir im Auge. Wir müssen aber auch mal in eine andere Richtung denken. Weg von der Distel. Was ist eigentlich bei Ihrer Befragung der Ingenieurin von B-Projekt herausgekommen?«

Sie seufzte. »Sie hat nur gesagt, dass er ein Grapscher war.«

»Ein Grapscher?«, wiederholte er langsam.

Sie nahm einen Schluck Kaffee. »Er soll wie ein Oktopus gewesen sein – hatte seine Finger wohl überall.«

Seine Gedanken wanderten automatisch zurück zu Wencke und ihrem Fruchtbarkeitstanz in den Dünen. »Hat denn sonst niemand im Hotel etwas Vernünftiges gesagt, wo wir einhaken können?«

Jana Schmidt drückte ihm seinen Kaffeebecher in die Hand. »Nee, leider nicht. Die Becker glaubt sogar, die Sopranos vor dem Hotel gesehen zu haben. In der Nacht, als man die Nebeneingangstür aufgehebelt hat.«

»Die Becker?«, fragte er.

»Sie wissen schon, die Frau vom Kassenwart vom Turnverein, die bei Malgorzata Rieken putzt.« Er verschluckte sich an seinem Kaffee. »Die Sopranos? Ist das nicht diese Serie über einen Mafiaboss?«

Sie lachte. »Haben Sie die gesehen?«

»Das nicht. Aber diese Becker hat recht. Typen, die einen auf Mafiosi machen, gibt es hier.« Er dachte an seinen Besuch im Hafen.

»Was werden wir tun?«, wollte seine Kollegin wissen.

Oke Oltmanns sah auf seine Armbanduhr: »Also ich muss jetzt zum Zahnarzt.«

HORST

Der Rucksack scheuerte ein wenig auf dem Sonnenbrand, den er sich am Vortag auf den Schultern zugezogen hatte. Brannte wie Feuer. Er blickte sich um, wo die anderen blieben. Sie waren ungefähr 13 oder 14 Leute in der Gruppe, schätzte er. Die meisten hatten sich schon ausgezogen und stopften gerade T-Shirts und Hosen in die Rucksäcke. Er versuchte, sich einen Überblick zu verschaffen. Vor allem Frauen hatten sich fürs Nacktwandern angemeldet. Seine Augen blieben an einem etwa honigmelonengroßen Busen einer jungen Wanderin hängen. Was für eine Aussicht …

Leider bewegten sich die Melonen von ihm weg. Wie magisch angezogen ging er hinterher. Nach ein paar Schritten bückte er sich leicht, denn die Melonen schwebten inzwischen knapp über dem Boden: Die Frau hatte sich in den Sand gesetzt, um ihre Schuhe zuzubinden.

»Keine Nacktwanderung ohne vernünftiges Schuhwerk«, rief gerade diese Wencke Husmann. Sie hatte sich als Leiterin der Gruppe vorgestellt. »Wir laufen zwar erst mal am Strand lang, nachher kann es jedoch piksig oder steinig werden.«

Er hatte den Aushang am Fischhus schon vor ein paar Tagen entdeckt: »Nacktwandern durch das Hohwachter Naturschutzgebiet – das Abenteuer für deine Haut«, stand darauf. Er hatte sich augenblicklich auf die Liste geschrieben. »Ohne mich«, hatte seine Frau sofort entsetzt gejapst. Verstand er nicht. So ein interessantes Angebot hatte er bisher nirgends gesehen.

Als Treffpunkt galt der Eingang zum Hundestrand. Von dort sollte es durch die Dünen Richtung Jachthafen Lippe gehen. Er richtete sich wieder auf, weil die junge Frau inzwischen die Schuhe angezogen hatte. Er wollte nichts verpassen. Allerdings versperrte ihm nun ein wutverzerrtes Gesicht die Sicht auf die süßen Früchte: »Hallo?« Der Mann vor ihm klang aggressiv. »Mach bloß kein Auge, Opi. Sonst biste gleich tot.«

Der Bartträger fühlte sich offenbar als rechtmäßiger Besitzer dieser köstlichen Melonen. Er sah zu, dass er Land gewann. Es wäre ein ungleicher Kampf geworden: Der andere wirkte sehr muskulös. Er versteckte sich hastig hinter einer korpulenten Frau, die sich gerade auszog. Ihr riesiger Umhang gab ihm Deckung.

»Nacktwandern hat nichts mit Sex zu tun«, dozierte die Husmann vorne weiter. »Spürt am ganzen Körper die Luft. Werdet eins mit dem Wind und den Dünen.«

»Glamodden aus, auf gehds«, schrie die Sächsin vor ihm euphorisch und wirbelte ihren Umhang herum. Ein Stoffzipfel erwischte ihn im Auge. Ein Faustschlag hätte ihn kaum härter treffen können. Er sah nichts mehr als einen Tränenschleier und hatte Mühe, nicht den Anschluss an die Gruppe zu verlieren, die sich nun in Gang setzte.

GIOVANNI

Es tat gut auszuschreiten. Er genoss den Spaziergang hinauf auf die kleine Anhöhe. Kurz darauf sah er ihn auch schon: Inmitten von Bäumen und Büschen stand er, der rote Backsteinturm. Hoch ragte das Bauwerk im neugotischen Stil vor ihm auf. Die bleiverglasten Fenster zum Hessenstein leuchteten in vielen Farben im Sonnenlicht. Er ging um den Turm herum, um den Eingang zu finden. Voller Vorfreude stieg er die gusseiserne Wendeltreppe hoch. Seine Schritte auf den ausgetretenen, mit Ornamenten geschmückten Steinstufen hallten in seinen Ohren.

Als er die 111 Stufen genommen hatte und die Außentür öffnete, pfiff ihm der Wind um die Nase. Dafür wurde er mit einer traumhaften Aussicht belohnt. Der Panoramablick vom Pilsberg reichte bis zu den Kränen der Kieler Werften, über die Ostsee zu den dänischen Inseln und Fehmarn. Daran würde er anknüpfen. Er wollte Carmen an die gemeinsame Klassenfahrt erinnern.

Es war niemand in der Nähe. Von ihm aus könnten sie es hier oben treiben.

Er dachte kurz an Kohlgruber. Bevor er dessen Zimmer betreten hatte, hatte er Angst gehabt, dass dieser um sein Leben kämpfen würde. Doch es war schnell gegangen. Beinahe lautlos.

Non è colpa mia. Es war nicht seine Schuld, dass Kohlgruber sterben musste. Warum nur hatte sich B-Projekt in Dinge eingemischt, die es nichts angingen? Er fühlte sich nicht schuldig. Im Gegenteil. Er fühlte sich befreit.

Wo blieb bloß Carmen? Er beugte sich über die Brüstung, um zu sehen, ob er sie auf dem Parkplatz entdecken konnte.

Das war nicht der Fall. Er sah zur Uhr und fluchte. Sie kam nicht. Wut stieg in ihm auf.

OKE

Zehn Minuten später saß er mit wild klopfendem Herzen im Wartezimmer der Praxis von Dr. Teufel. Er nahm eine »Auto, Motor, Sport«, blätterte darin herum und legte sie wieder weg. Er konnte sich nicht auf die Bilder und schon gar nicht auf die Schrift konzentrieren. Er hatte Bammel. Da machte er sich nichts vor.

»Herr Oltmanns?« Die Helferin sah ihn aus sehr blauen Augen an. »Kommen Sie mit mir.« Er hätte gerne einen anderen Patienten vorgelassen. In Zeitlupe bewegte er sich auf die weiße Tür mit dem großen Zahn zu. Die Helferin schob ihn mit sanfter Gewalt auf den roten Behandlungsstuhl.

»Denken Sie bitte dran, dass Sie nach der Prophylaxe eine Stunde lang nichts essen dürfen«, sagte sie, während sie ihm ein weißes Lätzchen umhängte. »Gefrühstückt haben Sie ja offenbar schon. Gab's Zwiebelmett?«

Während sich Oke Oltmanns die Hand vor den Mund hielt, um seinen Atem zu testen, machte sich die Helferin am Fernsehbildschirm zu schaffen. »Frau Doktor hat einen neuen Film für Sie«, sagte sie milde. »Gesteine der französischen Küste. Das wird Sie ablenken.«

Oke Oltmanns lag auf dem für ihn viel zu schmalen Behandlungsstuhl und starrte krampfhaft auf den Monitor.

Er versuchte, das gleißende Licht über ihm zu ignorieren. Während er hilflos verfolgte, wie sie einen Schlauch in seinen Mund stopfte, erkannte er die Großaufnahme eines Kieselsteins auf dem Bildschirm.

Die Maschine saugte unermüdlich Spucke. Von dem monotonen Geräusch bekam er Kopfschmerzen. Ständig stieß er mit der Zunge gegen das Plastik, was jedes Mal eine Unregelmäßigkeit des Saugtons nach sich zog. Sein Herz raste. Gleich würde sie anfangen. »Bitte«, wimmerte er, »ich hafe fer emfinfiche Fahnhälfe.«

Die Helferin nickte und nahm ein metallisches Gerät vom Tablett. Während sie mit dem Haken an seinen Zähnen pulte, berichtete sie von ihrem Sohn, der eine Lehrstelle suchte, und von ihrem Hobby Quilten, das selten war. Er versuchte, sich abwechselnd auf den Metallhaken, den unbekannten Sohn, die gequiltete Decke und die Steine im Film zu konzentrieren.

Er zuckte zusammen, wann immer sie mit dem Folterinstrument auf einen der freiliegenden Zahnhälse traf. Er wäre die Wände hochgegangen, hätte ihn nicht der sehnige Arm der Helferin jedes Mal wieder zurück ins Polster gedrückt.

HORST

Er fühlte sich schwach. An solche Märsche würde er sich nicht mehr gewöhnen. Die Husmann legte ein viel zu flottes Tempo vor. Da hatte man überhaupt keine Zeit, mal hierhin und dorthin zu gucken. Er sah nur seinen eigenen Bauch und der versperrte ihm die Sicht auf seine Füße. Nur gut, dass er wenigstens seine Turnschuhe angezogen hatte. Mit den Flip-Flops wäre es gar nicht gegangen. Autsch, er hatte ein Loch übersehen. War das ein Kaninchenbau gewesen? Er rieb sich die Wade. Sie fühlte sich seltsam verdreht an. Er überlegte, ob er um eine Pause bitten sollte, als ihn Wencke Husmanns Stimme aus den Gedanken riss.

»Links seht ihr die Stranddistel. Sie gehört zu den Rote-Liste-Arten.« Alle drehten die Köpfe. »Wer etwas für den Naturschutz tun will, kann bei mir nachher unterschreiben.« Bei diesen Worten geriet Wieczorek ins Straucheln und schlug längs hin.

Die Melonen schwebten auf ihn zu. »Alles in Ordnung?«, fragten sie mit zuckersüßer Stimme. Und wurden sofort abgelöst von einem ruppigen »Opi, zieh hier bloß nicht so eine Scheißshow ab. Von wegen Schwächeanfall ...«

Der Typ von der Melonenfrau zog unsanft an seinem rechten Arm und die Sächsin, die ihn mit ihrem Umhang schon einmal schachmatt gesetzt hatte, bohrte ihre Nägel in seinen linken Arm. Umständlich kam er wieder auf die Füße. »Geht es Ihnen gut?« Das war die Stimme der Gruppenleiterin. Wencke Husmann schaute ihn besorgt an. Ihr Gesicht verschwamm vor seinen Augen. »Ja, ja«, hörte er sich sagen.

»Wir sind gleich beim Jachthafen. Ich denke, Sie lassen sich dort lieber abholen. Gibt es jemanden, der Sie fahren könnte?« Wencke Husmann blickte ihn intensiv an.

»Ja, meine Frau«, entgegnete er kleinlaut. »Dann kommen Sie. Ich stütze Sie. Wir sind gleich da.«

Als sie sich den Booten näherten, bestand er darauf, sich die Jacke um die Hüften zu hängen. Langsam gingen sie in Richtung des Hafenmeisterbüros und er konzentrierte sich darauf, auf den Beinen zu bleiben. Der Pfad führte an sauteuren Jachten vorbei. Sein Interesse wuchs. Neugierig reckte er den Hals. Womöglich könnte er hier einen Promi sehen. Dieter Bohlen vielleicht. Der wohnte doch irgendwo bei Hamburg, nicht weit weg von hier.

Während er, gestützt von Wencke Husmann, an den Booten vorbeitappte, ließ er den Blick umherschweifen. Abrupt blieb er stehen. Was schwamm denn dort im Wasser? Eine Ente? Nein. Das war ganz sicher kein Tier. Da trieb ein Toupet im Wasser. Das war ja wohl der Knaller schlechthin.

Er machte sich von Wencke Husmann los und ging ein Stück näher ans Wasser. Er musste unbedingt sein Handy aus dem Rucksack holen. Wenn er das auf Facebook postete, würde er mindestens 100 Likes bekommen.

Er sah zu Wencke Husmann, um zu prüfen, ob sie es auch gesehen hatte. Ihre Augen waren vor Schreck geweitet. Er blickte dorthin, wo sie hinsah, und dann erkannte er es: Im Wasser war gar kein Toupet! Es war ein ganzer Kopf. Graue Haarsträhnen bewegten sich sanft hin und her wie Seetang, umspült von brackigem Hafenwasser. Und als er etwas länger schaute, gaben die

Haare plötzlich den Blick frei auf eine bläuliche Stirn, blicklose Augen und eine fleischige Nase.

OKE

»Einmal spülen«, sagte sie und er nahm ihr dankbar für die Pause den Plastikbecher ab. Gerade wollte er ihn an die Lippen setzen, da klingelte sein Diensthandy in der Jackentasche. Er hob glücklich die Hand. »Wir müssen Schluss machen. Ich muss da rangehen.«

Umständlich fummelte er sein Handy aus der Hosentasche, hielt es sich ans Ohr. »Ja?« Am anderen Ende hörte er Jana Schmidt sagen: »Chef, ich weiß, Sie sind beim Zahnarzt. Das ist echt ein Notfall. Ich sollte doch zum Hafen fahren und, ob Sie es glauben oder nicht: Ein Tourist hat eine Leiche im Hafenbecken entdeckt. Ich glaube, es ist Kohlgruber.«

Die Kollegen hatten schon die Zufahrt zum Sportboothafen abgesperrt, als er eintraf. Zwischen dem rot-weißen Flatterband, blinkendem Blaulicht und den Fischer- und Segelbooten erkannte er den Betreiber des Hafens. Er stand mit einem Mann des Seenotrettungsbootes »Woltera« zusammen. Beide Männer beobachteten, wie seine Kollegen die Mitglieder der Nacktwandergruppe befragten. Die Schutzpolizei war immer als Erstes vor Ort. Aber die neugegründete Soko

»Kohlgruber« hatte nicht lange auf sich warten lassen. Man sah einigen Nacktwanderern an, wie unangenehm ihnen das Ganze war. Ein knochiger Kerl mit Prellballbauch versuchte offenbar, sich wichtigzumachen. Er beobachtete, wie der Typ gestikulierte und immer wieder aufs Wasser zeigte. Wahrscheinlich hatte er die Leiche entdeckt.

Ein paar Taucher legten derweil ihre Ausrüstung an. Der Kopf, der etwas abseits der Liegeplätze aus dem Wasser ragte, erinnerte ihn an eine Boje. So geschmacklos man das finden konnte.

Er sah von hier aus nur die grauen Haare, die aus dem Wasser ragten. »Irgendetwas muss ihn am Boden halten«, meinte der Betreiber in einem Ton, der vermuten ließ, er wäre ein Fachmann für Wasserleichen.

»Wir brauchen Gurte«, hörten sie einen der Taucher rufen.

Zu dritt standen sie an der blauen Blechhütte des Hafenbetreibers und beobachteten schweigend die Bergungsaktion. Der Wind fegte über das kurzgeschorene, unwirklich grüne Gras rund um die Hütte. Im Hintergrund brummte ein Kompressor. Der Hafenbetreiber räusperte sich: »Kein schöner Tod.« Oke Oltmanns nickte zustimmend. Er kannte niemanden, der als Leiche in einem Sportboothafen enden wollte.

Der erste Taucher hatte den Toten fast erreicht. Seine behandschuhte Hand tastete sich vor und näherte sich dem Bereich, wo er die Schultern des Mannes vermutete. Es musste nicht Kohlgruber sein, sagte er sich. Aber er würde es sein. Oke glaubte nicht an derartige Zufälle.

Jana Schmidt löste sich aus einer Gruppe von Kollegen der Spurensicherung und kam auf ihn zu. Einen

Augenblick fragte er sich, was sie immer mit den Jungs von der SpuSi zu schaffen hatte. War sie unzufrieden in seiner Wache? Wollte sie am Ende weg aus Hohwacht? Dieser Gedanke beunruhigte ihn, gestand er sich ein. Es wäre schade, wenn sie aus Hohwacht wegginge. Andererseits: Falls Hallbohm die Öffnungszeiten wirklich einschränkte, würde sowieso jemand gehen müssen. Er verscheuchte diesen unliebsamen Gedanken und konzentrierte sich wieder auf die Taucher in ihren schwarzen Neoprenanzügen.

Ein zweiter und ein dritter Taucher näherten sich nun der Leiche. Bis auf den Kompressor und das unablässige Rauschen des Windes war es still geworden. Niemand sagte etwas. Hin und wieder gluckerte Hafenwasser, schlugen Boote leise klirrend aneinander. Wie in Zeitlupe nahm er die Handzeichen der Taucher wahr. Offenbar gab es ein Problem: »Wir brauchen das Hebekissen«, rief der Erste seinen Kollegen auf dem Steg zu.

Ein paar Enten schnatterten in der Ferne, als der leblose Körper ans Ufer gehievt wurde. Der Hafenbetreiber war grün im Gesicht. »Betonstiefel!«, keuchte Jana Schmidt. »Ein Mafia-Mord? In Hohwacht?«, flüsterte sie mit vor Entsetzen weit aufgerissenen Augen.

Er wandte sich von dem Anblick des Mordopfers ab. Der einzige tröstliche Gedanke, der ihm durch den Kopf schoss, war der, dass der Münchner nicht allzu lange gelitten haben dürfte. Der Blutverlust hatte ihn sicher schnell die Besinnung verlieren lassen. Wenn es sich denn um sein Blut handelte, das in den Teppich gesickert war. Er zog seine Kollegin ein Stück vom Hafenbetreiber weg. »Aus Hohwacht wird es niemand gewesen sein«, meinte er und sah in ihre schreckgeweiteten Augen.

Sie wirkte überrascht. »Wieso nicht?«

Er forderte sie mit einer Geste auf, ihm zu folgen. »Denken Sie nach! Ich würde meinen, die meisten hier aus dieser Gegend hätten an den Tidenhub gedacht.«

Es hatte einen Grund, warum er Jana Schmidt drängte, mit ihm mitzukommen. Er wollte sich diesen Giovanni Russo und den anderen Kerl, den mit der verspiegelten Sonnenbrille, genauer ansehen. Jana rührte sich aber nicht vom Fleck. Ihre Füße schienen am Boden festgewachsen zu sein.

»Mitkommen«, bellte er in ihr Ohr. »Und am besten, Sie haben die Hand an der Waffe.« Er fühlte sich gut. Ziemlich cool. Aus den Augenwinkeln sah er, dass der Hafenbetreiber ihnen nachdenklich nachsah.

Sie gingen geradewegs den Steg entlang, als sie sahen, wie ein Mann in den Niedergang einer der Jachten stürzte. Vermutlich, um den Motor zu starten. Denn kurz darauf tauchte er wieder auf – diesmal an der Steuersäule. Der Motor sprang röhrend an. Es war die Jacht des Mannes mit der Pilotenbrille.

Jana Schmidt hielt die Hände wie einen Trichter an die Lippen: »Anhalten. Sofort anhalten. Hier spricht die Polizei!«, brüllte sie. Zu spät, die Jacht hatte sich bereits in Bewegung gesetzt und drohte, den Hafen zu verlassen. Er konnte nur hoffen, dass die Kollegen von der Wasserschutzpolizei den Kerl erwischten.

Eine halbe Stunde später erfuhr Jana Schmidt aus Plön, dass die Kollegen ihn hatten. Einen gewissen Matteo Manchetti aus Peschiera. Er gab an, hier seinen Cousin Giovanni Russo getroffen zu haben. Als man ihn nach einem Alibi fragte, brach Matteo Manchetti angeblich zusammen und gestand alles. Oke Oltmanns fragte sich, warum die Kollegen von der Kripo ihr Wissen so gern mit seiner jungen Kollegin teilten: Er war schließlich hier der Dienstälteste!

»Wo ist dieser Giovanni Russo überhaupt?«, donnerte er und erfuhr von Jana Schmidt, dass sie nicht mehr involviert seien. Diese Arroganz der Plöner Soko ging ihm furchtbar auf die Milz. Alles wollten sie allein durchziehen. Ausgerechnet jetzt.

Sie machten sich auf den Rückweg zum Parkplatz. Vor dem rot-weißen Absperrband hatten sich bereits die ersten Schaulustigen eingefunden. Er erkannte einen der Reporter von der örtlichen Zeitung.

»Also hatte Frau Becker irgendwie recht mit ihren Sopranos«, sagte Jana, als sie nebeneinander im Wagen saßen. Eine Antwort erübrigte sich, weil ein Funkspruch kam. Manchetti hatte ausgesagt, dass Giovanni Russo zum Hessenstein wollte. Er drückte das Gaspedal durch. Sie rauschten durch den Wald, am Forsthaus vorbei zum Hessenstein, dem Turm der Liebe.

GIOVANNI

Eine Viertelstunde später sah er ihren Wagen. Die Tür flog auf. Carmen stieg aus. Sie trug dasselbe rote Kleid wie bei ihrem ersten Treffen. Er sah von hier oben, wie es ihren Busen und ihre Hüften umschmeichelte. Ihr blondes Haar wehte im Wind, während sie zum Aufgang eilte. Er konnte sie nicht aus den Augen lassen.

Er hörte ihre Absätze auf den Steinstufen. »Giovanni«, begann sie atemlos, als sie sich draußen im Wind gegenüberstanden. Anders als erwartet fiel sie ihm jedoch nicht in die Arme. Sie redete aufgebracht auf ihn ein und er versuchte, ihre Worte mit Küssen zu ersticken. Der Mord schien irgendeinen inneren Damm gebrochen zu haben. Er hatte Verlangen nach ihr und er würde sich nehmen, was er wollte. Er hatte es so weit gebracht. Das Messer war so leicht zwischen Kohlgrubers Rippen geglitten. Er würde die Bahn kaufen und diese schöne Frau bekommen. Seine Zeit war endlich gekommen.

Sie schob ihn weg, erst zaghaft, dann energischer. Das machte ihn rasend. Was bildete sie sich ein? Schickte erst Herzchen und ließ ihn dann abblitzen? »Giovanni, ich habe nachgedacht«, sagte sie unsicher lächelnd. »Ich bin verheiratet. Wir können nicht einfach so weitermachen … ich habe Kinder …« Sie sprach etwas zusammenhangslos von ihren Treffen, ihrer Zukunft. »Ich habe gesehen, dass du dir Prospekte von dieser Baufirma besorgt hast. Aber selbst, wenn du hier in der Nähe von Hamburg eine Wohnung kaufst – wir können nicht ernsthaft ein Paar sein. Es war eine Zeit lang eine schöne Vorstellung, aber …« Er spürte ein kaltes Gefühl in der Magengrube. Was wusste sie von B-Projekt und Kohlgruber?

CARMEN

Er erinnerte sie an ein wildes Tier. Seine Finger hatten sich in ihre Oberarme gekrallt. »Giovanni – du tust mir weh!«, sagte sie. Er antwortete nicht, sondern sah sie nur aus seltsam kalten Augen an, die Pupillen klein wie Stecknadelköpfe. Er drückte sie gegen die Metallbrüstung, als wollte er sie hinunterstoßen. Er schien komplett von der Rolle zu sein.

Er würde sie umbringen. Endlich kapierte sie es.

Sie versuchte, sich aus seinem Klammergriff zu befreien. Es war fast wie bei einem Ringkampf. Sie drehten sich umeinander, wanden sich, bäumten sich auf. Sie versuchte zu schreien. Doch seine Finger drückten auf ihren Mund und einen Teil der Nase. Das einzige Geräusch war das Tosen des Windes und ihr Keuchen. Wie hatte sie ihm je vertrauen können?

Es war niemand da, der sie hätte hören können. Der Parkplatz war leer gewesen, als sie angekommen war. Es würde nichts nutzen, um Hilfe zu rufen und ihr Handy lag in der Handtasche zu ihren Füßen. Sie würde es nicht schaffen, die 110 einzutippen. Geschweige denn es aus der Tasche zu holen.

»Giovanni«, sie presste seinen Namen hervor. Er reagierte nicht, sondern griff sich eins ihrer Beine und zog es hoch.

Der Gedanke daran, was als Nächstes passieren würde, verlieh ihr neue Energie: Sie schaffte es, mit einer Drehung unter ihm wegzutauchen. Sie stolperte vorwärts, griff nach der Holztür, die zur Treppe nach unten führte.

Er langte in ihr Haar, hielt es fest. Aber sie rannte weiter, obwohl der Schmerz ihr den Atem raubte, als er ein Büschel Haare auszog. Sie hörte den Schrei, der sich von ihren tauben Lippen löste, und erschrak nochmals. Dies war Realität. Sie verstand zwar nicht, wieso, aber wenn Giovanni sie zu fassen bekäme, würde er sie töten.

Wie im Traum rannte sie weiter, mehrere Stufen auf einmal nehmend, rutschte aus, konnte sich am Geländer hochziehen und rannte in wilder Panik weiter. Giovanni war dicht hinter ihr. Seine teuren Schuhe klapperten auf den harten Steinstufen. Die eigenen Tränen nahmen ihr die Sicht. Sie hatte keine Ahnung, wie viele Stufen es noch bis nach unten waren. Und wie sie es bis zum Auto schaffen sollte. Durch das Drehkreuz, in das man beim Reingehen eine Ein-Euro-Münze werfen musste. Sie wusste nicht, ob sie es schnell genug hindurch schaffen würde. Sie musste es versuchen, dachte sie verzweifelt.

Im nächsten Moment kamen zwei Polizisten die Treppe hochgerannt: Oke Oltmanns und Jana Schmidt. Sie musste gleichzeitig lachen und weinen. Sie war in Sicherheit. Die Polizistin sprach auf sie ein. Sie verstand nicht, was sie sagte. Erst als die Handschellen auf ihrem Rücken klickten, wurde ihr klar, dass wieder alles grundverkehrt lief.

OKE

Er hatte Giovanni Russo Handschellen angelegt. Ein Wagen der Plöner Kripo war schnell zur Stelle gewesen. Die Soko »Kohlgruber« regelte das.

Er sah in den Rückspiegel. Sie würden Carmen Bachmann zumindest zur Vernehmung bringen. Sie brach offenbar gerade auf der Rückbank zusammen, denn sie zitterte unkontrolliert. »Es liegt eine Verwechslung vor«, sagte sie immer wieder. Er wusste nicht, ob sie wirklich einen Nervenzusammenbruch erlitt. Gut möglich, dass sie eine sehr gute Schauspielerin war.

»Frau Bachmann, wie lange sind Sie nun hier in Hohwacht?«, fragte er. Er würde die Chance nutzen, ihr auf der Fahrt ein paar Fragen zu stellen. Soko hin oder her.

»Ein paar Tage«, antwortete sie leise. Sie saß da mit krummem Rücken, ihre Schultern hingen tief herab, als hätte sie eine schwere Last zu tragen.

»Ein paar Tage. Und finden Sie nicht, dass Sie in dieser kurzen Zeit sehr oft mit der Polizei, also mit mir, zu tun hatten?«, fragte er. Sie nickte mit Leidensmiene. »Und gestern Abend, Frau Bachmann, wo waren Sie da?«, wollte er nun wissen. »Mit meinen Kindern im Bett.« Das fand er seltsam: »Und Ihr Mann?« Sie sah praktisch durch ihn hindurch: »Im Etagenbett.«

Sie schien ihn nicht richtig wahrzunehmen.

»Frau Bachmann?« Sie fuhr zusammen. »Kannten Sie Xaver Kohlgruber, ja oder nein?«

Sie schüttelte heftig den Kopf: »Nein. Das wissen Sie.«

Er wechselte die Taktik: »In welcher Beziehung stehen Sie zu Giovanni Russo?«

Sie sah ihn aus tränenverschleierten Augen an. »Meinen Sie Giovanni Kröger?«

Er zögerte. »Russo steht in seinem Ausweis.«

Sie rieb sich die Schläfe. »In keiner Beziehung. Jedenfalls nicht mehr. In der Schulzeit waren wir zusammen. Das ist Jahre her.« Sie setzte sich etwas aufrechter hin. »Wir hatten uns hier in Hohwacht wieder getroffen. Auf dem Supermarktparkplatz – das habe ich Ihnen schon erzählt. Es war ein Zufall, ein Versehen, dass ich ihn angefahren habe. Es ist wirklich nichts passiert. Nur gerade eben – da hat er …« Ihre Stimme brach. »Gerade eben«, setzte sie erneut an, »hat er versucht, mich umzubringen.«

Das war ja etwas ganz Neues. »Wie bitte?«

Sie nickte heftig. »Er wollte mich da oben runterstoßen …« Sie sprach schon weiter: »Es muss irgendetwas mit dieser Baufirma zu tun haben. Als ich erwähnt habe, dass ich eine Broschüre von denen auf der Jacht entdeckt habe, ist er ausgerastet. Dabei ist mir erst jetzt eingefallen, dass ich den Namen dort gelesen habe. Gott sei Dank konnte ich weglaufen. Das haben Sie und Ihre Kollegin doch mitbekommen.«

»Zement!« Er schlug sich gegen die Stirn. Er hatte einen Sack auf Giovannis Jacht flüchtig bemerkt, aber nicht darüber nachgedacht.

Jana Schmidt, die bisher still neben ihm gesessen hatte, bewegte sich. Er hatte gar nicht bemerkt, dass sie soeben an der Polizeizentralstation in Plön angekommen waren.

OKE

Es war eng in dem kleinen Vorraum, der vor den Zellen lag. Er konnte sehen, wie sich Matteo Manchetti und Giovanni Russo anfunkelten, als sie auf Augenhöhe waren. Sie sollten in getrennte Zellen verbracht werden. »Alles deine Schuld«, zischte Matteo Manchetti in Giovanni Russos Richtung.

»Wieso meine Schuld?«, giftete Giovanni Russo zurück. »Habe ich den Tidenhub falsch berechnet oder du?«

»Es war alles Mist von Anfang an. Warum hast du ihn überhaupt abgestochen wie ein Schwein? Du bist ein Idiot.«

Er warf Jana Schmidt einen Blick zu, der bedeuten sollte, dass sie hier gerade eine Menge erfahren konnten.

Eine Ader an Giovannis Schläfe trat hervor. »Wir mussten doch ein Zeichen setzen! Wir haben darüber geredet. Still jetzt.«

Carmen Bachmann konnte nach der offiziellen Befragung gehen. Sie nahmen sie mit zurück nach Hohwacht. »Sie kann auch ihren Führerschein zurückbekommen. Kohlgruber wird keine Anzeige mehr wegen Fahrerflucht aufgeben«, sagte er zu Jana Schmidt.

Später telefonierte er mit einem Dacio di Luca von der Polizia Municipale in Verona. »Buon giorno«, hatte er sich gemeldet. Und sogar »Come stai?« war ihm eingefallen. Danach redeten sie in einem Mischmasch aus Deutsch und Englisch weiter und er erfuhr, dass am Gardasee offenbar gerade ein erbitterter Kampf um die Bimmelbahnen ausgebrochen war, die die Touristen zu den Attraktionen brachten.

Es würde noch dauern, bis die Kollegen aus Plön mit Manchetti und Russo fertig wären. Er war trotzdem einigermaßen im Bilde. Erst hatte er immer nur Tutti-Train verstanden, dann wurde ihm klar, dass der Mord als Warnung gedacht gewesen war. Als Warnung an die B-Gruppe, sich nicht in die Geschäfte der Mafia einzumischen.

Gehörte Russo wirklich zur Mafia? Oder Manchetti?

Nachdenklich sah er vor sich hin. Er erinnerte sich, wie er vor Jahren mit Inse Urlaub in Bardolino gemacht hatte. Wunderschöner Ort. Sie hatten eine kleine Ferienwohnung an einem Hanggrundstück gemietet – mit Blick auf den See. In einer Bimmelbahn hatten sie auch gesessen.

In Sirmione. Da hatte er sich die Grotten von Catull angeguckt. Der römische Dichter Catull war wahrscheinlich nie da gewesen. Und richtige Grotten waren das eigentlich nicht.

Aber eine wunderschöne Gegend. Tolles Essen. Er bekam schon wieder Hunger, als er an diese Trattoria dachte, die in Sirmione.

Und dann war da dieses Weingut gewesen. Sie waren auf der Gardesana, der großen Straße, unterwegs gewesen, die um den See führte, immer mit Blick auf den blauen Lago und dann abgebogen und über die Serpentinenstraße Richtung Affi gefahren. Irgendwo dort im staubigen Hinterland lag das Weingut.

Jana Schmidt stand schon wieder neben ihn. Er schaute an ihr hoch und stellte verwundert fest, dass sie seinen Becher in der Hand hielt. Er dampfte. Kaffee!

Das Telefon klingelte. Mist! »Wache Hohwacht. Oke Oltmanns am Apparat.«

»Moinsen, Holger Bunte hier. Mein Redaktionsleiter möchte ein paar Details zu der Mordgeschichte am Hafen.«

Oke Oltmanns rollte mit den Augen und deckte die Sprechmuschel ab. »Schon wieder so ein Zeitungsfuzzi.« Er griente dabei. Es konnte gar nicht besser laufen für sie. Die Betonleiche hatte für ein ziemliches Medienaufgebot gesorgt. »Äh, ja, interessanter Fall, wir müssen leider die Ergebnisse der Spurensicherung abwarten«, sagte er in den Hörer. »Ich kann Ihnen bisher nichts sagen.«

»Wir können natürlich warten, was die Soko macht. Aber ich finde, es wird Zeit, dass wir eine Pressemitteilung raushauen«, frohlockte er, als er aufgelegt hatte. »Wollen Sie oder soll ich?«

Jana Schmidt lächelte ihn spitzbübisch an. »Ich habe schon den Kaffee gekocht.«

Oke Oltmanns legte sich ein Word-Dokument an. Der Cursor blinkte schwarz auf der weißen Fläche. Was sollte er schreiben? Er begann erst mal so: »Durch seine kluge Kombinationsgabe gelang dem langjährigen Hohwachter Hauptkommissar Oke Oltmanns ein Schlag gegen das organisierte Verbrechen.« Er schrieb den Satz nicht zu Ende, stattdessen löschte er ihn umgehend.

Dass mit der Mafia war bisher nicht hundertprozentig geklärt. Besser, er beschränkte sich auf die derzeitigen Fakten:

»Mann tot im Hafenbecken aufgefunden. Die Polizei geht von einem Kapitalverbrechen aus.« Er überlegte kurz, dann hämmerte sein Zeigefinger wieder auf die Tastatur ein. »Zwei mutmaßlich an der Tat Beteiligte befinden sich zurzeit in polizeilichem Gewahrsam. Die Ermittlungen dauern an.« Jetzt hatte er nichts über seine Kombinationsgabe geschrieben. Na ja, Bescheidenheit war eine Tugend.

Er überflog das Geschriebene. Es fehlte die Überschrift. Er dachte einen Augenblick nach, dann tippte er: »Pressemitteilung No. 1«.

MARTIN

Angewidert betrachtete er den pickligen Rücken vor ihm. Er wäre lieber zum Strand gegangen. Zur Not hätte er auch ein weiteres Mal ein Piratenfest besucht. Nur in ein Spaßbad wäre er niemals freiwillig gegangen.

Um ihn herum herrschte absolutes Chaos. Überall schrien und lachten Kinder. Eigentlich hätte er so ziemlich alles lieber getan, als in dieses überfüllte, nach Chlor riechende Schwimmbad zu gehen und Fußpilz zu riskieren. Doch er hatte diesen Gutschein gewonnen und den würde er gewiss nicht verfallen lassen.

Martin hatte sich vorgenommen, dass sie so lange bleiben würden, bis sein Sohn schwimmen konnte.

»Komm schon, Cedrik. Mach nicht so einen Aufstand.«

Cedrik rührte sich nicht, sondern blieb mit weinerlichem Gesichtsausdruck am Beckenrand des Kinderbeckens sitzen.

»Komm einfach rein! Guck, Papa ist auch drin.«

»Nö!« Cedrik zog die Knie bis zur Nasenspitze hoch und schlang die dünnen Arme um die Unterschenkel.

»Cedrik!« Martin ließ nicht locker.

Cedrik zog schniefend die Nase hoch und legte die Stirn auf die Knie. Als ginge ihn das alles hier nichts an. Er wirkte sehr klein. Sogar die Schwimmflügel schienen ihm nun zu groß zu sein.

Wie sollte er jemandem das Schwimmen beibringen, der nicht mal seinen großen Zeh ins Wasser stecken wollte?

Carla war das genaue Gegenteil. Wo steckte sie eigentlich schon wieder? Sie bewegte sich für seinen Geschmack viel zu schnell durch das Becken. Eben hatte er sie vom Einer springen sehen, schon stand sie unter einer dieser Wasserspritzen. Er hatte Angst, seine Tochter in dem Gewimmel zu verlieren.

Er fühlte sich weder dem Spaßbad noch der Kinderbetreuung gewachsen, stellte er nüchtern fest. Schon die ganze Fahrt hierher hatte er als anstrengend empfunden. Unaufhörlich hatte er Fragen beantworten müssen wie: »Papi, was ist Chlorwasser?« Und: »Hast du schon mal ins Schwimmbad gemacht?« Und: »Traust du dich, vom Fünf-Meter-Brett zu springen?« Carlas Mund schien nie stillzustehen.

Eine alte Frau mit Badehaube pflügte an ihm vorbei: »Hilfe«, schrie sie fröhlich, »ich habe eine Zecke auf dem Rücken.« Martin sah ihr nach. An ihren Rücken klammerte sich ein lachender Junge.

Er sah zu Cedrik, der am Beckenrand vor sich hin schniefte, und entdeckte dann Carlas pinkfarbenen Badeanzug am Ende der Schlange zu den Rutschen. Die

Schlange war bestimmt 20 Meter lang. Sie ging fast bis zu den Toiletten.

Schon auf dem Weg zum Kinderbecken hatten sie Hunderte von Menschen umrunden müssen. Und im Becken selbst war es noch schlimmer. Ständig traten ihn unter Wasser irgendwelche Kinderfüße. Einmal zog ihm sogar jemand die Badehose runter. Besser, er brachte den Schwimmunterricht so schnell wie möglich hinter sich und kam hier raus.

»Ich zähle bis drei und dann bist du drin«, brüllte er und griff nach Cedriks Oberschenkel.

Cedrik fing an zu heulen. »Ich will zu Mama.«

Neben ihm tauchte eine Mittsechzigerin in einem geblümten Badeanzug auf, aus dem tief gebräunte Arme und Brüste hervorquollen. »Sie Unmensch. Sie sehen doch, dass der Kleine Angst hat.«

Bevor sie weiterschwamm, informierte sie ihn: »Ich behalte Sie im Auge. Sie! Man müsste das Jugendamt informieren.«

»Warum muss man das Jugendamt informieren?«, fragte Carla, die plötzlich wieder im Kinderbecken war. Wie schaffte es das Kind, so schnell von einem Ort zum anderen zu kommen? »Wolltest du nicht rutschen?«

Carla schüttelte die tropfnassen Zöpfe, als wäre sie ein Hund: »Gerade nicht.«

Martin seufzte. Vielleicht ging er diese Spaßbadsache falsch an. »Kommt mit. Ich spendiere euch Pommes.« Cedriks Augen leuchteten. Carla hing sich an seinen Hals: »Bester Papi der Welt!«

Das Bistro lag hinter dem Babybecken, vor dem ein echter Strand aufgeschüttet war. Es gab sogar Palmen.

»Eine Tüte Pommes«, bestellte Martin bei dem jungen Mann hinter dem Tresen, »mit zwei Stäbchen bitte.« Er selbst würde die Apfelspalten aufessen, die von der Hinfahrt aus Hamburg übrig waren und die er auf der Fahrt zum Weissenhäuser Strand entdeckt hatte. Die Dose musste unter den Beifahrersitz gerutscht sein, jedenfalls hatte er sie erst an diesem Tag im Fußraum entdeckt.

Sie saßen alle drei auf Barhockern und warteten auf die Tüte Pommes. Der Mann hinter dem Tresen beobachtete argwöhnisch, wie er die Tupperdose aufklappte. Die Spalten waren schon etwas braun, bemerkte er. Er nahm sich trotzdem eine.

»Hey, Sie da«, fuhr ihn der Mann an: »Picknick ist hier verboten.«

OKE

Er traf die Frau des Kassenwarts in einem der Zimmer der Pension »Malgorzatas Zimmervermietung und Meer« an, wo sie regelmäßig putzte. Das hieß, in diesem Augenblick pausierte sie offenbar. Denn Frau Becker saß auf dem Doppelbett, den Rücken an einen Kissenberg gelehnt, und telefonierte. Sie hatte ihn offensichtlich weder kommen hören noch kommen sehen.

»Moin, Frau Becker?«, begann er. Als sie ihn an der Zimmertür stehen sah, winkte sie ihn herbei.

»Komm' se rin. Setzen sich man eben hierhin. Bin gleich fertig.«

Das fand er ziemlich dreist. Man ließ den Hohwachter Polizeichef nicht warten.

»Ähm. Frau Becker. Bitte legen Sie auf. Das hier ist eine polizeiliche Befragung«, sagte er mit so viel Nachsicht, wie er aufbringen konnte.

»Vera, der Oschi ist hier«, sagte sie, ohne aufzulegen. Und als sie seinen Blick sah: »Schießen Sie einfach los, Herr Hauptkommissar. Vera kann ruhig alles hören. Ich habe nix zu verbergen.«

Manchmal machte ihn Hohwacht fertig. Jetzt zum Beispiel. War es denn zu viel verlangt, von einer Zeugin zu erwarten, dass sie wenigstens fürs Verhör mal kurz das Handy zur Seite legte?

Er schielte auf seine Armbanduhr. Bald Feierabend und er wollte endlich an den Adler gehen.

»Vera, ich habe ihm gesagt, dass ich nichts dagegen habe, wenn du zuhörst.« Er ballte die Hände zu Fäusten und zwang sich, einen Moment aus dem Fenster zu gucken. Die Pension lag an der Strandstraße. Er sah hinunter auf den Asphalt. Als wäre dort Hilfe bei Problemen mit widerspenstigen Zeugen zu erwarten.

»Frau Becker, meine Kollegin sagte, Sie hätten in der Nacht, als man die Nebeneingangstür des Strandlopers aufgehebelt hat, zwei Männer gesehen. Ist das so weit korrekt?«

»Bei dem einen weiß ich es nicht ganz genau, bei dem anderen bin ich mir 150-prozentig sicher: Das war Tony Soprano.«

»Sie meinen, die Männer sahen aus wie in dieser Serie?«

»Nein. Ich meine, das waren die Sopranos.« Sie sah ihn trotzig an. »Ich würde Tony Sopranos Schnaufen sogar im Schlaf erkennen. Ich habe alle drei Staffeln im ZDF gesehen.«

Offenbar sagte in dem Moment Vera am anderen Ende der Leitung etwas, denn sie lauschte und wurde rot. »Vera. Ich bleibe dabei. Ich kenne Tony Soprano. Ich war immer dabei, wenn er mit Dr. Melfi gesprochen hat. Ich weiß, wie er schnauft!«

Er sah wieder zum Fenster hinaus. Es stand auf Kipp und aus der Ferne ertönte ein Kinderlachen. Sein Blick wanderte über die blau-weiß gestreiften Sonnenschirme und die weißen Plastikstühle hinauf in den blauen Himmel: Wenn die Befragung so weiterginge, würde er seinen Job bei der Polizei hinschmeißen, noch bevor Hallbohm die Wache schloss.

Seit er ins Hotel Strandloper gerufen worden war, um den Verbleib von Xaver Kohlgruber festzustellen, dachte er oft daran, wie gemütlich es früher in Hohwacht gewesen war. So ohne Leiche.

Das Leben im Seebad war immer ruhig und ohne Hektik verlaufen. Wesentlich besser für seine Figur. Je länger er hier in diesem Hotelzimmer stand, desto mehr hatte er das Gefühl, etwas essen zu müssen.

»Ich würde Sie gern auf die Wache bitten – für eine Gegenüberstellung. Würden Sie die Männer wiedererkennen, wenn Sie sie sehen?«

»Tony in jedem Fall.« Sie ruderte auf dem Bett herum, stopfte sich ein weiteres Kissen in den Rücken und sagte wieder zu Vera: »Du glaubst es nicht, ich soll Tony Soprano treffen! Ich muss sofort auflegen und den anderen Bescheid geben. Warte mal eben …«

Sie legte kurz das Handy beiseite: »Oschi, ich habe eine Frage: Könnten meine Freundinnen bei der Gegenüberstellung eventuell dabei sein?«

TAG 7, FREITAG

HORST

»Wollt ihr das vorab online bringen?«, fragte die End-
zwanzigerin mit dem pinkfarbenen, kinnlangen Bob
in ihr Handy. Er stand einen halben Meter neben ihr.
Warum guckte die denn so böse? Er tat doch nichts. Stand
nur hier auf der Promenade beim Fischhus. Neben ihr.
Rein zufällig.

Er rückte ein Stück näher an sie heran. Sonst verstand
er ja nicht, was die andere Person sagte. Und es passierte schließlich nicht alle Tage, dass man einer Reporterin begegnete.

Er hörte eine knarzende Stimme am anderen Ende der
Leitung: »Sorry, du, ich habe eben nicht zugehört, der
Harald hat gerade den Anzeigenspiegel gebracht. Wir
müssen die morgige Ausgabe um vier Seiten erweitern.
Wie geht deine Story? Bitte nur in drei Sätzen. Ich muss
gleich in die 15-Uhr-Konferenz.«

Er stellte sich vor, dass sie mit ihrem Chefredakteur
telefonierte. Spannend. Er machte einen weiteren Schritt
auf sie zu. Sie rückte jedoch wieder von ihm ab und
drehte sich auch noch weg. Unfreundliche Person!

Sie berichtete: »Also: Ein Münchner Immobilienkonzern will eine dreistöckige Ferienhaussiedlung mitten ins
Naturschutzgebiet setzen. Und die Anwohner sind sauer,
weil das hier eigentlich ein malerisches Fischerdorf bleiben soll – und …«

Die Pinklady, wie er sie im Geiste nannte, schien nervös
zu sein, denn sie brauchte zwei, drei Sekunden, um fort-
zufahren: »Und deshalb sind sie froh, dass ein Feriengast

eine seltene Stranddistel gefunden hat. Das Foto von der Distel wurde übrigens bereits an die Redaktion gemailt. Die Distel könnte den Bau der neuen Wohnungen stoppen, hoffen die Anwohner. Außerdem könnte dann der Strandkiosk stehen bleiben«, fügte sie schnell hinzu. Obwohl das streng genommen schon der sechste Satz war.

Sie klemmte sich eine rosafarbene Haarsträhne hinters Ohr, ging ein paar Schritte auf und ab und drückte das Handy dabei fester an die Ohrmuschel. Er konnte überhaupt nichts mehr verstehen. Dann legte sie auf.

Offenbar war das Gespräch zu ihrer Zufriedenheit verlaufen, denn sie lächelte, als sie das iPhone in ihrem verbeulten Rucksack verstaute und einen linierten Block und einen Kuli hervorkramte.

Sie trat auf Maria Müller zu, die wie alle anderen aus der Bürgerinitiative ins Fischhus gekommen war und sich gerade bei Jan Husmann Scampi bestellt hatte. Die Reporterin stellte sich als Heike Schwarz, freie Mitarbeiterin der Kieler Nachrichten, vor. Aha. Hatte er sich schon gedacht, dass die von einer großen Zeitung war.

»Wir wollen über die Retter der Stranddistel berichten. Wann haben Sie denn zum ersten Mal von der Existenz dieser Roten-Liste-Art erfahren?« Er hörte die Antwort nicht mehr, denn er ging durchs Fischhus, um zu gucken, wer alles zum großen Pressetermin gekommen war. Der Strandkorbvermieter war da, die Hamburger Gören natürlich, das Mädchen hatte wieder mal Schluckauf, und ihre Eltern, Frau Becker, Edeltraut aus der Bäckerei und die Hotelchefin von »Malgorzatas Zimmervermietung und Meer« waren rübergekommen.

Hauptperson war dieser Martin Bachmann. Na gut, er hatte die Stranddistel schließlich entdeckt. Er erzählte der Pinklady viele langweilige Details über die Pflanze. Wer wollte schon wissen, dass die Stranddistel ein Doldenblüter war?

Sie schrieb trotzdem jeden seiner Sätze mit. Er überlegte gerade, wie er den Leichenfund anbringen könnte. Da drängte sich Wencke Husmann nach vorn. »Bitte notieren Sie, dass die von B-Projekt geplanten Appartements nicht mehr gebaut werden können. Die Anlage würde den Lebensraum dieser Pflanze massiv bedrohen und …«, bei diesem Teil des Satzes sprang ihre Stimme um ein paar Oktaven höher, »… wir alteingesessenen Geschäftsleute in Hohwacht machen zudem darauf aufmerksam, dass es im Ort zwar keinen Bebauungsplan gibt, aber eine alte Verordnung, nach der kein Haus höher sein darf als ein Baum. Das scheint der Bürgermeister vergessen zu haben, als die Münchner mit ihrem Geld gewinkt haben.« Applaus und zustimmende Rufe aus dem Hintergrund.

Die kurze Pause konnte er nun nutzen: »Meine Frau und ich kommen seit 25 Jahren nach Hohwacht. Wegen des Bernsteins. Ich finde immer welchen. Jedes Mal. Schon als Kind. Und neuerdings zum Nacktwandern. Und da habe ich diesmal eine Leiche gefunden. Das dürfen Sie gern zitieren.«

Die Pinklady hatte jedoch offenbar nicht vor, das zu notieren, denn sie klappte ihren Notizblock zu. Er hatte den Eindruck, sie glaubte ihm nicht.

Deshalb sagte er schnell etwas, von dem er hoffte, es würde ihr gefallen: »So eine große Ferienanlage passt hier nicht. Wir wollen hier kein kleines Sylt.« Heike Schwarz klappte ihren Notizblock wieder auf und schrieb das Zitat auf. Ging doch.

Gerade als sie den Block endgültig in ihrer Tasche verstauen wollte, kamen die beiden Gören angeflitzt. Was wollten die denn von der Pinklady? Das Mädchen hielt eine Unterschriftenliste hoch: »Bitte unterschreiben Sie für die Distel. Mein Papa sagt, sie ist die Wappenpflanze für den Naturschutz.«

»Ihr zwei seid ja süß«, ließ sich Heike Schwarz vernehmen. »Wenn eure Eltern erlauben, macht unser Fotograf gleich ein Bild von euch beiden – mit Unterschriftenliste.«

CARMEN

»Komm mal mit raus«, flüsterte ihr Martin ins Ohr. Sie war verwundert, dass er so geheimnisvoll tat. »Was ist denn?« Er umfasste ihre Hand. »Was hältst du von einem Spaziergang?« Er zog sie mit sich. »Ich will dir etwas zeigen.«

Sie gingen ein Stück, liefen an den Schaukästen vorbei, die die Gemeinde am Strand aufgestellt hatte. Einige zeigten Schwarz-Weiß-Fotos. Sie waren um 1900 von Badekarren am Hohwachter Strand aufgenommen worden. »Entdeckung des Urlaubsglücks« stand über der Collage. Kurz darauf merkte sie, dass er sie zum Wanderweg ins Naturschutzgebiet führte. Zwergseeschwalben zogen über ihre Köpfe hinweg. Sein Ziel war die Vogelplatt-

form, von der aus man einen herrlichen Blick ins Naturschutzgebiet hatte. Der Wind blies ihnen ins Gesicht.
Das Rauschen verband sich mit dem Getöse der Ostsee.

Ein paar junge Bäume ragten aus dem weiten Grün.
Das Sonnenlicht verfing sich in langen Gräsern, die gold-
gelb leuchteten.

Da war ein Flüsschen, das im Gegenlicht silbern
schimmerte. Er zeigte mit dem Finger darauf: »Das ist
der Broek. Er verbindet die Ostsee und den Sehlendorfer
Binnensee. Bei hohem Wasserstand in der Ostsee strömt
Salzwasser in den See. Das ist eine Besonderheit«, sagte
er und seine Augen leuchteten. Dass er sich so für Natur
begeisterte.

Der Binnensee war durch einen Strandwall abgetrennt.
Sie beobachteten Kraniche beim Einschweben und ver-
gaßen die Zeit. Martin zeigte ihr auf der Trockenrasenfläche Pflanzen, er kannte alle botanischen Namen. Sand-
segge, Dünenstiefmütterchen, Strandhafer, die geschützte
Stranddistel. Für sie tat sich ein neues Universum auf.

Sie gingen immer weiter. Seltsam einmütig. Verbunden
ohne Worte. »Das ist der seltene echte Eibisch«, erläuterte er, »eines der wichtigsten Heilkräuter der Antike.«
Er machte sie bei dieser privaten Naturführung auf die
seltene Natternzunge aufmerksam, einen stammesge-
schichtlich ursprünglichen Farn, und dann hielt Carmen
es nicht mehr aus: »Warum zeigst du mir das plötzlich
alles, Martin?«

Er lächelte sie an. »Weil ich dies alles großartig finde.
Und ich würde es gern mit dir und den Kindern teilen.
Verstehst du, Carmen, das war unser Fehler. Ich habe
meinen Laden und mein Hobby. Und du und die Kinder, ihr …«, er suchte nach Worten.

»Wir hatten mit all dem nichts zu tun«, beendete Carmen den Satz für ihn.

Er nickte. »Wir haben in letzter Zeit nur nebeneinander her gelebt. Und ich glaube, das war meine Schuld. Ich habe dich nicht anhören wollen, weil ich einfach nicht akzeptieren wollte, dass das Geschäft nicht unsere Zukunft sein kann. Und um ehrlich zu sein, etwas Neues anzufangen, macht mir ein wenig Angst. Ich bin nicht so risikobereit – denn ich bin für unseren Lebensunterhalt verantwortlich.«

Sie drückte seine Hand. »Hier in Hohwacht habe ich wieder gemerkt, wie viel Spaß mir das Fotografieren macht und die Kinder waren so begeistert dabei, die Stranddistel zu retten«, sagte er. »Da habe ich daran gedacht, dass du von einem Reiseblog gesprochen hast. Könnten wir ernsthaft Reiseführer für Familien mit Kindern machen? Ich meine, ich könnte vielleicht ein paar schöne Fotos beisteuern …«

Sie schaute zu ihm auf, ihre Augen waren feucht geworden. »Und der Laden?«

Er fasste sie an den Armen und strich über ihre inzwischen leicht gebräunte Haut. »Darüber werden wir uns gemeinsam Gedanken machen. Du hattest recht. Ich kann nicht ewig so tun, als könnte ich ihn halten, wenn keine Kunden mehr kommen.«

Ihr wurde leicht ums Herz. Oder leichter. Er wollte etwas ändern. »Du müsstest ihn nicht gleich aufgeben. Ein neues Konzept wäre vielleicht schon hilfreich.«

Er fragte: »Hast du eine konkrete Idee?«

»Vielleicht könntest du Fotoworkshops geben – für Naturfotografie.«

Er schwieg einen Augenblick und meinte dann: »Wenn du meinst, dass sich Leute dafür interessieren würden.«

Eine Schar Zwergmöwen zog ihre Aufmerksamkeit auf sich. Sie schirmte die Augen mit der Hand ab und beobachtete die Tiere am Himmel genauer. »Sie fliegen synchron«, staunte sie. Sie schaute den Möwen nach. Es war ein Naturschauspiel, das sie bisher nie gesehen hatte. »Wir müssen unbedingt mit den Kindern hierher. Warum haben wir das nicht längst getan?«

Sie sahen sich an. Es war Zeit, ihm von Giovanni und von all ihren Zweifeln an seiner Liebe zu erzählen. Die Geschichte am Hessenstein spielte sie ein wenig herunter. Sie wollte ihm keine Angst machen. Sie wusste nicht, wie viele Minuten oder Stunden vergangen waren. Am Schluss nahm er sie in den Arm und versprach: »Wenn du das nächste Mal verhaftet wirst – besorge ich dir sofort einen Anwalt. Den besten.«

TAG 8, SONNABEND

OKE

Er war eben beim Briefkasten angekommen, um die Zeitung hereinzuholen, als er einen Schrei vernahm, der ihm durch Mark und Bein ging. Er glaubte zu wissen, woher das Geräusch gekommen war: aus seinem eigenen Haus, aus der Küche. Inse! In Not?

Panisch griff er in die Taschen seines Bademantels. So 'n Schiet. Natürlich hatte er seine Dienstwaffe nicht dabei. Er rollte die Zeitung auf, um wenigstens irgendetwas in der Hand zu haben, falls er auf einen Einbrecher träfe, und polterte zurück ins Haus.

Er lauschte, ob weitere Schreie folgen würden. Vielleicht war seine Frau längst tot. Als er die Küche stürmte, sah er, dass er sich getäuscht hatte. Mit seiner Gattin war alles in Ordnung. Bis auf ihren Blutdruck vielleicht.

Sie war puterrot angelaufen, schwenkte eine Plastiktüte vor seiner Nase und schrie ihm entgegen: »Wie oft, Oke Oltmanns, wie oft soll ich dir noch sagen, dass in meinem Kühlschrank keine zusammengerollten Tierhäute aufbewahrt werden!«

Er zog den Kopf ein. »Es war nur für diese eine Nacht. Das Gerb-Öl muss doch einwirken.«

»Das ist mir wurscht.« Sie riss die Kühlschranktür auf und zeigte anklagend hinein. »Deine Tiere haben hier drin nichts zu suchen – auch keine Teile davon.« Mit einem dumpfen Rumms flog die Kühlschranktür wieder zu. Der Bosch zitterte ein wenig. Sie warf ihm die Plastiktüte entgegen und scheuchte ihn mit einer Art Händewedeln aus dem Zimmer.

Es war eigentlich zu kühl, um um diese frühe Uhrzeit im Bademantel und in Schlappen in der Werkstatt zu sitzen. Er hatte Gänsehaut, und trotzdem keine Lust, zu ihr zurück in die Küche zu gehen. Immerhin konnte er nun als Erster die Zeitung lesen. Das war sonst immer ein Kampf, weil sie beide gern mit dem Lokalteil anfingen.

Mit einem Seufzer ließ er sich auf dem Schemel an der Werkbank nieder, rollte die Zeitung auseinander und begann zu lesen. »Die jungen Retter von Hohwacht.« Darunter waren Carmen Bachmanns Kinder abgebildet. Er las die Bildunterschrift: »Selbst ganz junge Feriengäste wie Carla (8) und Cedrik (5) kämpfen für die Stranddistel.« Na ja, texten konnten die bei den Kieler Nachrichten.

Er wandte sich nun dem dazugehörigen Artikel zu: »Alle Welt hat sie früher als Souvenir mitgenommen, heute ist sie extrem selten geworden: die Stranddistel. Die vom Hohwacht-Urlauber Martin Bachmann wiederentdeckte Pflanze könnte eines der umstrittensten Großprojekte an der Ostseeküste stoppen: die Appartementanlage der Münchner Firma B-Projekt. Diese soll ausgerechnet in den Dünen von Hohwacht gebaut werden, wo die Pflanze noch zahlreich vorkommt.«

Gern hätte er einen Kaffee zur Lektüre gehabt. Er sah hinüber zur Werkbank, wo er Hölzer und Draht bereitgelegt hatte, um einen neuen Körper für den Seeadler zu bauen. Vielleicht fand er irgendwo zwischen Borax, Gips und dem Nähkorb, den er sich von seiner Frau ausgeliehen hatte, eine vergessene Kaffeetasse.

Er stand halb auf, um besser sehen zu können, und entdeckte hinter dem Messerblock tatsächlich einen Becher. Es waren ein paar Schlucke alter Kaffee drin, stellte er erfreut fest. Er suchte nach Anzeichen von Schimmelbildung. Von wann der Kaffee war, vermochte er nicht zu sagen. Schmeckte ganz okay. Gemütlich lehnte er sich zurück und las: »In Hohwacht hat sich mittlerweile eine Bürgerinitiative zum Schutz der Pflanze gegründet. Zu den Mitgliedern zählen Geschäftsleute wie Strandkorbvermieter Johann-Magnus Kreyenborg sowie Jan und Wencke Husmann, über deren Fischbude bereits die Abrissbirne schwebte. Wencke Husmann sagte den KN: ›Es wurden auch Disteln ganz in der Nähe unseres Bistros gefunden. Wir hoffen sehr, dass die Politik das Richtige tut. Wir haben nur eine Welt!‹«

Er nickte langsam, auf der Zunge den Geschmack kalten Kaffees. »Die Mitglieder von ›Pro-Distel‹ hoffen, die Politiker mit den bereits gesammelten Unterschriften zum Erhalt des Naturschutzgebietes umzustimmen. Sie sollen dafür sorgen, dass der Landkreis die bereits erteilte Baugenehmigung des örtlichen Bauamtes aufhebt. Hohwachter Urlauber zeigen sich von der Initiative begeistert. Horst Wieczorek aus Hamburg findet: ›Hohwacht darf kein kleines Sylt werden.‹«

Er kratzte sich das stoppelige Kinn. Ob sie das Bauvorhaben wirklich aufhalten konnten? Wie wahrscheinlich war das? Es gab eine Menge Leute in der Politik, die es Investoren recht machen wollten. In erster Linie wahrscheinlich, um ihre eigene Wiederwahl zu sichern, in zweiter hofften sie vielleicht selbst, dass die Bucht in Schleswig-Holstein auch für andere als die Ostsee-Stammgäste interessant werden würde.

Der Fortschritt war nicht aufzuhalten. Er hatte einen bitteren Geschmack im Mund. Was sollte aus dem alten Hohwacht werden? Aus Leuten wie Malgorzata Rieken? Die hatte bestimmt kein Geld, um ihre Pension von Grund auf zu sanieren. Er starrte missmutig den leeren Kaffeebecher an. Und was sollte aus ihm werden? Ein Halbtags-Hauptkommissar?

Er dachte an die geplante Einschränkung der Öffnungszeiten. Hallbohm wollte eine ganz neue Struktur aufbauen. Und dabei gleich zehn Stellen bei der Schutzpolizei wegkürzen. Das war ein schlechter Witz. Darüber sollten die KN mal berichten, aber wahrscheinlich wussten die das gar nicht. Die Pressestelle in Kiel mauerte, wo sie konnte. Es blieb ihr nichts anderes übrig. Befehl von oben.

Die Wache war sein zweites Zuhause. Er sah auf die Zeitung, aber die Buchstaben verschwammen vor seinen Augen, so starr wurde sein Blick. Irgendwie war er sich plötzlich sicher, dass sie die Wache auflösen würden. Er hatte den Verdacht, dass die ganzen Strukturveränderungen einen Hintergrund hatten, der nichts mit einem Sparzwang zu tun hatte. Es ging vielleicht nur darum, dass jemand sich mit seinen Vorschlägen zu neuen Strukturen und Strategien einen Namen machen wollte. Es ging um Macht. Auch bei der Polizei. Er lachte kurz auf. Es lag keine Freude darin.

Er überflog rasch den Rest des Artikels: »Wie es konkret weitergeht, ist zurzeit offen. Nach Informationen unserer Zeitung will die Verwaltung den Baustart verzögern, bis der Schutzstatus der Pflanze endgültig geklärt ist. Es wäre nicht das erste Mal, dass die Natur einem Baukonzern einen Strich durch die Rechnung macht. Fast 20 Jahre lang wurde in Hamburg über die Elbvertiefung gestritten. Umweltschützer fürchteten, dass der Schierlings-Wasserfenchel, eine extrem seltene

Sumpfpflanze, durch das Ausbaggern ganz verschwinden könnte. Sie klagten. Bislang ohne Erfolg. Nicht nur Pflanzen sorgten bei Bauherren für Unmut: Zum Beispiel hat der streng geschützte Juchtenkäfer Bauarbeiten ...«

Er legte die Zeitung beiseite. Der Rest interessierte ihn nicht mehr. Er warf den Kopf in den Nacken und kippte den Becher so, dass der letzte Tropfen langsam herauslief. Ob sie ihn in den Vorruhestand schicken würden? Oder würden sie ihm anbieten, bei voller Stundenzahl nach Plön oder Kiel zu wechseln? Wollte er das? Weg aus Hohwacht? Jana Schmidt würde sicher sofort gehen, wenn sie sie fragten.

Er musste sich das mal ausrechnen, wie er und Inse hinkommen würden, wenn er nur stundenweise in der Wache arbeitete. Er hätte dann mehr Zeit zum Präparieren. Und wenn Wencke morgen für Götz bezahlte, dann würde er die Scheine mal nicht in das alte Apothekerglas stecken. Kreuzfahrten waren sowieso ganz schlecht für die Umwelt. Nein, er würde sich endlich einen eigenen Kühlschrank für die Werkstatt leisten. Einen richtig großen.

Diese Aussicht auf Unabhängigkeit von Inses strengem Küchenregiment stimmte ihn froh. Vielleicht kaufte er sich sogar eine eigene Kaffeemaschine. Apropos. Er schnappte sich den Becher und schlenderte hinüber zum Haus. Er wollte sehen, ob Inse weiterhin böse war oder ob sie ein Schlückchen Kaffee für ihren Ehemann übrig hätte.

Das Geheimnis der Teetasse mit Zwiebelmuster, dachte er auf dem Weg durch den Garten, war eigentlich keins gewesen. Kohlgrubers Schwester hatte sie aufgeklärt, dass die Tasse zum Teeservice ihrer Mutter gehörte. Wenn er richtig begriff, soll er seine Mutter sehr verehrt haben. Er fragte sich, ob die Mutter es gutgeheißen hätte, dass ihr Teeservice durch die Gegend kutschiert wurde. Seine Großmutter in Ostfriesland war da bis heute sehr pingelig, mit ihren 102 Jahren. Eigentlich müsste er dringend mal wieder hin. Aber heute wie damals als Kind graute ihm davor, bei ihr in der guten Stube mit den Schondeckchen auf den Sesseln zu sitzen und Schwarztee mit Milch zu trinken. Er hatte ihn schon damals nur runterbekommen, wenn er ordentlich Kluntjes reingerührt hatte.

Er hatte sich viel lieber auf dem Schlachthof seines Großvaters umgetan. Er dachte an das grün gekachelte Büro mit dem großen Schreibtisch in der Mitte und dem weißen Wandtelefon. Es war ein Zwischending aus einer Kommandozentrale und Anlaufstelle für Händler, Kunden und neugierige Dorfbewohner gewesen.

Manche sagten, Oltmanns sei ein Bullerjan gewesen, ein unsensibler Mensch. Aber er wusste es besser. »Nu kiek nich so bedröövt«, hatte sein Großvater ein ums andere Mal gesagt, wenn er sich draußen an die Gitterstäbe gelehnt hatte, um den ostfriesischen Milchschafen zuzusehen, wie sie auf die elektrische Zange warteten. Es war für ihn ein besonderer, fast magischer Moment, der letzte zwischen Leben und Tod. Manche Schafe schauten keck, andere meckerten vor sich hin. Wieder andere schienen zu wissen, was auf sie wartete. Sie drängten sich gegen die anderen Schafe, wollten zurück. Das Gatter gab jedoch nur eine Richtung vor. Dann schob sich die schwere Metalltür auf. Und da stand sein Großvater, groß und unnahbar sah er in seiner weißen, blutbespritzten Schlachterschürze aus. Manchmal warf er ihm, seinem Enkel, ein aufmunterndes Lächeln zu. Dann sah man ihn wieder mit dem dunklen Blick, sich ganz auf das Vieh konzentrierend, das zappelnd der großen Zange auswich.

Er würde demnächst mal wieder hinfahren nach Backemoor, entschied er in dem Moment, als er die Tür zu seiner eigenen Küche aufdrückte. Wie es zurzeit aussah, würde er bald genug Zeit haben.

MARIA

Martin hatte ihr einen Platz im Auto angeboten, was sie gefreut hatte. Cedrik hielt Filou auf dem Schoß. Carla fütterte den Hund mit Leckerlis. Sie stand draußen, um sich von Johann-Magnus zu verabschieden. »Maria, ich hab da noch etwas für dich«, sagte er.

»Da bin ich aber gespannt.«

Er reichte ihr feierlich ein quadratisches Stück Papier. Zumindest dachte sie, es wäre Papier. Es war aber der Aufkleber, den man in Jans Fischhus kaufen konnte. Als sie die Aufschrift darauf las, fing sie zu lachen an, denn sie verstand die Botschaft dahinter: »Nix Sylt, Hohwacht«.

Sie umarmten sich. Er flüsterte ihr etwas ins Ohr, was die anderen nicht hören konnten: »Bitte komm wieder – und bleibe.«

MALGORZATA

Sie hob die Bettdecke an und zog sie ab. Nun musste sie die 7 doch selbst putzen. Die Becker hatte sich schon wieder »mit Rücken« krankgemeldet. Vielleicht konnte sie wirklich nicht mehr so wie früher. Ein paar Gäste hatten sich diese Saison beschwert. Spinnweben auf den Zimmern, Möwenschiet am Fenster. So was hatte es bei ihr früher nicht gegeben. Sie legte den Stapel frischer Bettwäsche auf dem Nachttisch ab. Ein Hauch Flieder stieg ihr in die Nase. Sie atmete tief durch. Sie mochte den Duft frischer Bettwäsche.

Sie knöpfte den Bezug zu. Sie konnte es der Becker eigentlich nicht übel nehmen, dass sie nicht mehr die Schnellste war. Ging die nicht mittlerweile auf die 70 zu? Vermutlich war sie nur so lange geblieben, weil sie schon hier gearbeitet hatte, als Hermann noch lebte. Bei dem Gedanken an Hermann wurde ihr das Herz wieder schwer. Es tat weh, nicht mehr neben ihm aufzuwachen. Wahrscheinlich wollte die Becker sie nach allem nicht im Stich lassen. Die gute Seele.

Ohne die Becker käme sie nicht klar. Es war heutzutage schwer, überhaupt Kräfte zu finden. Das Problem hatten hier alle Hotels, die großen wie die kleinen, tröstete sie sich. Sie dachte an die junge Frau, die kürzlich nach einem Job gefragt hatte. Ein Klappergestell war das gewesen. Kam aus Behrensdorf. Vielleicht sollte sie die mal anrufen. Ende gut, alles gut. Das war ihre Beschwörungsformel.

Ein Schlager von Katja Ebstein kam ihr in den Sinn.

Jahre hatte sie ihn nicht gehört. Merkwürdig, dass sie gerade heute daran dachte. Erst summte sie ihn, dann sang sie aus voller Brust, während ihre kräftigen Hände an dem weißen Laken zerrten: »Wunder gibt es immer wieder ...« Sie konnte den Song auswendig, stellte sie überrascht fest und sang die erste Strophe mit.

Sie knöpfte den frisch aufgezogenen Kopfkissenbezug zu und dachte über ihre Gäste nach. Sie schüttelte das Kissen auf. Sie mochte es, wenn sie ankamen – jetzt griff sie mit beiden Händen die Überdecke und legte sie aufs Bett – und wenn sie wieder abreisten. Obwohl, dachte sie: Diese Hamburger hätten gern ein paar Tage länger bleiben können – zum regulären Preis.

HORST

Das Gute am Rentnerdasein war, dass man Zeit hatte. Unendlich viel Zeit. Das Schlechte war, dass es kaum Leute gab, die sie mit einem verbringen wollten. »Geh mal zum Strand«, hatte seine Frau eben vorgeschlagen. Wegen seiner Verdauung, hatte sie gesagt. Als wenn er Verdauungsstörungen hätte. Sie wollte ihn nur loswerden. Das wusste er genau. Damit sie in Ruhe die Wiederholung von Columbo gucken konnte. Columbo!

Er konnte diesen Typen in seinem zerknautschten Trenchcoat nicht ausstehen. Solche schludrigen Polizisten gab es im wirklichen Leben gar nicht. Na gut, er kannte sich da nicht so genau aus. Aber immerhin hatte er zufällig gerade mit der Hohwachter Polizei zu tun gehabt, wo man sich ihm gegenüber sehr anständig verhalten hatte. Das musste man dieser Frau Schmidt anrechnen. Mehrfach hatte sie wissen wollen, wie es ihm ginge. Ob man ihn ins Krankenhaus bringen solle und so weiter. Stimmte ja. Nach so einer Entdeckung wäre sicher nicht jeder so ruhig geblieben wie er.

Nieselregen setzte ein. Lauter klitzekleine Tröpfchen sprenkelten den grauen Asphalt. Am Himmel zogen in rascher Abfolge dunkle Wolken vorbei. Sodass es dunkler war als an den anderen Abenden in dem kleinen Fischerort. Aus einer der Pensionen kam eine Frau in Schürze herausgestürzt und klappte mit geübten Handgriffen ein paar dunkelgrüne Schirme zusammen. Dann verschwand sie wieder.

Sehnsüchtig blickte er zu den hell erleuchteten Fenstern. Bei dem ungemütlichen Wetter jagte man keinen Hund vor die Tür. Aber seine Frau schlug ihm vor, mal zum Strand zu gehen. Pfff.

Er klappte seinen Jackenkragen hoch und vergrub die Hände in der senfgelben Cordhose. Sie lag wahrscheinlich auf der gemütlichen Polstercouch, Füße hoch, die offene Erdnussflips-Tüte auf dem Bauch.

Ein Geräusch erregte seine Neugier. Es kam aus Jans Fischhus. Die Fischbude schien geschlossen zu haben. Er konnte niemanden sehen, aber es musste trotzdem jemand darin sein. Er hörte Geschirrklappern und Stimmen.

Rasch schaute er sich um – die Straße war menschenleer – und duckte sich in den Schatten eines Giebels.

Sanft drückte er sein vor Aufregung heißes Ohr an die Holzwand. Drinnen kicherte jemand. Eine Frau, vermutete er. »Jetzt sind wir sogar in die Zeitung gekommen«, sagte die Frauenstimme. Wahrscheinlich war es Wencke Husmann, überlegte er. Wer sonst? Schwere Schritte bewegten sich durch den Raum. »Dein Verdienst! Komm, klatsch ab!« Das musste Jan Husmann sein. Sie kicherte wieder. »Unser Verdienst. Es war deine Idee.« Es folgte ein Klatschen. Was für ein merkwürdiges Paar, dachte er. Einige Minuten war nichts zu hören und er befürchtete schon, die beiden würden rauskommen und ihn entdecken. Was ihn dazu bewog, sein Ohr etwas stärker an das sägeraue Holz zu pressen. Vielleicht redeten sie doch noch und er erfuhr etwas Interessantes.

Er bildete sich ein, ein Flüstern zu hören. Und das Rascheln von Stoff. Die Frau stöhnte leise. Die gingen hier wahrscheinlich gleich zur Sache. Er schluckte schwer.

Und versuchte, durch eine der Ritzen im Holz zu spähen. Das funktionierte nicht. Zu ärgerlich. Nun sprach die Frau wieder: »So hast du mich schon lange nicht mehr geküsst.« So kannte man die Wencke Husmann gar nicht. So säuselig. Ein Räuspern. »Stimmt.« Ein kurzes Schweigen, dann sagte Jan Husmann: »Später machen wir genau an dieser Stelle weiter. Versprochen. Aber jetzt müssen wir uns sputen. Hast du die Wasserflaschen schon befüllt?« Er hörte keine Antwort. Offensichtlich hatte sie zugestimmt, denn er sagte: »Gut, die vier großen Flaschen nehme ich in den Rucksack. Du nimmst die drei kleineren. Zur Not laufen wir wieder los. Denn falls es heute Nacht nicht regnet, gehen die Disteln nicht an und wir haben ein echtes Problem.«

Er hörte, wie jemand in der Hütte herumkramte. Dann lief der Wasserhahn. »Mach dir nicht ins Hemd«, verstand er. Dann hörte er, wie Wencke sagte: »Bei den Disteln hier bei uns am Eingang hat es doch geklappt. Alle angewachsen – als hätten sie schon immer hier gestanden.«

EPILOG

»Produkte aus der Region – überraschend günstig«, schnarrte es aus dem Lautsprecher. Carmen achtete nicht darauf. Sie suchte ihre Kinder, die irgendwo im Supermarkt herumschwirrten, und eilte mit dem Einkaufswagen durch die Gänge. »Entschuldigung«, murmelte sie zerknirscht. Beinahe wäre sie einem anderen Kunden in die Hacken gefahren.

Wo waren Carla und Cedrik denn nur abgeblieben? Sie suchte im Gang mit den Süßwaren. Eine Schwangere mit Kugelbauch griff ins Fach mit den Gummibärchen. Keine Spur von ihren Kindern.

Sie seufzte. Sie hatte es furchtbar eilig, nach Hause zu kommen. Martin wollte ihr die Fotos zeigen, die er an der Ostsee geschossen hatte. Sie würden die schönsten gemeinsam auswählen – für ihren ersten Beitrag für den Reiseblog. Sie freute sich darauf.

Und wer wusste es schon, vielleicht könnten sie beruflich mehr daraus machen. Sie hatten auf der Rückfahrt überlegt, die Workshops gemeinsam anzubieten. Er würde den Teilnehmern Grundlegendes über das Fotografieren erzählen, sie würde ihnen Tipps zum Schreiben geben. Und wenn es gut lief, könnte sie bei Nele kündigen. Yeah!

Und am Wochenende würden sie den Laden umgestalten. Er hatte endlich eingewilligt, den ganzen alten Plunder rauszuwerfen. Carmen hatte halb im Scherz vorgeschlagen, das Geschäft grün zu streichen: »Bei dieser

Farbe denken wir sofort an Mutter Natur, entspannen und erholen uns«, hatte sie gealbert. »Aber lieber nicht mit Apfelgrün mischen, das ist zu intensiv.«

Während aus den Lautsprechern eine weitere Durchsage aus der Schlachtertheke ertönte, bog sie in den Gang ein, der zu den vier Kassen führte. Sie sah ihre Kinder. Sie standen nebeneinander vor dem Zeitschriftenregal und steckten die Köpfe zusammen. Carla las ihrem Bruder gerade vor: »Stempel auf Hütten in Österreich, Deutschland, der Schweiz und Italien sammeln und dann eine Woche Urlaub gewinnen«, hörte Carmen. Ihr Herz machte einen Sprung und sie riss ihrer Tochter begierig die Illustrierte aus der Hand: »Zeig mal her!«

Carmens Gesicht leuchtete, als sie den Rest des Textes überflog: »Kinder«, rief sie dann glücklich, »der Berg ruft!«

DANKSAGUNG

Dank gebührt meiner Familie, die dieses Buch mit vielen tollen Einfällen bereichert hat. Dass Oke Oltmanns ganz korrekt auf Platt flucht, verdanke ich Christianne Nölting, Geschäftsführerin des Länderzentrums für Niederdeutsch in Bremen. Die italienischen Passagen korrigierte der italienische Sänger Armando Quattrone. Durch den Paragrafendschungel half mir der niedersächsische Oberkommissar Ingo Gillmann. Mein Dank gilt auch der Pressestelle der Landespolizei Schleswig-Holstein, die mir bestätigt hat, dass Hohwacht in der Realität zu den sichersten Orten der Welt gehört. Vor allem danke ich meiner Lektorin Teresa Storkenmaier für ihre Aufmerksamkeit und ihre Geduld.

Oke Oltmanns
ermittelt:

1. Fall: Krabben-Connection
ISBN 978-3-8392-2725-1

2. Fall: Imkersterben
ISBN 978-3-8392-2833-3

3. Fall: Küstenhuhn
ISBN 978-3-8392-0151-0

SPANNUNG

GMEINER

WWW.GMEINER-VERLAG.DE
Wir machen's spannend